U0568677

点亮智慧人生

中华传统道德故事

文　轩/编著

图书在版编目（CIP）数据

点亮智慧人生：中华传统道德故事 / 文轩编著 .--
北京：中国书籍出版社，2013.4
ISBN 978-7-5068-3406-3

Ⅰ.①点… Ⅱ.①文… Ⅲ.①故事—作品集—中国
Ⅳ.① I247.8

中国版本图书馆 CIP 数据核字（2013）第 056324 号

点亮智慧人生——中华传统道德故事

文　轩　编著

图书策划　崔付建　武　斌
责任编辑　邓潇潇
责任印制　孙马飞　马　芝
封面设计　红十月设计室
出版发行　中国书籍出版社
地　　址　北京市丰台区三路居路 97 号（邮编：100073）
电　　话　（010）52257143（总编室）（010）52257140（发行部）
电子邮箱　eo@chinabp.com.cn
经　　销　全国新华书店
印　　刷　三河市华东印刷有限公司
开　　本　710 毫米 ×1000 毫米　1/16
字　　数　241 千字
印　　张　18
版　　次　2013 年 5 月第 1 版
印　　次　2022 年 5 月第 2 次印刷
书　　号　ISBN 978-7-5068-3406-3
定　　价　52.00 元

序　言

“当你遇到挫折失败时，要知道，这是因为你不够努力或者是路走错了，要及时地检讨纠正；当你取得一些成就的时候，要记住，这是因为有家族的德佑和亲朋好友的帮忙扶持，要知道感恩。无论你做什么事，要明白，祖先在看着你，不要做让祖先蒙羞的事情。”这是一位名人回忆自己的外公时所说的话语，他认为外公的教导中所包含的“孝悌忠信礼义廉耻”思想，对自己影响深远，是自己事业成功与生活美满的基石。

为人处世，需要踏踏实实地从学做人开始，这就好比建造一幢大楼，假如没有一个坚固的地基，这楼无论如何也盖不好。做人的道理也是如此。“空中楼阁”、“山间竹笋——嘴尖皮厚腹中空”等警语，都告诫我们做任何事情，如果不打下一个坚实的基础，就会有严重的后果。

学做人扎根，“君子务本，本立而道生。”正是人生的第一等学问。

“百善孝为先”，学做人，就要从尽孝开始。一个人连父母都不孝敬，你能指望他真正爱国、爱民吗？范仲淹能写出“先天下之忧而忧，后天下之乐而乐”的绝句，在于他首先是个孝子，他把孝敬父母的心扩大，推而广之来服务天下苍生。否则，他怎么会有如此的胸襟与气魄？范仲淹首先学好做人的根本修养，然后在此基础上提升自己的学识技能，从而具备了为天下人服务的情怀。

“九层之台，始于垒土”，较高人生境界的获得，正是以孝悌忠信等基本的为人准则为基础的，基石稳固了，稳扎稳打，以后的发展才会有保障。

做人就应该从小处着手，平时被我们忽视的细节往往决定着成败。片面追求“高、大、全”的境界，而不从生活洒扫应对中的点滴做起，不落实到为人处世的实处，就很容易感到无从下手。

生活在当下的我们，也许应该放下一些投机取巧的小聪明，多学学古人坦坦荡荡的大智慧。

有一句俗话说得好，人生没有捷径。只有在扎稳做人的根之后，勤勤恳恳地做事才是正道。一切遵循本善的内心，不去做有悖道德、有违本心的事情，无违人性、不悖大义的事情不执著，包袱自然就轻，烦恼也就消失了。

中华民族五千年的传统文化博大精深，堪称人类智慧的宝藏。《礼记·学记》开篇云：“建国君民，教学为先。”教育是一个国家繁荣兴旺的基础，而德育，更是在我国自古以来的教育体系中一直居于重要的地位。

孝、悌、忠、信、礼、义、廉、耻是中华传统文化中的千年积淀，我们将传统文化中流传较广的故事整理成集，结合传统文化的道德精神予以解说，希望其中的人生智慧能对读者朋友们有所启迪，能学到做人的根本。

第四章　信篇

第五章　礼篇

起始章　概论

章太炎曾经给一位达官贵人写了一副对联，上联是“一二三四五六七”，下联是“孝悌忠信礼义廉”。这副对联在当时曾引起很大的轰动。

很显然，这副对联是含贬义的。那么，究竟是什么意思呢？

答案是：王八无耻。“一二三四五六七”即忘（王）八，“孝悌忠信礼义廉”即无耻。

由此可见，孝悌忠信礼义廉耻是为人处世必不可少的准则，缺一不可。

首先是“孝”，意思就是孝顺。孝顺父母，这是为人子女的本分。孝顺就是报答父母的养育之恩。

其二是“悌”，就是兄弟友爱的意思。弟对兄当恭顺，兄对弟当爱护。

其三是“忠”，即是尽忠之意。尽忠国家，这是国民的责任，尽忠是报国家的恩。

其四是“信”，主要指信用。不自欺不欺人，行必笃敬，不可失信用。

其五是“礼”，就是代表礼节。见到人要有礼貌。

其六是“义”，主要指义气。人要有见义勇为的精神，无论谁有困难，都要尽力去帮助。对朋友要有道义，无条件地援助，绝无企图之心。

其七是“廉”，就是指廉洁。品性廉洁的人，无论见到什么，都不会滋生贪求之心，从而养成大公无私的精神。

其八即是“耻”，也就是章太炎对联中“无耻”的“耻”，意思就是指羞耻。凡是不合道理的事，违背良心的事情，绝不会做。人若无耻，近于禽兽一样。

这八个字是做人的基础，不要忘记。可以这么说，在中华传统文化中，“孝悌忠信”是做人的准则；“礼义廉耻”是做事的规矩。

“孝、悌、忠、信、礼、义、廉、耻”是做人的根本，也是孔子所讲德育内容的全部精髓，也是人生的八德。

“孝悌忠信礼义廉耻”的出处是儒家思想。“君子务本，本立而道生。孝悌也者，其为仁之本与?”（《论语·学而》）这两句话是孔子的弟子有若讲的。前一句是古时候的成语，有若在跟弟子们说话的时候，就把“君子务本，本立而道生”这一句成语引用出来。

中华传统文化发展到今天，“孝悌忠信礼义廉耻”这八个字各有一些代表性的人物。

如“孝”的代表性人物，明朝女子沈云英。她的父亲是位将军，在率军抗击敌人时战死。沈云英得知父亲的死讯后，凛然走上城楼，振臂高呼：“我虽是女儿身，但为了完成父亲抗敌的遗志，不惜战死沙场!”众人听后感动不已，军士们发誓要击退敌军。在沈云英的带领下，军士们大破敌方主力。战后，沈云英在战场上找到了父亲的尸体，不禁失声痛哭。看到这一幕，全体将士自发穿上白袍白甲，以示悼念。

而“悌”的代表性人物是许武，汉朝人。许武早年丧父，家中还有两个年幼的弟弟，许武亲自教两位弟弟诵读诗书。弟弟们犯了错误，许武就到列祖列宗的牌位前长跪谢罪。

“忠”的代表性人物是关羽。关公的故事脍炙人口，无需多言。

“信”的代表性人物是吴国的延陵季。他奉命出使上国，路过徐国之地，徐国国君看好延陵季的佩剑，想向他借来把玩。延陵季由于要出使上国，没能给他，只好说：“以后我再来时，就把它送给你。”可等延陵季再来徐国时，徐国国君已经死了。延陵季就把佩剑解下，悬挂在徐国君陵边的树上。

“礼”的代表性人物是孔子。孔子把“礼”的思想发扬光大。

“义”的代表性人物是冯谖。冯谖是齐国孟尝君的门人，一日他去替孟尝君讨债，看到欠债者穷苦不堪，他便以孟尝君的名义把旧账一笔勾销了，孟尝君问他讨债之事办得怎样了，他说：“收毕矣。”孟尝君问：“买了什么回来?”他回答说：“义。”

“廉”的代表性人物是陆绩。三国时，陆绩曾任郁林太守，卸任时乘船离开，他为官清廉，家产甚少，所带的行李太轻，结果弄得小船都不能过河，于是他只能先找来几块石头压船，这样才得以过河。

而最后一个字眼“耻”，代表性人物是伯夷与叔齐。伯夷和叔齐是我国古代商朝人，在商朝灭亡后，两人内心依然向着旧朝，不甘心成为周朝的臣民。两人认为投靠周朝是耻辱，因此拒吃周朝的粮食，最终“采薇而食，遂饿死山下”。

在“孝悌忠信礼义廉耻”中，“孝悌忠信”被认为是国家的精神；而“礼义廉耻”，则被看成是国家的四维。这个典故来源于春秋时期，管仲认为“礼、义、廉、耻”是支撑国家大厦的四根柱子，只要有一根断裂，政权就有可能倾斜。《管子·牧民》中有言：“国有四维，一维绝则倾，二维绝则危，三维绝则覆，四维绝则灭……何谓四维？一曰礼，二曰义，三曰廉，四曰耻。礼不愈节，义不自进，廉不蔽恶，耻不从枉。故不逾节则上位安，不自进则民无巧诈，不蔽恶则行自全，不从枉则邪事不生。”

后来，孔子发展了管仲的礼义治国的基本思想，并把廉耻当成价值认定的基本标准。他认为：礼，是遵守正当的态度和行为；义，是公正无私的道理或举措；廉，是不贪不污及纯正高洁；耻，则是为不当的言行举止有羞愧之心。

在《资治通鉴》第二百九十一卷中，欧阳修论曰：“礼义廉耻，国之四维。四维不张，国乃灭亡。礼义，治人之大法；廉耻，立人之大节。况为大臣而无廉耻，天下其有不乱、国家其有不亡者乎！”罗仲素曰：“廉耻者，士人之美节；风俗者，天下之大事。朝廷有教化，则士人有廉耻；士人有廉耻，则天下有风俗。”

到了清末民初，孙中山把中山装定为国服，它所包涵的寓意即是：前身四个口袋表示国之四维（礼、义、廉、耻），服饰的设计中寓有治国的大道理。

因此，可以这样说，礼仪是一个社会潜在的根本制度，廉耻则是一个人潜在的根本原则。礼仪廉耻是维持国家的四个基本要素，如果这四个基本要素无法得到贯彻执行，国家就很容易发生动荡乃至灭亡。

后人著述的《弟子规》，其实也是对“孝悌忠信礼义廉耻”的阐发。

孝是人生的根，只要根找到了，稳固了，开花结果是自然而然的事情。

孝，“入则孝”；悌，“出则弟”；忠，“亲所好，力为具”，这就是一个人立德的源头，因而可以这么说，所有德行的源头都在孝道，所以说“百善孝为先。”一个人如果连对父母都不能尽忠，他能去对谁尽忠？“亲所好，力为具；亲有过，谏使更”，也是对父母尽忠。

信，“凡出言，信为先”，人做事，首先应以诚信为先；礼，“将加人，先问己”，这要求有礼，包含“或饮食，或坐走；长者先，幼者后”，是培养一个人的恭敬心。“父母呼”，则是对父母的礼节，一个人的恭敬心就是从这些生活细节中体现出来的。所以《中庸》中这样讲，“道也者，不可须臾离也”，一个人的恭敬心在生活中随时都应该保持。

“孝悌忠信礼义廉耻”这八个字，每个字都能养一个人的善心，每个字都能影响一个人的一辈子。我们知道了它的重要性，就务必把它尽心尽力地学好用好。比如我们看“冬则温，夏则凊”，这是养什么心？养一个人的细心，养一个人的耐心，养一个人体恤别人的心。否则等一个孩子长大成人，大学毕业了，他就会自动自发懂得体恤别人？就很会去爱护别人吗？不是。只有从小培养，才能养就一个人体恤别人的心。

因而，作为生活在今日社会的炎黄子孙，不能摈弃我们的中华传统文化，这是先辈留给后辈的珍贵的思想宝藏，应该让它更好地服务于我们的社会，服务于我们的生活。

第一章　孝篇

第一节　释义求真

【基本释义】

孝：孝是孝养父母，顺其心意。《孝经》云："身体发肤，受之父母，不敢毁伤，孝之始也。"

【基本思想】

"孝"为会意字。一个"老"字，加一个儿子的"子"，合在一起就成了一个"孝"字。老是指上一代，子是指下一代，上一代跟下一代融成一体叫"孝"。我们看这个字就好像一个儿子背负着一个老人。它告诉我们一个道理，即代代相传。上一代要想着如何培育下一代，才能对他的父母、他的祖先有所交代，同时为社会培养出一个好孩子，也是对社会有所交代。而子女理应将奉养父母的责任扛在肩上，时时想着父母，孝顺父母，不仅养父母之身，还要养父母之心、父母之志和父母之智慧，这样才能真正让父母身心愉快，生活更加美满幸福。

古人说："百善孝为先。"我们是从父母那里获得生命的，应该知恩感恩。一个人能知恩感恩，孝心才得以萌生，因而"百善孝为先"。一个人的品德如何，往往可以通过他对父母的态度看出来。孔子说："今之孝者，是谓能养，至于犬马，皆能有养，不敬，何以别乎？"意思是现在很多人认为孝顺父母就是能够养着他们，让他们吃饱；其实你养狗养马，也是让它们吃饱，只给父母饭吃而不从心里孝敬、感恩，两者有什么区别呢？奉养父母，不仅要养父母之身，更重要的是要养父母之心、之志，让父母感受到你的一片真心，让父母看到你美好的德行并引以为荣。

圣人的教学是以孝道为根本，师道是建立在孝道的基础上的。一个人立身处世，不管是对自已的父母，还是对其他人，都应当真诚地关怀和帮助，这才是真正的孝道。

孝道是中华民族的两大基本传统道德行为准则之一，另一个基本传统道德行为准则是“忠”。几千年来，人们把忠孝视为天性，甚至作为区别人与禽兽的标志。忠孝是圣人提出来的，却不是圣人想出来的。它是我国古代长期社会实践的历史产物。

“孝”这个概念早就存在了，但是孔子给“孝”赋予了新的含义，而这个含义与我们今天理解的大不相同。我们翻开《新华词典》，“孝”被解释成孝顺，进一步查孝顺，被解释成尽心奉养父母，顺从父母的意志。我们今天所理解的“孝”类似于《新华词典》中的解释，但是这种理解在《论语》中找不到。《论语》第一篇中首先给“孝”下的定义是这样的：“父在，观其志；父没，观其行；三年无改于父之道，可谓孝矣。”父亲在世时，观察他的志向；父亲过世后，观察他的行为。三年不改父亲所传的道，可以称为孝。“孝”是传递“道”的载体，类似于《老子》中的“谷神”。你还记得《老子》第六章中提到的“谷神”吗？“谷神不死，是谓玄牝。玄牝之门，是谓天地根。绵绵若存，用之不勤。”用来传递道的“谷神”在宇宙交替之间永生不死，“玄”是有和无的总称，“牝”是雌性的，而传递“父之道”需要这样雌性的载体。于是，传递“父之道”的“孝”就具备“谷神”的特点。但是人有整体与个体之说，作为整体的人，正像老子所说是与“道”、“天”、“地”并称的四大之一。也就是说作为整体的人毫无疑问地具备孔子所说的“孝”的特征，几千年来人类文明的发展正是这样一代又一代地传递过来的。但是对于个体的人来说，就不是每一组传递都能完成，所以才有了孔子对“孝”所下的定义。为什么说“每一组传递”呢？因为将“道”传递下去这件事不是靠一代人完成的。虽然《论语》中的这段话所观察的人是下一代人，观察他的志向、观察他的行为、观察他有没有改变“父之道”，但是其所观察的内容是针对两代人的。试想如果上一代人本身没有什么可以传递下去的道，或是虽然有却没有很好地向下传，那么我们怎么能从下一代身上去观察“父之道”呢？所以《论语》中的“孝”是对两代人的要求。

《论语》第二篇中还有这样一段对话：“子夏问孝。子曰：‘色难。有事，弟子服其劳，有酒食，先生馔，曾是以为孝乎？’”子夏问什么是孝，孔子说：“在父母面前和颜悦色难。如果有事，就让年轻人去做，有酒食，就让父兄享用，难道，这就算孝吗？”

这句话与《论语》第一篇中那段关于“父之道”的描述一样，“孝”用来传递道的，“孝”要求参与传递的双方共同实现。

可见《论语》中将“孝”定义为用来传递人生之道的载体。

但是，为什么我们今天所理解的孝与孔子的原义有这么大差别呢？这可能同长期以来对《论语》的误读有关。《论语》第二篇中有这样一段：“孟懿子问孝。子曰：‘无违。’樊迟御，子告之曰：‘孟孙问孝于我，我对曰无违。’樊迟曰：‘何谓也？’子曰：‘生，事之以礼；死，葬之以礼，祭之以礼。’”孟懿子问什么是孝，孔子说：“不要违背礼的准则。”樊迟为孔子赶车，孔子就对他说：“孟懿子问我什么是孝，我回答是不要违背礼的准则。”樊迟又问：“那是什么意思呢？”孔子回答说：“那就是父母在世时要以礼相待；父母去世后要以礼安葬，以礼祭奠。”这个“无违”，后来发展成“顺”，而后是“孝顺”，今天我们对孝顺的理解就如《新华词典》中所解释的“尽心奉养父母，顺从父母的意志”。孔子就怕后世的人歪曲他这个“无违”的意思，特意通过与樊迟的对话解释了什么叫“无违”，可奇怪的是后来还是被歪曲了。孔子说得很清楚：“无违”的意思是生时以礼相待，死后以礼安葬，以礼祭奠。决不是我们今天所理解的孝顺。以礼相待的意思是相互尊重，相互关照；以礼相待让人与人保持距离；以礼相待就不会无条件地顺从父母去作越礼之事。以礼安葬、以礼祭奠是对先人的追思，是对自身的鞭策。所以，“无违”是指无违于礼，而不是无违于长辈。

两千年来的误读使得孔子思想中的“孝”完全改变了面孔。与“传递道”这个含义相比，“尽心奉养父母，顺从父母的意志”这样的解释不仅狭小、僵化，甚至是错误的。用同一种教条去解决人间万象的家庭关系，就如同用同一种尺寸的衣服去套高矮胖瘦不同的身体。而父子之间道的传递是人有别于动物而通于天地的特性，是人成为“四大”之一的基本条件。因此，将“孝”作为道的载体，以保证人的精神也就是道的精神代代相传是孔子思想的核心。在具体的父子关系、师生关系乃至任何两代人的关系中考察“孝”，就是要考察他们之间传递的通道有没有被很好地维护，他们之间是否存在传递的困难。如果有所谓“代沟”形成，传递的通道即被堵塞，父母的说教无法被儿女接受。在这样的情况下，不管儿女如何“尽心奉养父母，顺从父母的意志”，孝都已经不存在了，那些形式上的奉养和顺从与演戏没有什么区别。

在今天，无论父母、儿女，老师、学生在参与传承的过程中，不仅要精心维护两代人之间传递的通道，而且要诚心诚意地教，诚心诚意地学，才能被称为孝。

传扬、遵从孝道，家庭才能更和谐，社会才能更加稳定昌盛！

第二节　经典故事集锦

子路负米

【经典故事】

子路是春秋时期鲁国人，是孔子的得意门生，性格直率勇敢，非常孝顺。为了孝敬父母，子路曾经走到百里之外把米背回来让自己的父母吃。

因为从小家境贫寒，子路经常吃野菜度日。子路觉得自己吃野菜不要紧，就担心父母年纪大了，可能会因为营养不够导致身体不好。为此，子路很忧虑，想方设法去解决问题。

子路家离集市很远，每当家里没有米时，他必须要到百里之外的集市上才能买到，然后再背回家来，奉养双亲。这么远的路程，也许有人可以偶尔做一两次，但是在一年四季里从不间断，就很不容易。子路却不论寒风烈日，从未中断过，也从来没有怨言。

冬天，冰天雪地，子路顶着鹅毛大雪，踏着河面上的冰，一步一滑地往前走。抱着米袋的双手实在冻得不行了，他才肯停下来，把手放在嘴边呵几口气，然后继续赶路。

夏天，烈日炎炎，子路汗流浃背，但他从不停下来歇息一会儿，只为了能早点回家给父母做可口的饭菜。遇到下大雨时，子路就把米袋藏在自己的衣服里，宁愿淋湿自己也不让大雨淋到米袋。

子路时常想着父母，替父母分忧。他觉得只要能奉养父母，过这种生活也非常踏实，非常欢喜。

子路为父母买米，从没间断过，直到父母双双过世。

三年守孝之后，子路南下去了楚国。楚王非常赏识他的才华和人品，于是赐予他高官厚禄，他出入府邸都有上百辆马车跟随。从此，子路过着富足的生活。

有一次，楚王召见子路。

“子路，我待你不够好吗?”

“您对我的恩待已经到达极致了。”

“那我怎么看你总是一副心事重重的样子?”

“现在我虽然衣食无忧，但一念及父母已经过世，便悲从中来：如果父母还健在，也和我一起享受这样的生活该有多好！现如今，这钟鼓美食虽然好，但又怎么比得上双亲健在时的一碗米饭呢?”

【人生智慧】

俗话说：“万恶淫为首，百善孝为先。”一个人即使做了无数件善事，但如果不懂得孝敬父母，那也不能称为善良的人。孝顺父母一直被奉为中华民族的传统美德，由一代又一代的中华儿女传承下来，可以说是每一个中华儿女人生道路上的必修课。

先贤教导我们要及时行孝，“树欲静而风不止，子欲养而亲不待”，随着父母年纪的增长，儿女能孝敬、赡养父母的时间就随之减少。如果儿女们不能好好珍惜和把握与父母在一起的日子，一切都想等到“有钱”、“有权”或“有空”之后，等待儿女的，也许就是终身的遗憾了。

如今的社会，由于种种原因，有些儿女只是每个月给父母一些钱，而不是抽出时间多陪伴父母，不记得时常给父母打个电话问候一下，这样，父母不会真正感到快乐，这样的儿女也不是真正孝顺的儿女。

孝敬父母，不能总以物质来衡量，很多时候物质只能解决基本的日常问题，并不能解决更多。因而，儿女对父母的拳拳心意才是关键。

子骞芦衣

【经典故事】

春秋时代，有个孝子叫闵子骞，是孔子的学生。闵子骞的亲生母亲很早就去世了，父亲续弦娶了继母后，继母又生了两个弟弟。继母对他并不好，因为闵子骞不是亲生的，继母对待他也就和对待自己亲生的孩子有很大的差别，常常借故虐待他。

继母由于厌恶闵子骞，就在一年冬天用野地里的芦花给他做衣服，而给他两个弟弟用的是棉絮。芦花做的衣服看起来很蓬松，但是不保暖。恰逢一天，闵子骞的父亲要带他外出办事，让他驾马车。因为冰天雪地，冷风飕飕，衣服又不保暖，闵子骞身上芦花做的衣服哪能抵挡住冬天的寒气，所以他就冻得发抖，双手都冻僵了，嘴唇也冻紫了。一阵寒风吹过，闵子骞僵硬的手指实在没法抓紧缰绳，一失手，缰绳脱落了。这引起了马车很大的震动，坐在后面的父亲差点摔下来。父亲因此很生气，“衣服已经穿得这么厚了还在发抖，是不是有意要诋毁继母?”一气之下，父亲就拿起鞭子抽打闵子骞，结果鞭子一打下去，衣服就破了，芦花飞出来，父亲一时没反应过来。待看到闵子骞的“棉衣”里全都是芦花，没有一丝棉絮的时候，父亲才明白，原来是闵子骞的继母在虐待自己的孩子。父亲的眼睛湿润了，“让孩子在三九寒天里遭这样的罪，是自己没有尽到做父亲的责任啊！没想到同床共枕的妻子竟然对儿子如此狠毒。”回到家里，父亲当即就要把闵子骞的继母休掉。

闵子骞顾全大局，设法劝父亲将继母留下。他跪下来跟父亲说：“求父亲别赶母亲走！母在一子寒，母去三子单，有母亲在家里，顶多只有我一个人受寒冷，假如母亲走了，您的三个儿子同时都要挨饿受冻啊。”

在这种情形之下，闵子骞还能考虑到兄弟和家庭的和谐相处，这一份真诚让他的父亲息怒，能有闵子骞这样懂事的儿子，父亲感到很欣慰。闵子骞的真诚也让继母起了惭愧之心，以后看待闵子骞，就像自己的亲生儿子一样。家庭从此变得幸福和乐。

【人生智慧】

“亲憎我，孝方贤”。在当今社会，即使“亲爱我”，很多人也不见得能做到“孝”，何况“亲憎我”！而闵子骞确确实实做到了贤孝。

闵子骞维护家庭、孝顺父母的故事让听到的人都为之动情，可谓感天动地。在那样的情形下，如果闵子骞的父亲在盛怒之下把自己的续弦赶走，那么事后，这个家庭从此就破碎，再也没有亲情。

但是，闵子骞的贤孝使这个家庭没有沦落到悲惨的境地，一家人从此过上了幸福温馨的生活。

在现在的社会中，离婚率居高不下，重组家庭众多。如果儿女是生活在重组的家庭中，应该学会如何与继父（母）相处，逃避、敌对或疏远都可能导致家庭生活质量的下降。这也是一种不孝的表现。

当与父母间出现矛盾的时候，我们首先应该想一想是不是自己的过错，想一想是不是自己有什么地方做得不合乎父母的心意；如果是父母的过错，我们也要懂得委婉地劝谏，毕竟父母是长辈，要有一定的尊重，不能强硬对抗。多想自己的过错，多念父母的好，这样可以免去许多矛盾，增添更多温情和幸福。

郯子扮鹿

【经典故事】

郯子是春秋时郯国的国君，天性非常孝顺。

郯子的父母年纪都大了。更不幸的是，两位老人都害了眼病，几乎到了失明的边缘。郯子听说鹿的乳汁可以治疗眼疾，便派人多方寻求，可就是找不到，他就下定决心亲自上山去寻找鹿乳。

于是郯子披上鹿皮，来到深山中，看到鹿群便悄悄混迹其中。而鹿们一点儿也没觉察出来。终于，他取到了一些鹿乳。没想到，正在郯子十分欣喜的时候，几个上山来的猎人看见他，还以为他是一只个头特别大的鹿呢，拉弓就要射箭。郯子慌忙起身，大叫着跳出鹿群，这才避免了一场灾祸。他又把详情告诉那些猎人，大家被郯子的孝心感动了，以后谁上山，都会记得帮郯子取些鹿乳回来。

经过一段时间的饮用，郯子父母的眼疾终于好了。

【人生智慧】

现代社会正处于一个竞争激烈、节奏迅速变幻的时代，人们忙于奔波，忙于生计，忙于发展，忙于个人享受，忙于建立自己的小家庭，往往会忽略自己的父母。有很多人可能一周、一个月甚至更长的时间才会想起自己的父母。

这样怎么可能做到孝顺父母呢？

当人们在外边打拼时受伤了，才会想起家庭的温暖与安全，才会想起还有家中的父母可以信任。

为人父母者，对自己子女的要求其实并不高，他们不奢求子女能够富贵荣华，只希望子女平安、幸福，希望孩子能够常回家看看，让他们能够享受哪怕是几日的天伦之乐。

当我们在路上的时候，别走得太快，别一味沉醉于路上的风景，多想想父母的养育之恩，多体察父母那企盼的眼神，多陪陪父母，让他们多体会一些晚年的幸福，帮他们多完成一些未了的心愿，这样才算尽了为人子女的孝道责任。

文帝尝药

【经典故事】

汉文帝刘恒是汉高祖刘邦的第三个儿子。在汉文帝八岁时，汉高祖就封他为代王。他是庶出的，母亲是薄姬，后来称薄太后。薄太后曾经生病，足足病了三年之久。

汉文帝生性孝顺，在侍奉母亲的三年里，他几乎没有睡过一个安稳觉。即使在休息时，汉文帝也很少宽衣解带，生怕在母亲呼唤时，由于自己一时的怠慢而无法及时侍奉。为了更好地照顾母亲，汉文帝还用心观察母亲所服汤药的药效、剂量，并且牢记于心。时间长了，汉文帝对什么时候用药，如何熬制才能充分发挥药效等，都能很好地掌握。每次母亲服药前，汉文帝必会先尝一尝，看看药熬煮的浓度是否恰当，温度是否合适，然后再嘱咐婢仆进行调制，直到适宜服用为止。

在汉文帝三年如一日的护理下，母亲终于有了好转。汉文帝贤孝的名声也很快传遍天下，人人都称赞不已，并竞相模仿，使得社会风气明显好转。

汉文帝在位二十四年，重德治，兴礼仪，爱民如子，注重发展农业。到了播种的时候，他亲自带领大臣到乡下耕地、播种，这极大地调动了农民的积极性，使得他在位时期人丁兴旺，经济得到迅速恢复和发展。治国有方的汉文帝是中国历史上一位贤明的君主，在他的治理下，西汉逐渐兴盛起来。

【人生智慧】

古人认为，在“亲有疾”时，要做到“药先尝”，在“昼夜侍”时，要做到“不离床”，这样才算是孝道的体现。汉文帝以一国之尊，日理万机，依然能抽出时间侍奉母亲，并且能做到长年累月一直坚持，这才是真正的仁孝。

孝顺父母不在于是否有钱，有钱当然更好，没钱也可以通过行动来体现；孝顺父母不在于地位的高低，关键是作为子女是否有一颗孝顺的心，将父母时刻放在心上；孝顺父母不在于有没有时间，就像鲁迅所说的，时间就像海绵里的水，只要愿意挤，时间总是可以有的，关键是为人子女的孝心到不到位！

古人的孝道让人敬佩，那么，你呢？

江革负母

【经典故事】

汉朝的时候，有个人叫江革。他从小就没有了父亲，和他的母亲相依为命。那时候天下不太平，盗贼很多，江革就背着母亲去逃难。

逃难途中，江革多次遇到盗贼。每当面临这种情形，江革便会在盗贼面前苦苦地哀求：“我从小就失去了父亲，是母亲含辛茹苦把我拉扯成人。如果我随大王去了，留下孤零零的老母亲，兵荒马乱，举目无亲，叫我母亲如何保全性命？恳请大王念我有老母在侧，无人奉养，能放过我们。”

盗贼看到江革如此诚心诚意地哀求，无不被他的孝心感动，所以也就不忍杀他。就这样，江革屡次感动盗贼，化险为夷。

后来盗贼被平息之后，江革就带着母亲一起到下邳（今江苏睢宁

北）居住。因为穷得衣不蔽体，江革就找了一份苦力工作来挣钱供养母亲，并尽力满足母亲的需要。

母亲去世后，江革非常伤心，在墓前号啕大哭。他在母亲坟旁守了三年孝，就是睡觉的时候，丧服也不脱下来。

江革的孝行不但感动了邻里，还感动了地方官员。他在汉明帝时被推举为孝廉；汉章帝时被推举为贤良方正，任五官中郎将。但是不久，他就辞官返乡。皇帝非常敬重江革的为人，年年派人慰问江革，而且他一生所有的支出都由朝廷来供给。

江革的孝行为天下人所共知，所以人人称他为“江巨孝”。

【人生智慧】

在和平盛世，行孝的大环境好，所以为人子女也更能好好地孝顺父母。但假如是在动乱的年代里，各种各样的状况层出不穷，生离死别比比皆是，在这样的情况下，如果要行孝，就要比和平年代困难得多。

江革的孝顺行为无数次感动了歹徒，这使他在乱世中依然能够留存平安之身。如果江革是个不孝顺的人，只顾自己，歹徒很可能就不会放过他了。

因而，一个人如果心怀慈悲，懂得感恩，懂得孝顺父母长辈，那么他周围的生活环境也往往会朝着好的方向变化。

身在乱世中的江革尚且不忘孝顺自己的父母，生活在和平年代的你，作为子女，是否做到孝顺父母了呢？

蔡顺拾椹

【经典故事】

在汉朝，有个读书人叫蔡顺，他母亲喜欢吃桑椹。蔡顺从小就失去了父亲，与母亲相依为命，二人因躲避王莽兵祸，逃难来到了椹涧。谁知这里也因连年兵祸，土地荒芜，百姓流离失所，母子二人的日子过得很艰难。为了活下去，蔡顺留母亲在家，自己天天外出讨饭，讨到好一些的食物就带回家让母亲吃，自己只吃些野菜剩粥充饥。

后来，樊崇率领的赤眉军打到许昌。当时，老百姓害怕军队抢掠，逃的逃，躲的躲。本来就以要饭为生的蔡顺生活更加艰难了，经常是跑了很远，也讨不到一口吃的。太阳落山了，蔡顺还没有返家，母亲惦念儿子，就坐在村头等候，至今椹涧乡菜园村西的山冈上还存有“等子寺”遗迹。

有一天，蔡顺出外去采桑椹，他拿了两个篮子，一个装黑色或紫色的，另外一个装比较红的。他在回家的路上遇到了强盗。强盗们把他抓起来，问他："你采桑椹为什么要分两边?"他说："因为黑色、紫色的是熟的，比较甜，是留给我母亲吃的；这边红的是不太熟的，是留给我自己吃的。"

强盗们听了很感动，就把他放了，还送给他三斗白米，让他带回去供奉母亲。

【人生智慧】

杀人不眨眼的强盗也因为蔡顺的孝心而感动，因为这样真挚的孝行唤醒了强盗们内心深处的孝心。无论是多么心狠手辣的人，心里毕竟有着人性柔软的一面。这正应合了那句古话——"人之初，性本善"。

孝道的故事流传很广，很多人也知道要孝敬长辈，但并没有多少人真正做到孝顺父母，或者可以这样说，就是很多人没想过自己应该怎样去做，没有想过需要去学习如何孝顺父母，所以孝顺这个话题成为当今社会很多人心里的遗憾。

孝顺也需要学习，只有把这门功课学好了才能更好地孝顺父母。孝道的教诲不是拿来说说的，而是需要我们真正去做，真正去落实。

黄香温清

【经典故事】

东汉时有个人叫黄香，江夏人，他家的生活很艰苦。九岁时，黄香的母亲得了重病，懂事孝顺的小黄香一直不离左右地照顾着母亲。不幸的是，母亲还是病逝了。

母亲去世后，黄香更是把全部的孝心都倾注到父亲身上，家中大大小小的事情，自己能做的从不麻烦父亲。

三伏盛夏，酷热难当。每天只要吃过晚饭，就可以看到邻居们搬出椅子，坐在屋外乘凉聊天。这时，小孩子总是会趁机要求大人们讲故事，要不就是在夜幕下追逐着玩耍。但是在这么多人中，永远找不到黄香的影子。原来细心的小黄香担心劳累一天的父亲因天太热睡不好觉，正拿着扇子在床边扇枕席。左手扇累了，换右手；右手酸了，再换左手。就这样一下又一下地扇着，一直扇到席子已经暑气全消，黄香才去请父亲上床睡觉。一夜、两夜……整整一个夏天都是这样。

过了秋天，隆冬来临，每到晚上整个屋子就冷得像冰窖一般，要是碰上下雪的日子，就更有得受了。但是孝顺的黄香仍有办法让父亲每天晚上睡得舒舒服服。只要天一黑，黄香就会钻进父亲冰冷的被窝里，用自己的身体把被子焐得暖烘烘的，然后再请父亲去睡。

父亲生病了，黄香更是辛劳尽心，为父亲买药、熬药，不分日夜地照顾父亲。没几天，父亲的病就好了。

当时的江夏知府刘护得知一个九岁的孩子竟有如此孝行，非常惊奇而感动，便奏请朝廷旌表他。后来黄香被举荐当了孝廉，官至尚书令。当时更是有“江夏黄香，天下无双”的赞誉。

【人生智慧】

做人，最重要的品德之一就是要有孝心。只有具备了这一品格，才能真正地成才，这也是作为子女对父母应尽的最基本的义务。

当父母上年纪时，他们更需要精神上的关爱，如果有时间，应该经常和父母在一起，让父母感到亲情的温暖。

现今科技发达，物质生活富裕了，我们不需要再像黄香那样扇席暖床了。但他孝敬父母的精神是永远值得我们学习的。我们要以黄香为榜样，从身边一点一滴的小事做起，孝敬父母。

董永卖身

【经典故事】

汉朝的时候，有个青年叫董永，他天性非常孝顺。因家里穷苦，父亲去世了他都没钱来筹办丧葬。正手足无措间，董永想到干脆去卖身来筹钱下葬父亲。

果然，有人答应帮董永下葬父亲，但过后董永就得去给他家做工，以此来抵卖身钱。董永感激地答应了。

等父亲的丧事操办完毕，董永就去那个债主家。走到半路，他遇到了一个漂亮女子，那女子说愿与董永结为夫妻。董永欣然同意，两人便一同到了债主家。

债主吩咐他们，等织出细绢三百匹，才可以让他们走。若董永一个人，真不知何年何月才织得完这些绢。可没想到，女子却织得神速，又快又好。不消一个月工夫，三百匹绢就统统织完了。债主惊讶地张大嘴巴，觉得实在不可思议。

回家的路上，他们走到一棵槐树底下时，那女子突然停住了脚步，依依不舍地对董永说："我不得不和你辞别了。我原本是天上的织女，因为天帝感动于你的孝行，特地派我来帮助你的。"说完，织女飘然飞上天去了。

【人生智慧】

很多人在父母健在的时候，总觉得能力不够、钱财不多、时间不够，或者事情应酬多，总之难以做到对父母尽孝。"亲在"时，"当孝不知孝"，等到"亲殁"了才知道要孝顺，但已经"孝难全"了。这样即使捶胸顿足又有什么用呢？

几乎每位父母的离去都会给子女留下或多或少的悔恨与遗憾，后悔身为子女，却没有做到更好。生活当中已经有太多这样的故事，身为子女的你，应该从中汲取教训，不让类似的事情发生在自己的身上。

陆绩怀橘

【经典故事】

三国时期的陆绩是吴国（今江苏苏州）人，他父亲是陆康，曾经在庐江当过太守，与将军袁术私交很好。陆绩自小受父亲高风亮节的熏陶，深懂孝、悌、忠、义之道。

有一次，父亲带六岁的陆绩到袁术家里做客，小陆绩坐在后面听袁术与坐在前排的群臣论说时事。当听到有人提出用武力解决当今的乱世时，小陆绩大声说："这是错的！管仲不用武力，而是用自己的德行征服各国。连我童蒙都知道这些道理，为什么你们大人却不知道呢？"众人都回头看着小陆绩，他却显得自在从容，不卑不亢。

袁术惊叹小陆绩的才学，破例在前排给他赐座，还命人端来一盘橘子给他吃。那橘子肉肥汁多，味道极美。陆绩悄悄地往怀里塞了三个，在场的人谁也没有注意到。

当向袁术垂礼拜别时，陆绩不小心将怀中的橘子滚落到地上。袁术见后很生气，厉声问道："我看你知书明理，却怎么偷橘子呢？"陆绩神色自若地说："我母亲爱吃新鲜的橘子，她没吃到，我是为了孝敬母亲才拿的。"袁术听了陆绩这一番话，觉得非常稀奇，小小年纪就有这样的才学与孝心，将来肯定是个不同凡响的人物！

博学多识的陆绩长大后果然成为当时的著名儒将，也是中国历史上杰出的天文学家。

【人生智慧】

在当年橘子入怀的时候，正是陆绩天真烂漫的时候，他“纯孝成性”甚至忘却了一些小节，可以说，很多伟大人物也有类似的行为。

孝道教育，恰恰是如今的学校中所缺失的内容，而在家庭中，由于国情与政策，独生子女很普遍，对孩子的过于溺爱，使得孝道在青少年的意识中很淡漠。

先哲的许多教诲切实可行，需要今天的人们借鉴学习。只有这样，才会一步一步带来良好的社会风尚效应。

王裒泣墓

【经典故事】

三国时，魏国有一个叫王裒（póu）的人，非常孝顺。

王裒的父亲王仪当时在朝廷里当官。有一次，大将军司马懿出兵，却兵败而归。在这次战争当中，很多士兵战死了。司马懿在上朝的时候，询问手下的这些文武百官，要大家分析这次战役为什么会损失惨重。结果没有人敢开口说话，唯独王仪直陈：“这次战役的责任完全归于大将军。”司马懿闻言就非常生气，一怒之下把王仪拉出廷外问斩。

王裒自幼饱读诗书，所以他的学问、品行非常好，朝廷也屡屡征召他出来为官。可是父亲含冤而死，王裒感到非常难过，因此他终身不再面向西坐，以表示自己不愿入朝廷为官。

父亲去世后，王裒在母亲的抚育下渐渐长大，王裒对母亲也百般孝顺。只要是母亲的事情他就亲力亲为，体贴入微。他将全部的孝心放到了母亲身上。除了亲自照料母亲的饮食起居，还常陪她说话，逗她开心，解除老人精神上的孤独和凄苦。母亲病了，他日夜侍候在床前，衣

不解带地喂汤喂药。

几年以后，王裒的母亲久病不治，溘然长逝。他悲痛万分，将父母合葬一处，虔诚恭谨地守丧尽孝，每天早晚，都到墓前祭奠。母亲生前胆子小，最怕打雷。所以每当遇到风雨交加、雷声隆隆的时候，王裒就会很伤心地飞奔到母亲墓前，泪涔涔地拜哭着说："儿子在此陪伴母亲，母亲不要怕呀！"他常扶着墓旁的柏树哭，咸咸的眼泪落到树上，久而久之，那棵柏树竟然慢慢枯萎了。

每回读诗，读到那一句"哀哀父母，生我劬劳"，王裒都忍不住流泪，并反反复复地在心中吟诵。如此，他的弟子们反而不忍卒读有"哀哀父母"句的《蓼莪》篇了。

【人生智慧】

随着子女长大成人，父母却日益衰老，更何况随着子女的长大成人，在社会中的角色越来越多，与父母相处的时间就更为短暂。所以才有这么一句诗——"谁言寸草心，报得三春晖。"

孟子说："大孝终身慕父母。"真正孝顺的人，一辈子都不会忘记父母给予的教诲与恩情。只有这样，才是真正的孝，也才真正尽到了孝道的责任。

弃官为母

【经典故事】

宋朝有个读书人，叫朱寿昌。他母亲不是父亲的元配，因此父亲的元配对他母亲很排斥，就设法逼他母亲改嫁。寿昌七岁的时候，生母因为被嫡母嫉妒，被赶出家门另嫁他人，从此寿昌就和生母分离了。

寿昌从小就失去了母爱，他看到别的小朋友都有母亲在身边，天天嘘寒问暖，疼爱有加，就非常思念自己的母亲。每到初冬，别人的母亲早早为自己的孩子做好了棉衣，寿昌的生母却不在；当别的小朋友心中有了委屈，可以依偎在母亲怀里撒娇时，寿昌却不能。寿昌多么盼望能像别人一样，可以经常依偎在母亲的怀抱里。

寿昌就在这样的环境中长大，他一直努力读书。后来当了官，他一直明察暗访，并且抄经供佛给母亲积德。后来，他弃官离家，希望能尽快找到母亲。他在没有找到母亲之前，一口肉都不吃，说等母亲回来之后再好好吃。寿昌五十年来夜以继日地想念母亲，常每言及就泣不成声，他是多么希望自己可以亲自服侍母亲，让母亲重享天伦之乐啊！可是虽然多方打听，都没有办法得到母亲的下落。

后来，寿昌已经上了年纪，还坚持要离家寻母。家里人也不放心他，都来劝阻，可是寿昌对家人说："如果不见到母亲，我永远都不回来。"他意志非常坚定，远到陕西寻找母亲，希望与母亲共享天年。

寿昌一人在外，人生地不熟，遇到很多险阻，非常艰辛。可是，困难丝毫没有动摇他寻母的念头，相反，他想到和母亲分别五十多年都不能团聚，就更坚定了寻母的信念。他走到哪里打听到哪里，天天祈祷。

寿昌后来到了同州（今陕西大荔县），正好碰上下大雨，他同一些当地人一起避雨，就趁机询问这些人。当他把母亲的一些情况同大家说完后，奇迹出现了，刚好有人知道他母亲的住址。母亲已经七十多岁了。

寿昌费尽千辛万苦终于找到了母亲，他非常高兴地把母亲接回家里，又把同母异父的兄弟都接回家同住。母子相聚，相拥在一起，骨肉团聚的心愿终于实现了！从此，寿昌全家过上了幸福的生活。

寿昌与母亲分离长达五十多年，在如此漫长的岁月中，他始终保持对母亲的孝思不变，实为赤诚孝心的真情流露。谚云“孝感天地”，这一片真心终于让他有机缘找到了母亲。

【人生智慧】

朱寿昌在小的时候就离开母亲，但数十年来都没有一日忘怀，纵使他后来富贵兼全，最终还是弃官求访。尤其看他与家人诀别时的语气，掷地有声，诚穿金石。

与朱寿昌相比，今天的为人子女者，大多都能有服侍孝养父母的机会，这是何等的幸运！但是，为什么却有那么多人不懂得去孝顺父母呢？

把握住在父母身边的日子，用心尽孝，不要让“子欲养而亲不待”的情形发生，不要让痛苦和悔恨啃噬自己的心。

父母对我们恩重如山，所谓“报怨短，报恩长”，我们应还之情、应报之恩，是永远没有办法还尽的。“大恩不言谢”，愿我们每一个人不只是在嘴上说着、心里想着父母，更要在行动上把这一颗赤诚之心掏给父母看，让他们切实感受到子女的爱。

庭坚涤秽

【经典故事】

宋朝的时候，有一个读书人叫黄庭坚，擅长书法，是宋代四大书法家之一，天性很是孝顺。

黄庭坚聪颖好学，二十三岁就考中了进士。元佑年间，黄庭坚已经做了太史。自己虽然做了贵官，显名天下，但物质条件越好，他就越注意孝顺母亲，极尽心意。

黄庭坚的母亲特别爱卫生。因黄庭坚为了保证让年迈的母亲身心安稳，避免因为仆人的卫生清洁不能让母亲满意而导致母亲心生烦恼，他就坚持每天亲自为母亲刷洗便桶，数十年如一日，从不间断。

黄庭坚的做法引起了一些人的好奇和不解。有一次，有人问黄庭坚：“您身为高贵的朝廷命官，又有那么多的仆人，为什么要亲自来做这些杂细的事务，甚至还亲手做刷洗母亲便桶这样的事情呢？”

黄庭坚回答说：“孝顺父母是我的本分，同自己的身份地位没有任何关系，怎能让仆人代劳呢？再说孝敬父母的事情，是出自一个人对父母至诚感恩的天性，又怎么会有高贵与卑贱的分别呢？”

【人生智慧】

事业以及其他方面的成功，很容易让人们膨胀迷失。兼之父母在一天一天中变得衰老，思想上又难以跟上潮流，相对而言比较保守古板，这很容易让为人子女者将自己凌驾于父母之上，态度也变得傲慢、无礼了。

父母之情高于天，无论我们每一个人取得了多么伟大、辉煌的成就，父母的恩情都是我们这一生无法还清的，因而，在父母面前，为人子女者又有什么资格认为自己可以高高在上呢？

李忠辟震

【经典故事】

元朝的李忠是山西晋宁（今山西临汾）人。在他年纪很小的时候，父亲就不幸去世了，他和母亲相依为命。

自从父亲过世后，他的母亲就开始默默承担起养家的重任。平时，她外出耕田种菜，像男人一样维持着家里的生计；走进家门，又要纺纱织布，打理家务，教育子女，尽心为孩子营造温暖的家庭气氛。母亲克勤克俭的生活作风和谨守节操的坚忍意志，让李忠耳濡目染牢记在心。

俗话说：“穷人的孩子早当家。”李忠不仅早早就懂得如何去体贴和照顾母亲，还以幼小的臂膀努力分担着母亲的辛劳。察觉母亲口渴了，他就为母亲端茶倒水；母亲外出劳作回来，他就帮母亲按肩捶背；一个人在家的时候，他就学着母亲的样子，扫地做饭；夜幕降临了，他就准备好洗脚水和被褥……不知不觉中，他学会了劈柴挑水。农忙季节，他小小的身影已经陪同母亲一起忙碌在田间地头。

李忠时时处处都念着母亲的辛劳和需要，还想尽办法替母亲分忧解愁。孝顺的李忠成为母亲强有力的精神支柱，就算自己再苦再累，也觉得非常值得。失去亲人的伤痛，就在母子之间相互的爱与关怀中，慢慢被抚平了。粮食不继的日子里，他也不觉得艰难。

乡亲们看到小小年纪的李忠对母亲如此孝敬，做事勤奋努力，都深受感动。他们不但常常伸出援助的双手，还纷纷以李忠为榜样，来教育自己的子女。村里出了这样至孝的孩子，是全村人的荣耀。

后来的一天，李忠家所处的郇保山一带突然发生了强烈的大地震。剧烈的震波突如其来，使整座山都在移动。震波所及之处，房屋轰然倒塌，成片成片地被夷为平地，被压死的村民惨不忍睹。

就在千钧一发之际，奇迹发生了：砸下的石头突然分为两支，呈V字型，从两侧绕过李忠家的房屋，一直到五十多步以外的地方，才又合拢在一起。李忠的家就这样在强震的灾难之中得以幸免。

被震灾毁坏的区域一片狼藉，人员死伤不计其数。然而，无情的地震似乎也懂得敬畏孝子，使得李忠家能得以保全。

【人生智慧】

可怜天下父母心，试问世上除了父母，还有谁会心甘情愿地为我们付出而毫无所求呢？因而，为父母付出，不管怎么样的程度都不算过分。像李忠这样的程度，也只是在回报其父母恩情的万中之一。

这个故事虽然近乎神话，但也只是用夸张的手法说明了孝道的可贵。孝道，不仅仅是个人的品德。很多时候，我们也更愿意与那些有孝心的人一起生活共事。一个人如果没有孝心，在社会上是很难立足的，因为没有人愿意与这样的人打交道。

伯俞怜母

【经典故事】

古代有个孝子叫韩伯俞。他的母亲在他犯错时，总是严厉地教导他，有时还会打他。待他长大成人后，当他犯错时，母亲依然如故。有一次母亲打他，他突然放声大哭。母亲很惊讶，几十年来打他从未哭过。

于是母亲就问他："为什么要哭?"伯俞回答说："从小到大，母亲打我，我都觉得很痛。我能感受到母亲是为了教育我才这么做。但是今天母亲打我，我已经感觉不到痛了。这说明母亲的身体愈来愈虚弱，我奉养母亲的时间愈来愈短了。想到此我不禁悲从中来。"

【人生智慧】

孝敬父母历来是我们每个人成长中的必修课。每个人的天性中都有一颗至善、至敬、至仁、至慈的爱心，只有以圣贤为榜样，才能将本善的自我激发出来，真正做到"孝亲顺亲"的本分。

但"树欲静而风不止，子欲养而亲不待"，随着父母年纪的增长，我们能孝敬、赡养父母的时间一日一日地减少。如果我们不能把握住与父母相聚的时间，一切都等到"等我有钱了之后"，等待我们的恐怕只有终身的遗憾。

故事中的伯俞能够通过小细节感受到父母的变化，可见他时刻把父母放在心头。这教导我们，孝敬父母，并不是用物质来衡量的，而是要看我们是否真正怀着一种敬爱的感情，将父母时时放在心头。

毛义养亲

【经典故事】

在古代，有个孝子叫毛义。因为那时是乱世，读书人大多不愿意出来做官，只想自己独善其身，好好教学，不愿贪图所谓功名利禄。然而毛义就接受了一个官职，出来做官。他的一些好友就觉得他不可以这样做，因此就看不起他。毛义在接受官位的时候，还露出微笑，所以这些朋友都逐渐远离他了。过了一段时间以后，毛义的母亲去世了，毛义就把官职辞掉，从此就没有再出来为官。毛义的好友中，有一位很有名望的读书人叫张奉，他看到毛义辞官回来，内心很惭愧。他说："毛义当初这一笑是为谁笑的？他挨饿没关系，如何可以让他的母亲挨饿？他是为了奉养母亲，心生欢喜。等母亲去世以后，他要保守气节，就不愿再出去。这是通权达变。"

【人生智慧】

百善之首，以孝为先。孝子至诚的孝心孝行，是人的天性，本与天地大道相应，人人可行，人人必行。

毛义为了父母不怕流言蜚语，出来做官只为不让父母挨饿。这才是真正的孝顺。

儿女需要时刻孝敬父母，不能找出种种理由借口来搪塞推诿，如果我们不能把握住与父母相聚的时间，最终等待儿女的恐怕只有无法弥补的遗憾。

曾子受杖

【经典故事】

在春秋时代，有个孝子叫曾子。有一次他父亲很生气，要处罚他，顺手拿起旁边一根很粗的棍子打他，他很乖，动都不动。“父母责，须顺承”，就乖乖在那里让父亲打。父亲因为脾气比较大，竟把他打昏了。

孔子知道了这件事，就对曾子说：“你这样做，即是不孝！”曾子觉得自己很乖，连跑都不跑，怎么会不孝？孔夫子说：“假如你的父亲失手把你打死了，谁最伤心？是父母。如此是陷父亲于不义！”

孔子告诉曾子说，“小杖则受”，小棍子可以接受；“大杖则走”，大棍子就要赶快离开，要学灵活一点。

【人生智慧】

我们与家人产生矛盾的时候，首先想到的应是自己的过错，反省自己是不是有什么地方做得不顺父母的心意。如果能这样，相信在家庭生活中，一定可以免去许多误会与争执，免去许多不愉快。

但是，父母也是人，也会有情绪偏激和行事误解的时候，这时候儿女就不能一味地孝顺，而要懂得在父母生气时避开锋芒，并观察情况，找机会纠正父母的错误，处处为父母着想。

第二章　悌篇

第一节　释义求真

【基本释义】

悌：兄友弟恭。悌为会意字，一个“心”字，加一个弟弟的“弟”，心在弟旁，心中有弟，表示哥哥对弟弟妹妹的关心，就是兄弟间彼此诚心友爱。而弟又有“次第”的意思，即弟弟对哥哥要恭敬顺从，哥哥对弟弟要爱护，并用正知正见来领引他。兄弟之间如能各尽其道，自然和睦友爱。

【基本思想】

悌，儒家的伦理范畴，指敬爱兄长，顺从兄长。常与“孝”并列，称为“孝悌”。儒家非常重视“孝悌”，把它看做是实行“仁”的根本条件。《论语·学而》：“其为人也孝悌，而好犯上者鲜矣。不好犯上，而好作乱者，未之有也。君子务本，本立而道生。”《孟子·滕文公下》：“于此有焉：入则孝，出则悌。”

“悌”字在八字中排第二位，可见其重要性。兄弟之间能各尽其道，要想到兄弟之间如手足，轻财利重情义，要相互关心友爱，彼此息息相通，兄弟之间有直接的血缘关系，如同树木一样，同根连枝。如果能够这样，父母必然高兴，一个家庭必然和睦友爱。“家和万事兴”，家庭成员之间团结互助，这个家也必定会兴旺的。

在家中要敬爱兄长，在学校、社会要奉事师长，礼敬他人。家中兄友弟恭，则父母欢喜。团体相处，礼敬和顺，则社会和谐。尊师重道，则学问德行成就。如此上下和睦，祥和之气弥漫于宇宙之间，这才是真正的自然之道啊！

第二节　经典故事集锦

孔融让梨

【经典故事】

东汉末年，山东曲阜有个人叫孔融。幼小的孔融非常懂事、聪明，才思敏捷，巧言妙答，大家都夸他是奇童。七岁时，他已能背诵许多诗赋，并且懂得礼节，父母非常喜爱他。

一天，父亲的朋友带来一盘梨子，在母亲洗干净梨子端上后，父亲叫孔融七兄弟自己挑从最小的小弟开始，小弟首先挑走了一个最大的，而孔融并没有拿那些大的梨，反而拿了个最小的，父亲问他为什么这样做，孔融说："我年纪小，应该吃小的梨，哥哥比我大，大的梨应该给哥哥吃，剩下的大梨就给哥哥们吧。"父亲听后十分惊喜，又问："那弟弟也比你小啊?"孔融说："因为我是哥哥，弟弟比我小，所以我也应该让着他。"孔融让梨的故事很快传遍了曲阜，并且一直流传下来，成为许多父母教育子女的好例子。

【人生智慧】

孔融让梨给他哥哥吃，哥哥拿到了弟弟给的梨，对弟弟就会更加爱护和关怀。孔融让梨，是一种朴素的大智慧。

在现代家庭里，如果是独生孩子，由于一家人的宠溺，孩子往往养成了“小皇帝”式的毛病，嚣张跋扈，独占欲强，毫无谦让友爱的品德；如果是两个孩子以上的家庭，却由于家长不懂得教育的道理，不能够做到公平对待，孩子之间也难以培养出谦让有爱的品德。这种状况应该引起家长的警惕。

古人的许多教育主张，依然值得今天的人们借鉴学习。

陈穗之女

【经典故事】

明朝的时候，有个读书人叫陈穗。陈穗有一个女儿，没有留下名字，所以史书上记载是陈穗之女。她的父母去世较早，留下她和两个弟弟，一个五岁，一个六岁。她已经到了要出嫁的年龄，所有的亲朋好友都了解她的家庭状况，对她家的财产虎视眈眈。陈穗之女也觉察到了，为了不离开弟弟，好好把他们抚养长大，她决心现在不嫁。她也很有智慧，有一天她做了很多好菜，在门口点了蜡烛和火把。亲戚们都来到她家看看，她就很大方地把他们请进来：“来来来，不要客气，来吃点东西。”她对这些亲戚愈客气，亲戚们愈觉得惭愧。他们本是来察看有什么下手之处的，结果陈穗之女却很客气地对待他们。于是，这些亲戚都说：“我刚好走到这里，蜡烛熄掉了，我是进来点蜡烛的，没有其他的事。”

她用善巧圆融的态度把这个危机化解了，这些亲友从此以后就没有到家里来骚扰。他们也感受到，陈穗之女已经决心要好好抚育她的两个弟弟。后来两个弟弟都长大了，也都成家立业了，她才出嫁。那时她已经四十五岁，终身没生孩子，她的弟弟就把她接回来奉养到老。

【人生智慧】

与其说亲戚们因为陈穗之女的客气而惭愧，不如说是陈穗之女的行为感动了亲朋好友们。因为陈穗之女为的不是私利，而是姐弟之情，并为此耽误了自己的青春。而后来，她的弟弟们也没有忘记她的恩情，在她年老后把她接回去养老。

因而，务必坚信，只要真心付出，就能有所回报。老子说："天道无亲，常与善人。"我们要有坚定的信心，这样才能心安理得。

佳英抚侄

【经典故事】

明朝的时候，有一位女子名叫章佳英，她的父母很早就过世了，所以她从很小起就已经是孤儿。章佳英有三个兄长，后来三个兄长也很早就过世了，她就跟嫂嫂一起照顾她的侄儿们。很不幸，她的三个嫂嫂也都陆续去世了。

在这样的情况下，章佳英就抱定一个宗旨，一定要好好把自己的侄儿们抚养长大，所以她终身没有出嫁。章佳英用她真诚的爱心去爱护这些晚辈，直至这些晚辈长大成人。

时人都称颂她代兄养子的行为，号召晚辈们向她学习。

【人生智慧】

人的一生，都会遇到各种各样的选择，是珍惜亲情还是其他，委实难以抉择。

在本故事中，章佳英因为念及兄长的情谊，无法割舍下尚未成人的侄儿们，在自身的利益受到影响的情况下，依然选择照顾晚辈，而她的晚年也赢得晚辈们对她的奉养。

在今天，还有多少人能像古人那样为兄弟姐妹情谊付出？

泰伯采药

【经典故事】

商朝末年，有个孝悌兼全的人，名叫泰伯，他是周朝太王的长子。泰伯的第三个弟弟叫季历，生有一个儿子姬昌。

姬昌出生的时候，曾有一只赤色的雀鸟，嘴里衔了丹书，停在季历

的家门口。人们都传颂说这表示有圣人要出世。所以周太王一直有传位给季历，再由季历传位给姬昌的意思。但因为泰伯是长子，所以周太王也有点为难，对传位给季历的想法也不好表露。

泰伯却觉察出了父亲的意思，便找到二弟仲雍商量。二人相约假称为父亲的病要到山里去采药。借着这个名头，他们兄弟俩跑到了南方蛮夷之地。一是逃避父王派人寻找，二是表示自己希望把周国的王位让给季历。

周太王去世的时候，泰伯、仲雍兄弟俩也没有回去奔丧，顺理成章让三弟季历继承王位。当时有许多人到荆蛮寻找泰伯，泰伯为了不被认出来，就隐姓埋名，披发纹身。

季历也非常仁慈厚道，他看到两个哥哥如此信任他，就决心要不负众望，把国家治理好。通过季历几十年的努力，终于奠定了周朝几百年的基业。季历退位时把王位传给儿子姬昌，就是历史上闻名的周文王。

【人生智慧】

孔子也曾赞叹泰伯，认为他已到达“至德之境”。这是多么高的评价啊！

有时候，只有“兄弟睦”了，才能做到“孝在中”。泰伯三让天下，既顾全了自己的兄弟情，又成全了父母的心愿，也从某种程度上成全了周朝数百年的盛世，甚至是成全了当时整个社会的风气。

在如今的家庭中，当我们与兄弟姐妹相处的时候，不能够只顾着自己的得失感受。最好能够以泰伯为榜样，多想想父母的期望，多念念“家和万事兴”。那么，很多矛盾就自然而然地化解了。

因为只有大家庭变好了，个人的小家庭也才会越来越好。

赵孝争死

【经典故事】

汉朝的时候，有一个叫赵孝的人，他有一个弟弟叫赵礼，兄弟二人相处得十分融洽友爱。

有一年，自然灾害袭来，收成不好，粮食减产欠收，饥荒严重，社会治安也很混乱。

在某一天，空中乌云密布，天色显得十分昏暗。一阵狂风过后，人们的心头仿佛都有一种不祥之兆。果然，一伙强盗突然占据了宜秋山，开始四处抢掠，百姓们都慌忙逃命。在这种严重的饥荒灾区，饥饿已经使强盗们失去了理性，甚至连吃人的事情也时有发生。

强盗们在老百姓的家中大肆搜寻一阵，发现无法找出足够的粮食和值钱的东西，一怒之下，他们就只好抓人，恰好把弟弟赵礼给捉走了。

赵礼虽然身体瘦弱，但是穷凶极恶的强盗们也不肯放过他，将他五花大绑捆起来后，绑在一个树上，然后在旁边架起炉灶生起火来，开始烧水，准备拿赵礼来充饥。

哥哥赵孝得知弟弟被掠走的消息，立刻循着强盗撤离的方向奔了过去。

到了强盗那里，弟弟赵礼见哥哥来了，先是一阵惊喜，随后马上埋怨哥哥是白白来送死。

赵孝也顾不上与弟弟搭话，就冲到强盗的面前，哀求强盗说："我弟弟是一个有病的人，而且身体也很瘦弱，他的肉一定不好吃，请你们放了他吧！"

强盗们一听大怒，气汹汹地对赵孝说："放了他，我们吃什么？"赵孝听强盗这样一问，就赶紧说："只要你们放了我弟弟，我愿意用自己的肉给你们吃，况且我的身体很好，没有病，还很胖。”

强盗们听了赵孝的这番话，一下子都愣住了，他们没想到天下还有这样甘愿送死的人。

这时，就听见赵礼在旁边大声地喊：“不行！不可以那样做的！”边上一个强盗就向赵礼吼道：“有什么不行！”赵礼哭着说：“被捉来的是我，被你们吃掉，这是我自己命里注定的，可是哥哥他有什么罪过呀？怎么可以让他去死呢？”听罢此言，赵孝连忙扑到弟弟面前，兄弟相拥在一起互劝对方要让自己去死，情急之下已是泣不成声。

这些无恶不作的强盗们望着手足之间舍身相救的场面，在感动之下，放走了赵孝兄弟两人。

【人生智慧】

古人的观念里，一向把悌看得很重，把兄弟之间的感情程度视为“手足”之情，认为只有手足能形容兄弟间的情谊，就是无法分割无法分离的关系，是属于万万割舍不断的情分，是值得一辈子珍惜呵护的缘分。

在如今，各种工作同事，朋友圈子，包括世间万物的类聚群分，实质上，就如同兄弟一样，互相之间休戚相关。因而，在各种情况下，在很多言论中，我们都能看到把群体类比为“兄弟姐妹”的说法。虽然程度不一样，但性质类似，足见悌概念的广泛与普遍性。

在《论语》中有这样的话：“孝悌也者，其为仁之本与”，认为孝悌是做人的根本。从某种意义上说，一个人要想拥有幸福美满的生活，应该以大爱之心，诚挚地关心和爱护自己所遇到的每一个人和每一个事物，而这正是“悌”的广义解释。

许武教弟

【经典故事】

汉朝有一个人名叫许武，他父亲很早就过世了，家里只剩兄弟三人，即他和两个弟弟，一个叫许宴，一个叫许普，年纪还非常小。在过去传统的家庭里，长兄如父，父亲过世之后，身为长兄的许武，必须要肩负起家庭的重任，不但要负责生计，更要提携照顾两个弟弟。

许武知道他的责任非常重大，白天到田里劳作时，就把弟弟安置在树下荫凉的地方，教两个弟弟学习如何耕种；晚上回家时教两个弟弟读书，非常辛劳。如果两个弟弟不肯受教，他就跑到家庙向祖先禀明，今天我教导不利，所以两个弟弟才不受教。他把所有的责任承担下来，在祖先面前告罪，是自己的过失，忏悔自己没有尽心尽力，直到两个弟弟哭泣着来请罪，许武才起立，而且他始终没有严声厉色地对待弟弟。

许武到了壮年还没有娶妻，有人劝他，他回答说：“我恐怕找到不适当的人选，反而使兄弟的情感发生嫌隙！”

后来许武被推荐为孝廉。为了让两个弟弟也能够取得功名，跟他一样被举孝廉，许武就故意把家产分为三份，自己取最好的，让弟弟得到的又少又不好，让所有亲朋好友、邻里都骂这个哥哥贪婪，推崇两个弟弟谦让。等到弟弟在品德、学问和产业上有一点点成就，也被推举为孝廉时，哥哥才把亲朋好友聚集在一块，把他成就两个弟弟的苦心表露了出来，他是为了成就两个弟弟的名声，才故意贪占家产。

当场的人都非常惊讶，许武竟然是这样的长兄，这样地疼爱两个弟弟，真是用心良苦啊！

自此之后，周围远近的人都称他“孝悌许武”。郡守和州刺史推荐许武出来为民服务，并且请他担任“议郎”的官职。许武的声望非常显赫，不久，他却辞去官职而返回故乡，先为两位弟弟张罗婚事，而后自己才娶妻。兄弟三人生活在一起，相处得非常融洽。

【人生智慧】

由许武的身上，我们不仅能看到他对弟弟浓浓的兄弟之情，更能看到他教导弟弟的方式，这值得今天的我们学习借鉴。

当我们在教育别人的时候，不能够仅仅是单纯地对别人进行空洞无物的理论灌输，要言之有物。否则连自己的品德都不过关，又怎么可以让人心服口服呢？只有良好的道德形象，才能成为他人效仿学习的榜样。

另外，要让别人改正错误的行为，还要注意尊重对方。如果让对方的自尊受到损害，怎么可能会接受教育呢？所以，不但要让有错误行为的人能明确自身的义务，还要让他愿意改正，乐意改正。

做到这些要点，才能够有效影响和教育别人。

姜肱大被

【经典故事】

在汉朝的时候，有个人叫姜肱，姜肱和他的两个弟弟仲海、季江非常友爱和睦。兄弟三人天天在一起读书，下课又一起温习功课、玩耍，还一起帮家里做家务事。三个兄弟还缝了一床大棉被，每天都睡在一起。

姜肱三兄弟长大之后感情依旧非常好，好到有时还三个人睡一块，这就真的非常难得。他们三兄弟能同睡一条棉被，这样到成家之后，感情还这么好，就突显他们三兄弟的确是一条心。

有一次，姜肱与他的两个弟弟一块去京城办事，结果半夜的时候，

在路上遇到强盗了。

强盗面目凶狠，手里的匕首泛出幽幽寒光，看了直叫人打颤。强盗嚣张地晃着明晃晃的匕首，一步步逼进抱在一起的三兄弟。突然，哥哥挡住弟弟，走上前一步说："我两个弟弟还小，要杀你们就杀我这个做哥哥的吧！只求你们放他俩一条生路。"这时，后面的俩弟弟也走上前来说道："不！你们不能伤害我哥哥，还是杀我吧！"

兄弟三人都争着让对方活着，自己去赴死。想到就要发生的生离死别，三人不禁抱在一起，痛哭流涕。

强盗们看到这么感人的一面，在他们面前都感到非常羞愧，便只拿了一些衣物钱财就放了他们。

到了京城之后，别人看到姜肱他们非常狼狈的样子，都很奇怪，问是什么缘故。而姜肱他们都以别的一些话支开了，不愿供出那帮强盗的事情。

这件事后来被强盗们知道了，都很感激他们三兄弟，同时又很懊悔。于是他们又偷偷找到了姜肱他们，叩头拜谢，抢走的衣物也统统都还给了他们。

【人生智慧】

在兄弟姐妹间要相亲相爱，互相帮助。如果一直有个亲人在你身边，当你遇到困难时，可以帮助你；当你不开心时，可以安慰你；当你喜悦时，可以和你共享，并能给自己带来安全感，那是多么快乐的事！

在如今的城市，由于拆迁、房子等带来的财富，使得一些家庭的亲人之间，特别是兄弟姐妹之间撕破脸皮，为利益争得不亦乐乎。其实，这样真的值得吗？这是每一个人都需要拷问内心的问题。即使多得到了一些财产，但丢失了亲情，丢失了兄弟姐妹情谊，这人生还有多少乐趣呢？

也许我们应该放下一些对利益的考量，往前一步也许是深渊，而退后一步反而可能是海阔天空。

缪肜自挝

【经典故事】

在汉朝的时候，有一个名叫缪肜的人，在他小的时候，父母双双去世，兄弟四个人同住在一起。由于缪肜是长兄，所以要担负起照顾三个弟弟的重任。缪肜虽然是一位读书明理的人，然而长兄要教育弟弟是很不容易的。身为父母教养自己的子女都很不易，更何况作为兄长呢？

三个弟弟娶妻之后，纷纷要求分田产、分家业，而且还屡屡发生争夺。缪肜听说后很愤怒，也非常难过，就关起门来哭，自己打着自己说道："缪彤呀缪彤！你勤学修身，学圣贤之道，为的是要以身作则，能感化周围的人，能移风易俗。可是如今连自己家里的人都没有办法说服，更何况去感化别人！"缪彤如此自责，大声痛哭，弟弟跟弟媳们听到后很受感动，都在门外叩着头，向缪彤忏悔、谢罪，希望长兄能原谅他们，也意识到长兄完全是希望这个家好才这样做。

自此之后，一家人再也没提起过分家的事情，互相之间相处也更加和睦友敬，再也没起过原则性的争端了。

【人生智慧】

先贤这么教导我们，认为一个人如果"行有不得"，就应该"反求诸己"。

人很难什么事情都能做到尽善尽美，但是，可以在发现不足与错误之后去端正态度认真改正，还不失为一件好事。正如孔子所说的，三人行，必有我师，别人身上总有优点值得自己学习。孔子更说过，须一日三省，就是人要自省。

故事中的几兄弟，如果不是因为长兄的为人好，懂得退让一步海阔天空，就不会有后来一家人和睦友好相处的情景了。而三个弟弟在关键时候没有得寸进尺，而是各退一步，能够懂得自省，也不失为良知未泯。

缪彤自挝的故事，可以说是为当今的家庭上了"家和万事兴"的一课。对于自家人的错误或者欠妥的行为，作为长兄的缪彤并不是一味地指责埋怨，反而是把所有的过错推到自己身上承担起来。也正是长兄的品德感染，使自己的弟弟与弟媳幡然醒悟。

总之，故事中的家庭智慧与兄弟情，是值得现代人好好学习借鉴的。

王览争鸩

【经典故事】

在古代的时候，有个人名叫王览，他有个同父异母的哥哥叫王祥，王览对这个兄长很尊敬。王览的亲生母亲是王祥的后母，但王祥侍奉后母非常孝顺，而后母对王祥非常不好，经常打王祥。王览看到了，就流着眼泪抱着哥哥哭。

后母不仅在王祥小的时候虐待他，到他成年后娶了妻子，后母对王祥和他的妻子也是非常严厉。每一次母亲惩罚大哥，王览都带着妻子过来帮忙，尽心调和他们之间的关系，化解危机。

王祥的道德学问日益提升，后母起了个坏念头，因为王祥的名声越好，往后她的恶名就越昭彰。于是就在酒里下了毒，要给王祥喝，被王览发现，情急之下把毒酒夺过来自己要当场喝下去，替哥哥去死。

这时后母立刻把酒打翻在地，恐怕自己亲生的儿子被毒死。见此情形，后母也很惭愧，心想：我时时想置王祥于死地，而儿子却肯用生命来保护自己的哥哥！我这个做母亲的做得太过分了。兄弟之情终于感化了后母，母亲和两个儿子当场抱在一起痛哭流涕。

后来王祥和王览都在朝廷里当官。有一位亲近的达官贵人送给王祥一把传家之宝的佩剑，告诉他，拥有这把宝剑的人子孙会非常发达、荣显。结果，王祥回去之后马上把宝剑给了弟弟。

据史书记载，王祥和王览的后代九世都官至公卿。

【人生智慧】

在每个家庭中，有一些矛盾争吵其实是很平常的事情，关键是要宽容对待，不能过于较真，更不能因为这些理由而与自己的亲人闹翻甚至老死不相往来。怨恨再多，还能阻断血缘相连吗？

故事中的兄弟二人王祥和王览就做得很好，俩人时刻不忘兄弟情，因而一家人最终能够和睦相处。

家庭因为血缘关系，本来就应该和睦共处，即使出现短暂的隔阂，那也只是因为自己的一时糊涂。我们每一个人都不是圣贤，怎么可能一点过错都没有呢？所以当自己有过错的时候，要敢于改正。而如果是兄弟姐妹有过错，则应该宽容对待，并且要真心提供帮助。

帮助自己的亲人，实际上就是帮助自己。因为，被自己帮助过的亲人，会因为感激之情而更加珍惜亲情，也会对其他亲人更多一份善意，这样逐渐地形成一个良好的循环，就真正达到家和万事兴的境界了。

城市化的进程，使得亲情变得越来越淡薄，人们变得越来越注重利益。因而，在这种情况下，亲情更是难能可贵。可以说，兄弟姐妹之间的情谊往往影响到一个家庭的温馨和谐。

古人对于亲情的看重与执着，值得今人效仿学习。

庚衮侍疫

【经典故事】

在晋朝的时候，有个小孩叫庚衮。恰巧他们那个地区发生瘟疫，他的兄长已经因为瘟疫过世了，次兄庚毗正在生病。乡里所有的人都撤走了，他的父母跟他的伯伯、叔叔也要走，还要把他带走。庚衮跟长辈说："我不容易生病，所以不害怕，我要留下来。"大家强行拉他走，他说："我生性抵抗力好，不怕瘟疫，我来服侍次兄庚毗！"他夜以继日地服侍着卧病在床的次兄，不但如此，还看护着兄长的灵柩。看到这些天灾没有办法逃避，导致骨肉分离、家破人亡，他就忍不住哀哀啼哭。然而庚衮在这样艰难的环境里，毅力不减，忍人所不能忍，行人所不能行。一百多天后，流行的瘟疫终于停止了，家里人也都纷纷回来了。

父母看到庚毗的病好了，庚衮也很健康，非常惊讶，真是奇迹！父母及弟弟们都非常高兴。庚衮说："瘟疫虽然可怕，但比起兄弟之情，就不可怕了。"

【人生智慧】

《孝经》教导我们，如果要教一个人爱的道理，最好的方法是让这个人学会孝顺。而要教一个人通达为人处世的道理，最好的方法是让这个人懂得手足之情，即懂得处理兄弟姐妹间的关系。

庚衮的一系列行为，可以称得上是孝悌两全。实在是值得今天的每一个人去学习。

当遇到事情的时候，如果我们每一个人都能以庚衮为学习榜样，少考虑一点个人利害关系，社会与家庭的纷争就不会有那么多了。而我们自己，也能分享由此带来的亲情快乐与幸福。

刘琎束带

【经典故事】

南北朝时期的刘琎，字子敬，在泰豫年间曾经当过明帝的挽郎，是一位品行非常好的君子。他学识渊博，为人恭敬谨慎、刚方正直，与哥哥都深受世人的尊重。

有一天晚上，刘琎的哥哥突然想到有一件事情要跟弟弟交代，于是就在隔壁房间叫着弟弟的名字。话音刚落，刘琎那边马上传来了一阵窸窸窣窣的声音。刘琎的哥哥满以为弟弟很快就会回应，可是左等右等，却没有等到弟弟的回复，刘琎的哥哥就感到特别奇怪。过了好一阵子，才传来了弟弟毕恭毕敬的声音："哥哥，您有什么事情吗？"

哥哥略带生气地说："我已经等了好久了，你怎么到现在才回答?"刘琎深表歉意地说："因为我的腰带还没有系好，穿得这么随便，就回您的话，是多么失礼的事情啊。所以我才耽误了这么长的时间，实在是对不起。"

原来，刘琎已经换好睡衣，躺在了床上。他一听到哥哥在叫他，就赶紧下了床，把白天穿的正式衣服拿出来，迅速穿上，束好腰带，全身上下都收拾得整整齐齐，并毕恭毕敬地站好了之后，才回哥哥的话。

亲生兄弟并不是关系疏远的人，卧室也不是会客的正厅，夜晚睡眠时间，更不是进退礼节要求十分周全的时候。在这种情况下，每个人都不想太过于拘束，所以自然而然地，言语行为也会变得任意随便。

严于律己的刘琎，在品德学问、道德涵养上，都是出类拔萃的人物。文惠太子久仰其盛名，礼敬有加地把他请到东宫任职。刘琎不负众望，他忠心耿耿，兢兢业业，成为一代名臣。

【人生智慧】

在古人看来，即使是“曲礼曰”，也要做到“毋不敬”。

当一个人面对兄长时，不管是大事，还是微乎其微的细节，都不要忘记要守着恭敬谨慎的态度。这是古人对自己的修养要求。

因而，当刘琎听到哥哥叫他，首先想到的是自己所应该秉持的态度，他觉得自己一定要作出恭敬之礼。

“因为我的腰带还没有系好，穿得这么随便，就回您的话，是多么失礼的事情啊。”在今天的我们看来，他的这种思想有一点儿僵化与迂腐，但是他的心意让人肃然起敬。试想，他连这样的小事都能够做到谨小慎微，那么当他在面临原则性事情的时候，岂不是更加一丝不苟了吗？

友爱兄弟的人，自然懂得孝敬长辈；善于持家的人，将治家的原则推而广之，就能在做官的时候，更好地造福国家。

不管你我每一个人做什么事情，都应该保持自己的恭敬态度与礼节。从身边的每一件小事做起，才能够在道德品行上真正得以纯净自然。

牛弘不问

【经典故事】

在隋朝时期，有一个名叫牛弘的人，原来本姓寮，他的父亲叫寮允，是南北朝时北魏的侍中，皇上赐他姓牛。牛弘还在襁褓之中时，有一次一个会看相的人经过，看到牛弘的相貌，就告诉他的父亲说：“此儿当贵，当善待之。”果然，牛弘最喜欢读书，见闻也很广博，后来做了吏部尚书。

牛弘有个弟弟叫牛弼，非常喜欢喝酒。有一天，弟弟喝醉后，把牛弘驾车的一头牛用箭射死了。牛弘的妻子看到这情景很惊讶，认为这是天大的事情，赶紧跑去告诉他说："你弟弟今天不知道为什么，竟把你驾车的那头牛射死了。"

牛弘听了妻子这些话，不以为然地说："死了就死了吧，做肉干、肉松之类的好了。"

妻子以为牛弘是读书太入神了，没听清，又说了一遍。牛弘却说："我知道了。"仍旧读书，丝毫不受影响。

妻子见丈夫如此，也自愧做得不对，觉得是自己太小肚鸡肠了。从此，牛弘的妻子再没说过小叔子的不是，一家人变得更加团结、友爱。

【人生智慧】

有时候，兄弟姐妹之间之所以无法和睦共处，是因为受到外力或外人的影响，挑拨离间。

因而，如果不想被破坏兄弟姐妹间的感情，我们每一个人都应该首先谨记"家和万事兴"的信条，对于来自其他人的影响应该懂得分辨。

牛弘以豁达的态度对待自己的弟弟，不但化解了兄弟之间的矛盾，还通过自己的举动影响感染了妻子，终于让自家人没有因此分崩离析，而是变得和谐融洽，和睦共处。

不管是做人的智慧还是对于亲情的理解，牛弘值得今天的你我仿效、学习。

田真叹荆

【经典故事】

在隋朝时候有三个兄弟，老大叫田真，两个弟弟叫田庆、田广。三兄弟从小一块玩耍，一块上学，吃睡都在一起，可谓形影不离。一家人过得其乐融融。

三兄弟很快就长大成人了，后来又各自成了家，由于父母都去世了，三个人便商量着要分家。他们把家里所有的财物都平均分成了三

份。但是有一件事难住了三兄弟：他们家门前有一棵紫荆树，长势茂盛，花开正好，既然一切都要平均分配，那么这棵树当然也只好一分为三了。

哥哥田真叹息着说道："田家的历史有多长，紫荆树就有多老。"

二弟田庆不以为然地说："我们家产都分完了，留着这棵树也没什么用了，还是把它也分了吧。"

三弟田广说："我们分了家之后，都要各奔前程，谁还顾得上照顾它啊？"

两位弟弟那样坚持，哥哥也无可奈何，于是他们决定将紫荆树砍成三段。田真仰望着昔日的故宅和茂盛的老树，内心十分伤感，但也无计可施。

第二天，原本茂盛挺拔的紫荆树，一夜之间突然枯萎凋零了。三兄弟见此情形，都不禁大吃一惊，并痛切地忏悔：为什么要为了一点财产而不顾手足之情呢？

田真神情肃穆地说："树木原本就是同气连枝的，正是因为听说我们将要把它砍成三段，它才会如此悲伤，我们人竟然连树木都不如啊！"

二弟田庆看到这番景象，也深有感触地说："当我们还非常小的时候，我们同吃同住，同出同息。那种在父母身旁承欢膝下、同舟共济的幸福生活，现在想起来多么令人怀念啊。"

三弟田广无限伤感地说："现在父母都不在了，我们兄弟就是最亲最亲的人了，如果连我们都不肯团结友爱的话，那父母的在天之灵一定会天天流眼泪，一定会比紫荆树还要伤心的。"

田真见此情形便趁机说道："我们为什么不能继续从前的生活呢？'兄弟同心，其利断金'。我们本是一体的，要想重振家业，就要通力合作，和睦共处，团结一心。"

听了大哥一番话，兄弟三人的手紧紧地握在了一起。他们把分家的契约在紫荆树前一同烧毁，决定继续同舟共济，共同经营大家庭的生活。

第二天，当太阳早早地爬上枝头的时候，田广打开窗户，惊讶地喊了起来："哥哥，哥哥，快来看看，叶子又绿了，叶子又绿了！"两位哥哥一同探出了头，只见那殷红的紫荆花在旭日的映衬下闪闪发光……

【人生智慧】

我们每天都会遇到很多事情，如果不是涉及原则性的事情，都应该以和为贵。俗话说家和万事兴，如果一个家连"和"都做不到，又怎么有资格谈到"兴"呢？

就像一辆汽车，如果各个配件零件不能够做到协同配合，就可能连开动起来都做不到，即使开动了，也可能会出现事故。人类社会也是如此，如果一个组织甚至国家不和睦团结，那就很容易分崩离析。

在故事中，田真使得家庭的车轮又继续良好运转了，是因为他懂得一个家庭只有和谐共处，才能繁茂兴盛，反之则是走向衰败。

李绩焚须

【经典故事】

唐朝有位大臣叫李绩，本姓徐，叫徐世绩，他是随着唐太宗建立高功厚业的大臣。因为当时太宗皇帝李世民跟他父亲唐太祖李渊打天下的时候，李绩追随他们父子俩南征北战，出生入死建立唐朝，唐太宗非常感念他对国家的功劳，所以赐他姓李，并封他为英国公，做了宰相。

有一次李绩生病了，御医提到，给李绩的药方中要用胡须做药引，唐太宗一听二话不说，提刀就把自己的胡子割下来拿给御医。李绩知道这个消息非常感动，到皇上面前叩谢龙恩。

李绩对他的姐姐也非常恭敬，有一次李绩返乡探亲，顺道去看望他的姐姐，这时他已经是国家的大臣。李绩去看望姐姐时，他姐姐这个时候碰巧生病了，李绩就留下来照顾姐姐，每天侍候着，还亲自帮姐姐煮粥。在煮粥的过程中，一阵风吹来，因为火势太强，不小心竟把李绩的胡须烧着了。他姐姐一看，就告诉他说："家里的仆人很多，让他们去做就好了，你又何苦亲自来做?"李绩对年老的姐姐说："姐姐，你从小对我关怀备至，我时时都想要回报你。我们年纪都这样大了，我又有多少机会能够亲手帮你煮粥?"

李绩在外做官，与姐姐相聚不容易，而姐弟之情，更是别人无法代替的。所以，李绩的心中，时时不忘姐弟的情谊。

【人生智慧】

故事中，李绩并没有因为自己已经成为高官显贵就高高在上，照料姐姐真心恭敬，甚至不需要仆人来代替，这种兄弟姐妹间的不掺杂功名利禄的深厚情谊，实在是让人油然而生出敬意与感动。

在一个人的一辈子中，其与兄弟姐妹相处的时间，由于年纪上的原因，往往都会多于父母，因而更需要相互间的提携与照应。

兄弟姐妹间的情谊，弥足珍贵，值得我们每一个人好好去珍惜。

文本乞恩

【经典故事】

唐朝时候，有个大臣名叫岑文本，官居右丞相。他的弟弟岑文昭则做了校书郎。岑文昭交往的朋友，大多是一些轻薄的人，所以常会闹出一些事端来。

唐太宗非常不满岑文昭的行为，就把右丞相岑文本叫来，对他说："你弟弟常惹出事端，我决定要教训他一下，把他调到边远地方去。"

岑文本一听，一下子跪在太宗面前，说："皇上有所不知，只因我弟弟从小就没了父亲，母亲对他十分宠爱，也怪我们太溺爱了他，使他养成了一些不好的习性。如今皇上要是把他调到边远的地方，这对我年老的母亲而言无异于一记当头棒，我的老母一定将忧愁思虑而死。若没了我这弟弟，就等于是没了我的母亲。所以恳请您还是让我告官回家去，尽力调教弟弟和服侍老母吧。”

岑文本流着眼泪、真心诚意地说完这番话，这位堂堂右丞相，竟也哭得呜咽悲伤。太宗皇帝听完，良久无语，感动于岑文本的孝悌之心，便决定不再发配岑文昭了。

【人生智慧】

故事中的岑文本可谓孝悌两全，为了母亲和弟弟甘愿放弃权势与地位。试想，今天还有几个人具有这样的品德？

孝与悌，是紧密相关的两个概念，如果一个人真正懂得孝敬父母，对兄弟姐妹也往往能做到友爱团结。

也正是因为他的品德好，孝悌双全，所以岑文本感动了唐太宗的心。

因而，孝悌真可谓当今构建和谐家庭、和谐社会所不可或缺的精神与品德行为，也是你我需要具备的优良品德。

公艺百忍

【经典故事】

在唐朝的时候，有一个人名叫张公艺，他的家里九代同堂，一家人住在一起，一直没有分家。这引起了皇帝的注意。从北齐开始，张公艺家的祖先就得到当时统治者的重视，表扬这个大户人家虽然庞大，却能够和睦共处，应该成为百姓的典范。经历了隋唐甚至到了唐高宗的时候，这户人家依然和睦兴盛。

据说有一次，高宗皇帝在去泰山的时候路过当州，于是就来拜访张公艺，问他："为什么你们这一家可以和乐融融，这么多人都能居住在一块呢?"张公艺没有直接回答，而是请求用纸笔来回答，高宗皇帝于是赐给他纸笔。

张公艺提起笔，连写了一百多个"忍"字敬呈给唐高宗，开口说："一个家庭，想要达到和睦共处，都得万事以'忍'为主。很多宗族为什么无法做到和睦相处呢？最主要的是家里管事的人有偏颇与私心，在衣食住行方面徇私舞弊，家人当然就会起愤愤不平之心。除此之外，长幼是否有序，也是一个关键。如果一个家庭没有尊卑，没有次第，那么这个家一定会很混乱，在一起相处时一定会纷争不断。更何况彼此之间如果不能相互包容，就会相互争吵。彼此不能同心协力、相互合作，不愿意努力生产，家里的产业就不能蒸蒸日上，这个家就没有办法维持下去了。如果家庭中的每一个成员，都能够积极为家里出谋划策、添砖加瓦，在平时相互扶持照应，都能以这个'忍'字为首要原则，做到礼让，那么家庭当然就能和睦共处了。"

【人生智慧】

故事中，张公艺可谓把握住了"忍"字的精髓，道尽了一个大家族之所以能够历代和睦共处的原因。

一个家庭的相处之道，仅仅用一个"忍"字，是难以做到真正和睦共处的。不过，"忍"虽然没有这么大的功效，但"忍"是家庭和睦共处的基本条件。

很多的争吵与矛盾，在还没引起注意的时候都只是一些微乎其微的小事，但常常是由于缺乏前瞻与远见，在微乎其微的小事上不懂得"忍"，于是即使是小事也由于"发酵"与"搅拌"变大了，更加难处理了。因而，如果每一个人都能"忍"该"忍"之"忍"，那么很多可能会发展成大事的小苗头都能扼杀在起始阶段了。

在现代社会，在日常生活和工作中，我们每一个人都应该学会“忍”。只有我们学会了忍耐，懂得了包容，才能在家庭与社会中游刃有余，如鱼得水。

士选让产

【经典故事】

在五代的时候，有个叫张士选的读书人，他年幼时就没了父母，因而他与叔叔住在一起，靠着叔叔养育教诲。

士选的祖父遗留下不少家产，但一直没有分。张士选十七岁时，能

独立了，他的叔叔对他说："你已成年，可以不用我抚养了。我们把你祖父的家产一分为二吧，我们两家各得一份。"

没想到，十七岁的张士选回答叔叔说："叔叔，您有七个儿子，那么我们该把家产分做八份才好。"

张士选确确实实感受到，要永远不忘叔叔的恩德，如果他真的拿了那么大一份，其他兄弟的心就不平，所以他让叔叔分成八份。叔叔觉得不好意思这样做，但张士选坚持要分为八份。没办法，叔叔只好听从了，确实就把家产分成了八份。由于这个缘故，所以家庭一片祥和。

当时十七岁的张士选常在书馆认真读书。一次，一个相面的人经过书馆，看到张士选的面相，便对书馆的先生说："这个人满脸都充满着平和、正直的气象，这一定是他做了大善事的缘故，我敢断定，他今年必会高中状元的。"

后来，张士选果然中了状元，名传金殿。

【人生智慧】

虽然故事中相面人的话有迷信色彩，不足为信，但是张士选不忘感恩、心怀全家的品德值得学习。故事中的张士选，时刻铭记长辈先人的教诲，没有处处以利益为先，反而是处处将利益让给别人。而他在成全别人的同时，也成全了自己。

很多事物是紧密相连的，比如孝悌，如果一个人做到了孝，往往就能做到悌，进而做到忠信，正像古人认为的那样，如果亏待了兄弟，那就是亏待了父母；而亏待了堂兄弟，便是亏待了祖宗。比如一棵树木，如果它的根本已经出现了腐烂，它的枝叶就会受到影响。

善终有善报，当今社会的人们也许该多学学张士选，学他的珍惜兄弟姐妹情谊与为人处世之道。

陈昉持家

【经典故事】

宋朝的时候，有个读书人叫陈昉。陈昉有一个受人尊敬的家庭，那是一个以纯朴厚道的家风代代承传的家族。他们遵守祖宗的遗训，不分家，而且不请佣人，所有的活儿都自己做。同时，在教育上，家庭并没有溺爱孩子，而是真正让孩子去学习劳动，这样，孩子才知道感恩。

到了陈昉主持家务的时候，整个家道依然非常厚朴善良。陈昉为人温和厚重，以身作则，勤勤勉勉，使得陈氏家族枝繁叶茂，贤人辈出，全家上下充盈着一派蓬勃朝气的景象。

在陈昉的家里，修建着一座特别建造的厅堂，相当宽阔，足足能够容下七百多人共聚一堂用餐。每到吃饭的时候，大家都穿着整齐，扶老携幼地来到厅堂中。彼此见了面，感到分外地亲切，都互相问寒问暖。他们按照年龄、尊卑的先后，次第而坐，大人坐在一个区域，小孩另外坐在一起，可谓长幼有序，条理井然。

全家上下，即使只有一位成员还没有到来，大家都会在一旁静静地等待，直到所有的人都到齐了，才开始用餐。吃饭之时，厅堂悄无声息，一片宁静。等到都吃完了饭，大家才开始热火朝天地聊了起来：有的谈天说地，侃侃而谈；有的文质彬彬，寒暄问候，互问短长。这是全家共享的幸福时光，是其乐融融、最感亲情温馨的时刻。许多家族性的问题，也常于此时及时沟通解决，避免了各自为政的误会与猜疑。

【人生智慧】

在故事中，陈氏家族人口众多，竟然能够做到和睦共处，实在不容易。这生动展现了在古代大家庭中，有着互相忍让友爱的一面。

很多学者这么认为，他们觉得社会的问题，都是由于家庭的问题延伸出来的。而社会的问题，又反过来影响到家庭。

所以，如果每个家庭都能够和睦共处、互相照应，也许就没有那么多社会问题了。

幸福和睦的家庭，能够培养健全的人格和合格的情商。而幸福和睦家庭气氛的形成，来自于家庭中每一分子的互相尊敬、互相关怀与互相礼让。

温公爱兄

【经典故事】

在宋朝时，有一个著名的贤相，就是司马光，世人称之为司马温公。人们对司马光的德行极为推崇，他真诚友爱兄弟的情怀，可谓流传千古。

司马光的哥哥叫司马旦，兄弟两人的感情特别好。当司马光退居在洛阳的时候，每次返乡探亲，总会探望兄长，他对哥哥既敬重又关怀。

当时司马旦已八十岁了，而司马光也年事不小，但侍奉兄长就如同侍奉父亲一样地尽心尽力。每当吃完饭不久，温公总会亲切地问候哥哥："您饿了吗？要不要再吃点东西？"几乎是时刻关注，就如同照顾婴儿般无微不至。

当季节交替，老人最怕的是着凉。所以天气稍稍转凉，司马光就常常轻抚着兄长的背，问道："衣服会不会太薄？会不会冷？"兄弟间的真情自然地流露出来。

司马温公的儿子司马康，自幼就聪颖过人，勤奋好学，不仅学识渊博，更通晓经史，又有严谨的治学态度和深厚的史学功底。司马康继承父志，参与了父亲《资治通鉴》的编纂工作。

司马康为人恭敬谨慎，不苟言笑。在路上，人们见到他温文的举止和脱俗的气质，即使不认识他，也知道他一定是司马光的儿子。因为温公曾在家训里说：“留财于子孙，子孙未必能守；留书于子孙，子孙未必能读；不如于冥冥当中积阴德，以为子孙长久之计。”严谨的家风，熏陶了司马康非凡的气宇，他能如此优秀，都与父亲的教诲息息相关。

司马光在六十八岁逝世时，哲宗皇帝为安排司马光的葬礼，拨千两银子给司马康。司马康拒而不受，后来没有办法才收下，但在治丧期间，一切从俭，遵从了父亲生前的愿望。

朝廷根据司马光生前的品德和政绩，封他为太师温国公，用一品礼服装敛，谥号“文正”。百姓们听到司马光去世的消息，京城里停止买卖，四方的人不仅纪念他，而且还将他的画像供奉在家里，每餐前，都默默地祝祷他。

【人生智慧】

在故事中，司马温公可谓做到了悌之至。他对待自己的哥哥，真心关爱，细心呵护，无微不至。他和兄长间的手足情怀一直是古今的美谈。李文耕说道，司马温公是“一代完人”，他的品德、学识、涵养都无懈可击，他的孝顺、友爱、忠诚都出自于天性，是我们后人的表率。

司马温公名垂青史的伟大风范，启发和鼓舞了一代又一代的中国人。希望我们每一个人，都能身体力行，学习司马光，从细节做起，从现在做起，好好珍惜与自己拥有的亲情。这种不朽的精神风范，世世代代绵延不绝、长盛不衰。这是人一生中的情感财富。

朱显焚券

【经典故事】

元朝的时候，在当时的真定县有一个名叫朱显的人。据说朱显的祖父卧病在床时，想到自己随时可能会离开人世，遂在临走的时候将家产按等份分好，还立下了字据，把各项后事都交代得相当稳妥。

到了后来，朱显的哥哥不幸也离开人世，留下了几个尚未晓人事的

孩子。朱显看到侄子们年纪这么小，还没有能力自立，如果就这样把财产均分，各奔前程的话，那就可能没有人能够关心到孩子们的教育；没有人能在孩子们身边料理他们处理不了的种种问题了。如果没有人帮助他们撑起这个家的话，往后的情形将难以想象，也许会变得越来越糟糕。如果就这样把自己的侄子们放任不管，朱显感到自己的良心上实在是过不去。

由此，朱显就对自己的弟弟朱耀说："父子兄弟，自古以来就是同气连枝、不可分离的关系。现在，哥哥已经离开我们了，但是他的孩子、我们的侄子还小，不管是从情理来说还是从道义而论，你我都应该代替哥哥来履行长辈应有的责任，把侄子们的生活安排得妥妥当当，让他们的未来生活有所依靠。而且，侄子们年纪都小，咱们作为长辈必须在他们的品行上日日督导，这样才能让他们养成良好的德行。弟弟，你看咱们能不能不要分家？给侄儿们一个温暖安全的家，全心全意来看护和照顾他们。"

在平常，弟弟朱耀就看到哥哥总是在默默地关怀年幼的侄子，真诚无私，朱耀被哥哥朱显深重的情义所感动。

于是，朱显和朱耀兄弟二人达成共识之后，他们就一同来到祖父的墓碑之前，把祖父留下来的分产证明全部焚毁。

在这以后，朱显、朱耀与自己的侄子们没有分家，继续其乐融融地共同生活在一起，相互提携扶助，生活美满安乐。

【人生智慧】

世间的父母大都不希望见到儿孙分家后反而更加贫困、拮据，最朴实的愿望就是希望儿孙快乐幸福。

在故事中，朱显的祖父立下均分财产的字据，是源于对子孙后辈的爱。孝悌双全的朱显，领会感悟到了祖父对子孙后代的牵挂疼爱，他在后来将这均分财产的字据悉数烧毁，这并不是违背祖父的遗愿，而是更深刻地领悟了祖父的良苦用心，用自己的实际行动来成全了对长辈的孝，也成全了兄弟之情谊，以及对侄子后辈的关爱。

在如今的社会里，生活越来越浮躁，很多年轻人只顾着为自己的事业、为生活奔波，对于情感尤其是亲情的考量越来越少，类似朱显这样纯朴厚道的例子，越来越难得一见了。在金钱影响力越来越大的现实生活中，亲情也在慢慢失去它原来的纯净。

作为亲情关系中的你，有需要反思的地方吗？

张闰无私

【经典故事】

在元代的时候，有一个人名叫张闰，在她的家里有八代都不分家，所有人在大家庭里吃大锅饭，共同生活在一起。尤其难得的是，一家上下有一百多口人，相处得非常和睦，鲜少争吵，是非、闲话更是基本上没出现过。

通常，张闰每天都会领着大家庭中的一大班妇女们，集中在一个房间里，共同做着裁缝或织布之类的活计。在活计结束之后，所有织好的布和做好的衣服，统统收归于仓库之中，没有一个人会占为己有。

一旦遇到幼儿嗷嗷待哺之时，大家庭中能哺乳的妇女们只要看见了，就会主动把孩子抱起来喂奶吃，并不会去刻意考虑这个孩子是不是自己所生，而是把大家庭中的孩子都当作自己的亲生孩子一样关爱。

这样的家庭里，成员之间的关系可谓和睦、融洽，把大家庭中友爱亲情发挥得淋漓尽致。

那时的很多名门望族看到了张闰家的情况，都感到在家庭组织与和睦上，无法与之相比，自愧不如。

后来，到了顺帝的时候，朝廷里派来了钦差，赐予张闰家名誉地位，把他们作为大臣百姓的榜样。

【人生智慧】

在故事中，张闰作为古代的一名普通劳动妇女，深晓悌道，懂得兄弟姐妹之间需要和睦共处的道理，并把这样的道理贯彻应用，使自家的大家庭成为古今少有的幸福家庭的典范。

今天的你我，比当年的张闰学习过更多的生活道理以及常识，有什么理由不能把自己的家管理好呢？我们每一个人都需要向张闰这样的古人学习，学习他们的兄弟姐妹之情，学习他们的“人和”理念。

先贤曾说过：“天时不如地利，地利不如人和。”在人类社会中，最重要的就是人和。如果人不和，即使其他条件再好，也往往无济于事。

和谐社会，首要就是要实现社会中人与人之间的和睦共处。一个国家，它之所以庞大，其实是由不计其数的家庭组成的，而这不计其数的家庭中，又由其家庭中的成员组成。如果家庭中的成员都做不到和睦共处，那么由无数家庭组成的国家，自然也就失去了和谐的基础。由此可见兄弟姐妹情谊对于当今社会的重要性。兄弟姐妹之间实现和睦共处，家庭乃至国家才会繁荣昌盛、延绵不息。

章溢代戮

【经典故事】

在元朝的时候，有一个浙江龙泉人叫章溢，字三益，号匡山居士。

由于当时处于元朝末年，社会处于飘摇动荡之中，寇贼很多。

有一次，寇贼侵犯龙泉，被章溢集合的地方武装打败，论功累授浙东都元帅府佥事，但他辞而不受。后来，章溢又把他掌握的地方武装交给儿子存道率领，而自己同侄子章存仁退隐到浙江。

过后不久，一个寇贼团伙从福建转移过来，侵犯浙江等地方。章溢

不得不同侄子逃到山里去避乱。所料不及的是，章存仁由于一时大意被寇贼们捉去了。

章溢无奈之下，担忧自己的侄子，于是赶紧跑去对寇贼说："这是我的侄儿，他的年纪还小，我哥哥只有这一个儿子。我不可以叫我的哥哥没有后代，我情愿自己替我侄儿去死，请千万不要杀我侄儿。"说着说着，竟然号啕大哭。

寇贼们看到这样的真情流露，被章溢感动了，感动于他对于兄弟姐妹的义气，对于侄子的关爱。由于敬重章溢，寇贼们开恩把他们叔侄俩都放回家了。

后来，朱元璋攻取处州后，因为慕名于章溢的德行，就派人去把他接到南京，让他做佥营田司事，主要负责管理百姓户籍，并制定赋税。没几年，老百姓都衣食无忧，安居乐业，章溢受到了百姓普遍的称赞。

三年后，章溢镇守处州，虽然他要供应的军饷很多，却从不盘剥当地百姓。后来，章溢升任湖广按察佥事，建议分兵屯田。

到了洪武元年，章溢被封为御史中丞兼赞善大夫。朝廷那么多大臣，持政最平和的首属他。

【人生智慧】

在故事中，章溢处在生死的关口上时，并没有只顾自己的性命安危，而是置自己的生命于不顾也要救自己的侄子。由此可以看出他的人品是多么好，他对哥哥的情谊也表现得淋漓尽致。而事实上，像这样的亲情之间的关爱，是任何物质的东西所难以代替的。

通常，一个人只有在自己遭遇困难陷入危难的时候，才有可能暴露出真实的本性，才能够识别出最本原的真性情。因为，在几近失去某种希望的环境中，人容易因为人性的弱点而被迫撕开自己身上的外衣面具，而显露出自己的真实样子。

因而，人们虽然喜欢锦上添花的举动，但对于雪中送炭的行为，更欣赏与佩服。也只有能够雪中送炭的朋友，才能称之为真正的朋友。只有在确定是真正的朋友之后，人们才能放下警惕心，才能实现两颗心之间的互动与交流。

如今，社会上有很多人喜欢称兄道弟，称姐称妹，实际上很多时候只是一种表示亲近的手段而已，并不见得是真情的流露与付出。我们不能够随便去相信这样的兄弟姐妹情，除非对方在危难的时候能够不离不弃，能够雪中送炭。

郑濂碎梨

【经典故事】

在明代初期的时候，有位大臣叫郑濂。他们家族七代同堂，有一千口人居住在一起，相安无事，二百多年不曾分家，合族聚居在一处。太守为他们的门题匾“天下第一家”，为的是鼓励这一家家风永续，同时也鼓励邻里向他们学习。

后来，明太祖即位，就把郑濂召到京都，问道：“你家吃饭的时候一共有多少人？”郑濂回答：“一千多人。”明太祖说：“一千多人同居在一起，确实称得上天下第一家。”于是让他退下。

在两人对答时，马皇后正巧在屏风后，听了之后就对明太祖说：“陛下当初一个人发动起义，就取得了天下。如今郑氏一家足足有一千多人，如果发动起义的话，不是可能性更大吗？”

明太祖听了心头一凛，连忙命太监再召郑濂入宫，问道：“你在管理家事的时候有什么规矩吗？”郑濂回答：“也没什么，只是不听妇人之言而已。”明太祖听了大笑，当时正逢河南进贡香梨，就送他两个梨子。

郑濂拜谢后，带着御赐的两个梨子回到家里。而这时明太祖已经叫校尉暗地里跟着前去，看看郑濂有哪些异常举动。没想到的是，郑濂到了家里后，首先就是召集了全家一千多人，一齐出来叩谢天恩。

在谢恩之后，郑濂就命人搬出两个大水缸，并在两个大水缸里放满了清水，接着把大梨一边一个敲碎，使整个梨子的汁能够渗到水缸里去。然后，大家庭中每个成员都分到了一碗梨水，就这样，全家人都得到了皇帝的赏赐，公平均分。

明太祖得知了这件事之后，心里异常高兴，非常钦佩郑濂治家有方。

【人生智慧】

《弟子规》上这样说：“待婢仆，身贵端。”作为一个领导者，只有做到没有偏袒之心，一视同仁，底下的成员才不会因为“不公平”而产生怨言。

在古代的时候，由于封建礼教的缘故，女性受教育的机会相对比较少，当人没有智慧时，往往就会出现很多偏离道理的言行。比如，当家里的妇人对自己的孩子过分溺爱时，往往在言词中就会有是非流言，是非流言通过各种途径往外传播，就有可能导致很多埋怨、争吵和矛盾。

因而，作为一个组织的领导者，比如家族的管事的人，不能偏听偏信，如果由于偏听偏信在心里无法作出公平举措，就有可能带来家庭中的不公正现象。

故事中的郑濂，是一个具有“人和”智慧的领导者，他懂得对于大家庭来说，和睦共处是最重要的目标。而达到和睦共处的基石，就是公平。只有公平，才能让每一个成员的心得到平衡，进而达到家庭的安乐。

现代人常抱怨人情冷漠，其实是没有认识到情感是需要“公平”的。如果只是单纯的输出情感或接受情感，都可能招致情感的不和谐。每一个人都应该谨记，不仅仅是自己需要别人关心，其实别人也需要自己的关心！以这样“以己度人”的态度来待人、处世，相信我们每一个人与周围人的关系都会相处得更加和睦，更加其乐融融。

廷机教弟

【经典故事】

在明朝的时候，有一个人名叫李廷机，字尔张，晋江新门外浮桥人。

在年少的时候，李廷机的家中很贫苦，但他勤奋刻苦、立志求学，终于在万历十一年中了榜眼，累官礼部尚书兼东阁大学士。李廷机是我国历史上少有的清官贤相，他为人向来以严为主，在明史有关于他的记载，认为他“遇事有执，尤廉洁，然性刻深，亦颇偏愎，不谙大体”，在为政上更是以“清、慎、勤”而闻名。

一门数杰毕竟是极少数，李廷机虽然官居高位，可谓地位尊崇，不过他还有一个没有考上功名的弟弟。

在李廷机当高官之后，由于家乡离京城很远，所以兄弟难得一见。有一天，弟弟从家乡来到京城探望哥哥，头上戴着新做的方巾，身上穿着新衣服。李廷机看见弟弟从家乡来看望自己，心里很是高兴，就询问了不少家乡家里的事情。

在经过一阵寒暄慰劳后，看着弟弟的穿衣装扮，李廷机非常惊讶，因而就问弟弟说：“你是不是已经进学堂读书了，中了秀才?”弟弟回答：“没有。”又问：“有没有考上功名?”弟弟又回答：“没有。”“那你原来的帽子到哪里去了?”弟弟说：“放在袖子里了。”李廷机说：“你应该戴原来的帽子，不应该跟着习俗戴着方巾。”于是弟弟就把方巾拿下，戴上原来的帽子了。在当时，只有中了秀才才可以戴方巾。

值得称赞的是，李廷机的弟弟虽然受到了哥哥的批评，但并没有因此不高兴，也没有摆出一副为难的神情，而是欣然接受了。

纵观李廷机的一生，可谓勤勉自律，在他离开人世之后，皇上感念他的品德与节操，就赐给他谥号“文节”。

【人生智慧】

如果以“势”来逼迫对方来服自己，那么即使口服也是心不服；如果既有“势”又有“理”，那就要尽量避免让“势”掺和到“理”中，而是以“理”为先，以“势”作为后盾。

每一个人都拥有感情，只不过有的热烈奔放，有的含蓄克制。如果想规劝别人，就要多以情动人，让对方能够从中感受到一片真诚；多以理服人，让对方能够感觉到道理所在。这样，才能够让对方心悦诚服地接受规劝。

尤其是在兄弟姐妹之间，更要讲究方法方式，应该以团结、友爱为先，否则就容易伤及兄弟姐妹的情谊。

在故事中，李廷机并没有以“势”来压服自己的弟弟，而是以理服人。他实在是为弟弟着想，不忍弟弟落下让世人笑话、不妥的名声。而弟弟原来怕自己的形象给哥哥造成不好的影响，也是为哥哥着想，待哥哥教育后，他感到自尊心没有受到侵犯，就愉快地接受了教育。

严凤敬兄

【经典故事】

在明代的时候，有一个名叫严凤的人，他的品德操守非常好，孝悌双全，侍奉自己的哥哥如同侍奉父亲一般。

年轻的时候严凤出外做官，后来年纪大了便告老还乡。当严凤回到家乡时，看到哥哥已经很老了，家里面又很穷苦，于是就把哥哥接到自己家亲自侍奉。

每逢请客的时候，严凤必定叫哥哥放着杯子，自己拿着筷子跟在哥哥的后面把碗筷放好。

一回，严凤要在家中宴客，哥哥也在座。严凤把筷子送上去稍微迟了一些，他的哥哥一生气，就打了他一个耳光。但是严凤欣然接受，情绪丝毫没受影响，仍然在酒席上谈笑自如，款待宾客。因为哥哥喝醉了，宴席结束后严凤还亲自送哥哥回屋。

等到第二天，在天还没有亮的时候，严凤就来到哥哥的床前等候，关切地询问哥哥昨天酒喝得是否愉快，觉睡得是否安好，而对于昨天被哥哥打的事情，丝毫没有放在心上。

后来，严凤的哥哥离开人世了，严凤因此很难过，一切都遵照礼节来办丧事，为哥哥的安葬尽了最后的礼节。

【人生智慧】

在故事中，严凤敬兄可谓真挚动情，让人感怀。他之所以能够在悌上做到这些，是因为他懂得，每一个人，都无法避开时光的流逝，时间的洗礼会带走很多美好的事物。如果兄弟姐妹不懂得处理好彼此之间的关系，那么，也许在长久的时期里都相处得不和睦不开心，甚至可能遗憾一生。

在面对他人侮辱的时候，一定要注意制怒，并且懂得多换位思考，思考对方到底因何生气而做出这样的举动。对家人，我们更要怀着宽容的心态，就算他们有什么不对的地方也要想到他们一定不是故意的，原谅他人就是原谅自己。

世恩夜待

【经典故事】

在明代的时候，有一个人名叫陈世恩，是明神宗万历年间的进士。陈世恩有兄弟三人，长兄是一个学问、道德都很好的人，陈世恩自己是老二，德行也如兄长一样为众人所称许。但他们的三弟由于与他们相隔的岁数比较大，父母对这个儿子不免有些宠爱，因此长大了之后，就整日无所事事，东游西逛。经常是天刚蒙蒙亮就不见了人影，直到深夜才回来。

看到三弟的行径，陈世恩的大哥只要有机会，就把三弟叫到一边，苦口婆心地劝他："三弟呀！不要再在外面游荡了！要早点回家免得让家人担心啊！"

陈世恩的三弟正处于年轻气盛的年纪，被大哥劝一次、两次还罢，当次数多了，他不但听不进去，还开始对大哥反感起来。

"逸则淫，淫则忘善。"三弟因为放纵自己，不免越发离不开一起吃喝玩乐的朋友，心里还怪大哥多管闲事。大哥看到三弟依然我行我素，心里十分烦闷。

陈世恩看到这样，觉得不能任由这种情形继续下去，就请大哥来促膝长谈。想到自己的好心却不被弟弟所接受，大哥不禁有些激动。陈世恩按住哥哥的手，对他说："大哥，你的心是为弟弟好，这个没错。但是你对弟弟讲话的时候，语气太直接了，年轻人恐怕面子上挂不住。你给我一段时间，由我来劝他。"陈世恩和大哥就这样说定了。

这天晚上，陈世恩手里拿着院子大门的钥匙，独自一人在门前等弟弟回来。夜深人静了，家家户户都已歇息，陈世恩依旧耐心地等待着弟弟。最后弟弟终于回来了。弟弟没有料到是二哥在等他，意外之下显得有点不知所措。"赶快进来吧！外面冷。"弟弟以为二哥要教训他了，没想到耳朵边却传来二哥亲切的问候："你吃晚饭了没有？冷不冷？""噢……吃了，不冷。"弟弟说完，可能是觉得愧疚，不敢多和自己的二哥说话，就赶忙地回自己房间睡觉了。

然而第二天一大早，弟弟又偷偷溜出去了，这天仍然跟以往一样一整天没有回来。陈世恩和第一天一样，晚上独自站在院子门口等待弟弟回来。弟弟没想到二哥又在等自己，就有一些心虚，站在院子外不好意思进来。陈世恩笑着说："自己家门都不进了吗？进来吧，我好锁门。"

弟弟进门后，陈世恩照旧把院门锁好，他闻到弟弟身上有一股酒气，关切地说："喝酒了，难不难受？我刚好泡了一壶浓茶，你喝了可以解解酒。"

对于三弟来说，假如二哥也像大哥那样骂自己几句，他反倒觉得心里好受一些，但是二哥对自己一丁点责备都没有。回想起自己在外面花天酒地，却让家里的两位兄长操碎了心，三弟便跪下去对二哥说："我错了！请二哥责罚！"看着自己的弟弟终于认识到了自己的错误，陈世恩也高兴地说："好！好！回来就好！哥哥知道你会自己改正的！"

从那一晚以后，弟弟像换了个人一样，再也不和那帮朋友一起鬼混了。他在两位哥哥的精心教导下，认真学习各种知识，发奋用功，后来终于成为一位德才兼备的人。

【人生智慧】

这是一个普普通通、充满了人情味的故事，但能让每一个读这篇故事的人回味无穷，感触良多，值得生活在现代的我们细细品味、琢磨。

在故事开始的时候，陈世恩的大哥对三弟的劝导指责无可厚非，但他只是一味以道理来灌输教育，在态度上过于勉强三弟，反倒让三弟产生了逆反心理。陈世恩则改用感化的方法来教育三弟。尤其可贵的是，陈世恩天天独自在门外等候，心甘情愿，发自内心地关怀、等候弟弟。所以弟弟真真切切地感受到了自家兄长对自己的真情，大受触动并进而改正错误。

由此可见，一个人如果要劝勉对方，一定要懂得善巧。除了懂得善巧之外，还要让对方能感动，在此基础上晓以大义，才有办法让他改正过来。

家庭亲情能给人予温暖，是每一个人心灵的港湾。兄弟姐妹之间，一定要相互关爱、相互照顾，才能让温暖留存、港湾安全！

第三章　忠篇

第一节　释义求真

【基本释义】

忠：是负责尽职，忠于职守。忠为会意字，一个“中”字，加一个“心”字，一心中正名为忠，心存偏邪则不忠。一念不生名为忠，心存二念则不忠，故知真诚恭敬至极，即是“忠”之深义。不忠之人必不诚，表露于外则言行轻薄，多失厚重。

【基本思想】

“忠”，又是形声字，从心，中声。(会意兼形声)

“心”指内心，是人的思想。

“中”为不偏不倚。

“忠”即为不偏不倚之心，即为正直之德。“中”在“心”上，说明做人做事不能以个人的喜恶为出发点，需要服从大局，个人利益服从公众利益，“忠”为做人做事忠诚无私，尽心竭力；“心”在“中”下，表示要全心全意地施行不偏不倚的行为。“忠”为一个“中”一个“心”，以示“忠”即为不二之心。若心中有二，则为“患”，后患无穷。

古代社会，评价一个人主要是四个字：忠、孝、节、义。“忠”字当头，排在第一位，可见它在古人心中的地位。一个人应该忠于自己的民族，忠于自己的国家，忠于自己的事业，忠于自己的血统。

“忠”有“心”，表示尽忠之前应该要用脑用心，明辨是非，不能盲目地忠，否则难免会“愚忠”，这正是“忠”下之“心”所要提示的准则。

“忠”是存心居中，正直不偏。人要做到竭诚尽责就是忠的表现。古人谓：忠者，德之正也。而尽忠者，必能发挥出最大的智慧和才干，因为公生明，偏则暗；革除私欲之后，一切事物的道理无不清楚明白。因此，无论我们是做大事业的，还是在平凡职位上的，要想真正做好，须臾都不能离开忠字。

曾子每日反省自己，首先就是“为人谋而不忠乎”，意为“别人托付给的事情，是不是忠实且尽心尽力地办到了？”比如说，作为一个公务员，领导交代办理的事情，尽心尽力地做好了吗？身为母亲，为家庭尽职、尽责地教养孩子了吗？作为父亲，可堪为子女作榜样了吗？当学生的，功课认真努力了吗？各自在岗位的职务上“尽忠”了吗？果真能效法曾子每日反省的功夫，察照每日自己“尽忠”的程度如何，未尝不是向上提升的好方法。尽忠确实是做人的根本。

我们的言语行为都要遵循圣贤的正知正见，不能有悖于礼法，不仅要忠于国家民族、忠于父母师长、忠于领导上司，更要忠于自己的内心。每个人的心中都有一个善恶是非的标准，但面对世事纷扰、生存重压，能始终做到“不违吾心”是需要巨大勇气的。在看了古人是怎样在生死之前保持生命的尊严之后，希望我们能从中获得那可贵的“勇气”。

总而言之，现如今的“忠”，对于我们而言，就是要踏踏实实地学习，勤勤恳恳地工作，坚守自己的位置，并努力做到最好；就是要为国家的富强增砖添瓦，为后代营造更好的生存环境，不仅仅是忠于一家一国，而是忠于全人类。

第二节　经典故事集锦

国乱显忠

【经典故事】

唐朝中叶，出现了一次很大的祸乱，就是安史之乱。那时因为唐玄宗宠爱杨贵妃，国政荒废，结果安禄山开始作乱。数月之内，唐朝失去了半壁江山。所有科举出身、念圣贤书的人在这个时刻似乎一下子都沉寂了，原来是大部分都举白旗投降了。

当时有两个忠臣，一个叫张巡，一个叫许远，由于他们死守淮阳城，奋力抵抗，安禄山的军队打不进来。这才让唐朝的军队得以喘息，重新调整，重新备战。假如没有张巡、许远，唐朝可能就灭亡了。后来安禄山把张巡、许远抓起来，对他们严刑拷打，叫他们投降，他们至死不肯，还当着安禄山的面骂他是叛臣。安禄山很生气，下令把他们的牙齿都拔掉。他们依旧正气凛然，含血唾骂安禄山。

【人生智慧】

“忠”这个字眼，在每个时期有它不同的解读。在古代是讲究忠于家庭门阀，讲究忠君爱国。如今则提倡忠于祖国，忠于人民，忠于理想等。

对于忠心，平时往往很难通过表象来得出结论。只有在关键时刻，在危机关头，才有可能显出“忠”来，这才是考验每一个人的时候。

清官海瑞

【经典故事】

海南有名的历史人物海瑞是明朝的忠臣。有一出有名的戏叫《海瑞罢官》，讲的就是他。

海瑞为官非常清廉，只要海瑞所到之处，当地的豪强、贪官污吏先后躲避，因为他们知道海瑞一定会整肃风纪。所以，海瑞治理的每一个地方，人民都非常爱戴他。

朝廷知道海瑞的忠诚，在他年岁很老的时候还起用他到南京为官，后来他病逝在南京。他的遗体运回海南的运送过程中，整个南京城万人空巷，人民就好像失去了自己的父母一样，都非常伤心，纷纷相送海瑞回归故里。

【人生智慧】

古代圣哲时刻将德行放在心上，忠君爱国，希望造福于民，希望能垂范后世，这样才对得起圣贤教诲。

从海瑞的故事中，我们也能体会到，只要用真心爱人民，就一定会得到人民的爱戴。假如不忠于人民，即使能欺瞒一时，也不可能在所有时间欺瞒所有人，最终将遭到人民的唾弃。

销烟利民

【经典故事】

清朝末年，吸鸦片的风潮愈演愈烈，炎黄子孙因此被人蔑称为“东亚病夫”。

在这个危难时刻，林则徐虎门销烟，为国家民族考虑。而他销毁鸦片的方法是不破坏任何自然环境，所以林则徐在几百年前就做到了“环保”。方法从何而来？从真心，真想把事做好一定会找到好方法。

后来，林则徐处于逆境的时候，被流放到新疆偏远地方，但是他在那里也没有因为遭难而减少勤政为民的决心。他在偏远地区还大兴水利，造福了偏远地方的人民。林则徐教导他们的水利技术，现在新疆、甘肃地区的人们还在使用。

【人生智慧】

人有忠心，程度有不同。有些人在顺境时能做到忠于国家，忠于人民，但一旦遇到逆境，就失去了所有的锐气，失去了所有的能量，只能随波逐流。

而林则徐不是这样，在国家危难的时候，他身处要职，敢于排除万难，主持鸦片销毁。而当他在逆境被流放的时候，依然没有消沉，没有因为磨难而减少他为民服务的决心，在困难的环境下为民做了许多有益的事情。这种精神值得今天的人们学习！

师生恩谊

【经典故事】

明朝有个忠臣叫左光斗，人们尊称他左忠毅公。有一年，左忠毅担任了主考官，来自各地的读书人正要准备参加进士考试。左忠毅时时都想着要为国家举贤荐才，所以在考试前夕就微服出巡，到离京城附近比较大的一些寺院里去找贤才。他走到了一个书生旁边，这位书生写完文章太累就睡着了。左公看完他写的文章，深深感受到这位读书人对于国家有一种忠诚，对于人民有一种使命感。左公看完很欢喜，随手就把自己的披风披在年轻人的身上，这个年轻人就是史可法。

后来正式考试，在阅卷的过程中，左公一看到这篇文章，立刻就想到是谁写的。因为文章是从一个人的内心流露出来的，可以从文章中感受到他的气节和志向。所以就把他面署第一，后来史可法考上了状元。考上状元以后，上榜的学子都要去拜主考官为师，所以那天史可法就去拜访老师和师母。一进门，老师左公就对他的夫人说："往后继承我的志业的，不是我的儿子，而是这位学生。"

左公看到史可法心生欢喜，因为他帮助国家选了一位非常好的栋梁之才。后来左公与史可法同朝为官，一起效忠朝廷。明朝末年，宦官当政，左公被奸臣陷害，关到监狱。史可法非常紧张，害怕老师在监狱里受到残害，想尽办法要去探望老师。他的老师确实备受酷刑，被用烧烫的铁片捂在眼睛上，膝盖以下也被切掉了。史可法心急如焚，就去求狱中的士卒。这些士卒也被他对老师的孝心所感动，就建议他伪装成乞丐的模样，混进监狱里去。

史可法走进监狱，缓缓地朝老师的方向走过去。当他看到老师的身体状况，扑在老师的面前，不禁失声痛哭。左公虽然眼睛张不开，但耳朵还可以听得到。当他听到史可法的声音，非常警觉，用他的双手把眼睛撑开，目光炯炯看着史可法。他说："你是什么身份？你是国家的栋梁，你如何可以让自己身陷危险的境地？与其让这些乱臣贼子把你害死，不如我现在就活活把你打死。"说完之后，左公就捡起身旁的石头往史可法的方向投掷过去。史可法看到老师如此震怒，就立即离开。

后来左公去世了，史可法担任国家的要职，带兵在外。他带兵在外的时候，让士兵分成三队，轮流跟他背靠背休息，守夜。他的士兵看了以后，也很感动，就说："大人，这样下去会损害你的身体。"史可法对士兵说："假如我去睡觉，敌人来犯，让国家受到损害，那我就对不起国家，更对不起我的老师。"老师教诲要念念为国家，史可法确实不敢忘怀，所以回馈师长最重要的是要"依教奉行"。

后来史可法每次回到他的故乡，先到老师的家里。虽然老师不在了，他的师母还在，还有老师的后代子孙，他都竭尽全力奉养照顾，确实做到了"一日为师，终身为父"。

【人生智慧】

在故事中，左公为什么那么生气呢？是因为他的忠。唯恐学生的安危、国家的前途受到影响，纵使他身陷这样大的痛苦之中，依然没有念及自己，而是为民族考虑，为国家考虑，为自己的学生考虑。这种忠于国家的情操让今人仰望。

在如今价值观多元的社会里，也许这些古人的忠心节操能够给人们带来精神层面上的营养。古人的精神，依然值得今天的人们借鉴学习。

龙逢极谏

【经典故事】

夏朝末代国君桀，凭着自己的权力作威作福，他把天下所有的男劳力都抓来做苦工，凿山穿道，花费很多时间和人力筑了九巢，大的可以放船。

夏桀不但对老百姓特别狠毒，对忠臣的劝谏也置之不理。不仅不听，倘若有人劝阻，必定处死，真是为所欲为，专横跋扈。

有一天，大臣龙逢劝谏说："古时的君主，非常懂得爱民、节俭，对国家的财产绝对不敢随便浪费，因此能保国家之长久，而且帝王的寿命也是很长的。例如：尧帝活到一百一十六岁，在位九十八年。他的仁德可比上天，他的智慧可比神灵，接近他就能感到像太阳般的温暖，仰望他就好像是高洁的白云。他富有而不骄奢，尊贵而不放纵。

有一天，尧帝下乡去巡视，刚好看到两个人犯罪正被押送。尧帝马上就跑过去问：'你们两个犯了什么错？为什么犯错？'这两个人就说：'因为上天久旱不雨，我们已经没有东西吃了，家里的父母也都没东西吃，所以我们只好去偷人家的东西。'尧帝一听完，马上就跟士兵说：'你们把他们两个放了，把我关起来。'士兵一听都愣住了，怎么可以把君王关起来呢？尧帝就说：'我犯了两大过失，他们并没有罪。一是我没有把子民教好，所以他们会偷人家的东西；二是我没有德行，所以上天久旱不雨，这两件事都是我的过失。'

尧帝内心发出至诚的反省，马上感动天地，当天雨就下起来了。尧帝将帝位传给了舜王，舜王也非常长寿，六十一岁接替尧，登上帝位三十九年，也活到一百多岁。尧帝过世时，天下百姓三年守丧，四方音乐不举，百姓没有饮酒作乐的。"

龙逢接着又说："大王今天用财太浪费，杀人不眨眼，人心已经散乱，这样下去，国家很容易灭亡。希望大王能好好地改一改。"

夏桀不但不肯听，还非常生气。他见龙逢劝谏后仍然站在朝堂上不动，便大怒道："为什么我要听你的话呢！"结果龙逢不但劝谏无效，没能挽救夏朝，反被暴君夏桀斩首。

第二年，夏桀被商军活捉，流放到南巢亭山后，忧愤而死。

【人生智慧】

在故事中，龙逢为了尽忠，敢于直面皇帝逆须劝谏。可惜他遇到了一个昏君，并由此丢掉了性命。

古代讲究对皇帝尽忠，另外，古人还有“君要臣死，臣不得不死”的说法，所以臣民表现忠的方式就有所不同，这在今天的人们看来会有些不可思议，会认为是愚忠。不过，愚忠虽然不应该去仿效，但如果走到另一个极端，比如对一切人、一切事都不信任，只认为自己是对的，那也是不正确的。

如今，由于人们关于“忠”的概念越来越淡薄，不忠的人和事层出不穷，社会陷入了空前的信任危机，并由此导致了一系列的社会问题。

因而，也许愚忠是不对的，但是不忠也不见得是对。可能人们需要多一点忠，这样，也许人与人之间能减少不少的纷争。

比干死谏

【经典故事】

商朝的时候，纣王天资聪颖，反应灵敏，能说会道，臂力过人，能徒手跟猛兽搏斗。纣王为人很自负，他认为自己的智慧足以拒绝他人的劝谏，口才足以粉饰自己的过错，他经常在大臣面前炫耀才能，不停地吹嘘自己。

那时候，纣王有一个叔父叫比干，他在纣王身边做少师官。他看见纣王这样荒淫无道，就叹着气说：“国君如果暴虐成这个样子都不思去劝谏，那就是作为臣子的不忠了；为了怕死，不敢说话，那就是不勇了。做臣子的不忠不勇，怎么对得起国家，怎么对得起天下的黎民百姓！”

下定决心之后，比干就去面见纣王，进行强谏。纣王很生气，嘲讽地对比干说：“我听说圣人的心上有七个窍，不知你的有几个。”于是竟然真的命人剖开比干的胸膛，挖出他的心脏来看。

朝臣中有名的贤臣箕子听说这件事后，大为恐惧，于是假装疯癫去做奴隶，可惜纣王又把他囚禁起来了。其他大臣诸如太师、少师等，听说这件事后便惊慌地携带着祭器、乐器投奔周国了。

后来，周武王率领诸侯讨伐纣王。纣王兵败，逃回城里，登上鹿台，穿上他那饰有珍珠宝玉的衣服，跳到火中自焚而死。周武王斩下纣

王的头颅，悬挂在大白旗杆上，又杀死妲己，把箕子从监狱里释放出来，给比干建了坟墓，给后人做榜样。

【人生智慧】

古代的忠臣之所以不怕死，是因为心中有一个“忠”字，他们坚信自己是对的，是为了拯救天下苍生，所以他们从容就义，含笑而死。比如故事中的比干，他认为自己作为臣子的责任是劝谏君王从迷途中归来，所以不顾安危地去做。

比干做到了忠于职守。在今天的我们，有多少人能做到这一点呢?

很多时候，可能自己的想法、主张是正确的，但往往由于他人的怀疑、否定而发生动摇。尤其是随着这种怀疑次数的增多，个人的自信就会一点点被啃噬掉，人们就会怀疑、否定自己，否定面对的可能。

比干的死谏，不值得效仿，但是他忠于职守的精神，却值得每一个人学习。

张良复仇

【经典故事】

秦国在春秋战国时期消灭了韩国，并最终统一了中国。

一代谋士张良出生在韩国，他的家族中曾有数位族人担任过韩国的宰相，可谓渊源深远，所以他对韩国的感情之深可想而知。

在秦国灭韩国的时候，张良只有二十岁，家里的仆人不下于百人，家境可谓相当富有。可是国家被秦所灭，国破家亡。张良为了报答深厚的国恩，弟弟死了也不肯多花钱安葬。在匆忙之中，他把所有家产全部卖掉，来收买刺客刺杀秦始皇，一心想要复仇。他到处去收买打听有没有大力士，可以把秦始皇刺死的。

经过了几年的努力，张良终于寻觅到一个大力士。他暗地调查知道秦始皇要经过“博浪沙”，于是在这个地方埋伏，希望能杀死秦始皇，但是只击中了副车，没有成功。秦始皇勃然大怒，动用全国力量查找主谋。于是张良四处逃亡，后来隐姓埋名于下邳。

后来，汉高祖刘邦出现在时代的舞台上时，张良认为是良主，就一心辅佐他。当刘邦灭了秦国，张良就离开了他，回到韩国，立韩成为王，他当宰相。

但可惜的是，韩成被项羽所杀，张良无奈之下，只能又回到刘邦的身边辅佐他。终于，刘邦消灭了项羽，一统天下。张良是一个深谙进退之道的具有大智慧的人，他知道伴君如伴虎，于是离开了刘邦。

【人生智慧】

从故事中我们可以看到，贯穿张良的一生，他所忠心的都是韩国。

而张良寻觅大力士刺杀秦始皇，具有比较典型的中国传统特色。在很多历史资料事迹中，我们可以看到很多类似的故事，比如荆轲刺秦王等，这是古代弱者对强者的反抗。

而张良的忠心后来得到了回报，他为韩国复了仇。在忠心的精神激励下，他深深懂得，比改变更重要的是坚持，他坚持到了胜利的时节。

坚持，并不是一味地固执己见，而是每一个人生命中一些不可动摇的原则，这是人们生命的支柱，是人们存在的理由。只有将它们保留在心中，生命的实在感才会时时萦绕在我们心头。

忠心，所以坚持；坚持，所以胜利。这就是忠心的精神作用，它是物质金钱所无法替代的。

同时，从张良的例子可以学习到，在我们的一生中会经历各种挫折与成功，面对一次次的艰难抉择，我们只有审时度势，适时调整自己的道路与目标，方可无往不利，绝处逢生。而在功成名就之时，必须要不骄不躁，低调处世，这更是我们应该懂得的处世之道。

纪信代死

【经典故事】

在秦朝的时候，有一个陇西成纪人名字叫纪信。

公元前206年，在刘、项双雄相会于鸿门宴时，纪信已在刘邦军营，与樊哙、夏候婴、靳疆等齐名，他们都曾保卫过刘邦。

后来，纪信跟随刘邦大军据守荥阳，官职将军。不久西楚霸王项羽率军大举进攻，兵临荥阳城下，两军对垒一年有余，楚汉战争进入相持阶段。

由于那时候汉军在荥阳城南修筑甫道，直通西北方秦时所建的敖仓，并派重兵驻守。依靠敖仓储存的粮食源源不断地供给荥阳守军，汉军才能与楚军坚持战斗。

考虑再三后，项羽采纳了范增的建议，派兵“数侵夺汉甬道，汉军乏食”，军心惶惶，形势危急。于是刘邦要求议和，割让荥阳以西归楚所有，项羽不肯。刘邦忧虑重重，迟疑不决。

这时刘邦的爱将纪信闻讯，面见汉王，提议说：“事情紧急，请允许我诈骗楚军，王可乘机出走。”刘邦于是邀陈平出谋划策，设下圈套谋楚。

当晚，夜幕沉沉，只见身披铠甲的将士、手提包裹的妇女两千余人，一群接一群涌出荥阳东门。忽然看见一辆黄屋马车（王车，用黄色车篷），车傅左纛（车衡左上方柱有毛羽幢），大呼城内绝食，汉王特来降楚。四面楚军闻言惊异不定，都来城东观望。于是刘邦借机带数十骑出西门遁去。

楚霸王项羽来到车前，看见纪信，就喝问刘邦的去处。纪信说：“汉王早已经趁机逃出城了！”项羽听了大怒，就下令烧杀了纪信，纪信遂以身为汉尽忠。

后来，刘邦终于在争雄大业中击败项羽，完成了统一祖国的大业。为纪念将军纪信，特立祠于顺庆，赐号“忠右”。汉高祖诰词里面说：“以忠殉国，代君任患，实开汉业。”后人亦有联赞曰：“楚逼荥阳时，凭烈志激昂，四百年基开赤帝；神生成纪地，作故乡保障，千万载祐笃黎民。”

【人生智慧】

古代讲究“君使臣以礼，臣事君以忠”，纪信对刘邦忠心耿耿，以忠为主捐躯，代替刘邦来承受杀身之祸，可谓忠、仁之至。如果当时没有他的勇敢殉烈，恐怕就没有刘邦后来的辉煌了。

由纪信身上，我们可以看出忠字所带来的勇气与自信。那么，反过来看，纪信何以会对刘邦这么忠心耿耿呢？这是值得人深思的，如果不是刘邦懂得礼贤下士，怎么能够让他的部下都敬服于他呢？

所以，当人们感受到不忠的伤痛时，不妨想一想，为什么对方会不忠？是自己的原因居多还是对方的原因居多？

只有先付出，才可能会有回报；若想得到更多，唯有付出更多；只有舍弃小我，才能成全大我。在舍与得之间，体现了人生的大智慧。所以我们一定要目光长远，不囿于一时的得失。

苏武牧羊

【经典故事】

匈奴自从被卫青、霍去病打败以后，汉、匈有好几年没打仗。匈奴虽口头上表示要跟汉朝和好，实际上还是随时想进犯中原。

公元前100年，汉武帝派苏武出使匈奴，欲与匈奴缔结长期友好关系。但由于“虞常事件”，苏武受牵连被扣押。匈奴单于采取各种手段，软硬兼施威逼苏武投降。

苏武在刀剑下昂首不动，在甜言蜜语中侧耳不应。他对前来劝降的匈奴官吏卫律说：“以死报国，是我早就下定了的决心！只要能对国家有所贡献，即使是受刀剑，下油锅，肝脑涂地，我也心甘情愿。如果我忘恩负义，背叛朝廷，就算是活着，也没有颜面再回到汉朝！”说罢，抽出配刀，往自己身上刺了进去。顿时，鲜血喷洒而出，他倒在了血泊之中。卫律大惊失色，赶紧冲上前去救他，医治了半天之久他才苏醒过来。

单于看到苏武的志节，内心对他产生了敬佩之情，就想用高官厚禄来收买他，请他为匈奴效力，但是均被苏武断然回绝了。后来，恼羞成怒的单于把他幽禁到了地牢里，想把他活活地饿死，逼他投降。

在寒气逼人的地洞中，身心交瘁的苏武躺在刺骨的寒冰上，疲惫地昏了过去。不久，难以忍受的饥饿使他苏醒了过来，他爬到雪堆旁，将一把雪塞进了嘴里，又抓起汉节上的一撮毡毛，艰难地咽了下去。奇迹出现了，几天之后，苏武居然没有死。

匈奴首领单于最后无计可施，只好把他赶到荒无人烟的“北海”，与羊群为伴。

苏武到了北海，旁边什么人都没有，唯一和他作伴的是那根代表朝廷的旌节。匈奴不给口粮，他就掘野鼠洞里的草根充饥。日子一久，旌节上的穗子全掉了。

苏武出使的时候，才四十岁，在匈奴受了十九年的折磨后，终于又回到长安。长安的人民都出来迎接他。他们瞧见发须尽白的苏武手里还拿着光杆子的旌节，没有一个不受感动的，说他真是个有气节的大丈夫。

【人生智慧】

孔子曾经说过：“行己有耻，使于四方，不辱君命，可谓士矣。”

而要做到孔子所说的标准，首先就要具备忠的因素。否则一切就无从谈起。使者，代表的是一个国家的精神与尊严。

作为使者出访他国，如果对国家对民族没有一颗赤胆忠心，就无法做到不卑不亢、义正词严，就有可能有辱使命。

其实，作为普通人的我们，在与他人交往的过程中，也有着所需要代表的精神与尊严。比如代表父母，代表家庭，代表自己，或者代表其他。

因而，做任何事的时候，不要老认为自己是一个人，只需要对自己负责。需谨记，我们并不是一个人在行动，还有家人、朋友在默默地支持着我们。每一个人处在社会中，都需要承担起很多责任。

日磾笃慎

【经典故事】

在汉朝的时候，金日磾是匈奴休屠王的太子，他在被汉朝俘虏后，专门为汉武帝养驾车的副马。他的长子是供宫里人玩弄的弄儿。

金日磾的长子越来越过分，终于有一天，他和宫里的人玩得太过火了，金日磾见了非常生气，一怒之下，就把儿子杀死了。皇上为他流了泪，但是心里很敬重金日磾。

到了后来，皇上想把金日磾的女儿娶到宫里，可是金日磾就是不肯。皇上晚年的时候生了病，怕自己时日无多，于是嘱咐大臣霍光辅助太子。但是霍光非常看好金日磾，他说："金日磾是一个行事谨慎之人，一定可以好好辅助太子。"霍光就把这个重大的责任让给金日磾，金日磾说："我是一个外国人，假使我担当了这个职责，就会使匈奴国看轻了汉人，以为汉朝里没有人了。"

推让到最后，金日磾做了霍光的副手。

身为匈奴太子，金日磾把汉朝作为他所效忠的国家，实在是难能可贵。

【人生智慧】

可以看出，金日磾时时注意自己的言行举止。不但是在落魄时谨言慎行，即使是得宠之后，依然小心行事，毫不恃宠而骄，实在是谨小慎微的处世典范。

很多时候，人们以为做到了忠，就万事大吉，在为人处世上毫无顾忌，终于惹来了种种麻烦，甚至是灭顶之灾。

古人处于权势巅峰时，尚且懂得谨慎的道理，作为一般普通人的我们，在平时都要知道约束自己的言行。所谓言多必失，如果没有经过认真考虑就随口说话，很容易出现差错，甚至有可能在无意中伤害到他人。

如果每一个人都能以“谨”为戒，时刻谨记心头，那么，将一生受用无穷。

丙吉护储

【经典故事】

汉武帝时期，有个大臣叫丙吉，查办当时用邪术来诅咒人的案子。汉武帝相信神怪诅咒之说，比如用木头刻成小人埋在宫里，借以持咒来保护宫里人的安全，并且祈祷天下太平。

有一次武帝生病了，有人算出宫里有巫术诅咒皇上，于是武帝的宠臣江充立刻请命搜查此事。其实在这件事情之前，江充已受别人暗中指使，在太子刘据的住处地下埋了很多木头刻成的小人，借这个机会来诬陷太子。

这时候太子深怕事情闹大，自己和相关的人有生命危险。于是，就起兵从外攻打到皇宫里，想捕斩江充，可是没有成功。在这一次事件中，死伤数万人之多。这件事被传开以后，凡是有牵连的人全部都要被诛杀。

当时也很流行观天象，武帝在生病的时候，就有人跟武帝讲，在京城里头的牢狱当中发出了紫气，这个紫气就是指天子之气，可能在牢狱当中有人将来可以做帝王。

因为太子的孙子刘询当时只有几个月，也被牵连关在狱里。而丙吉当时主办此案，他看到皇帝的曾孙这么小的孩子，都要被杀掉，太可怜了。所以他不顾自己的生命，护送刘询出宫，抚养他。

他对追杀的人说："有许多人是无辜的，无辜而死就已经很悲惨了，何况是皇帝的亲曾孙。"被派来追杀刘询的人回去报告皇帝，皇帝才觉悟过来，幸亏丙吉全力地保护刘询，否则他都要亲手杀掉自己的曾孙。这个时候皇帝宣布赦免所有的人，不要追杀。

十三年后，刘询登基，成为汉宣帝。而丙吉从不提当年保护他的事。尽管在当时这是一件相当危险的事情，他却施恩不求报。

【人生智慧】

所谓"忠"，不论是在古代还是现代，都是一个具有很大争议的字眼。有人认为无条件听从是忠，有人认为无条件听从属于愚忠，真心为所效忠的人考虑才是忠，众说纷纭，难有定论。

不过，毫无疑问的是，故事中丙吉设身处地为皇帝着想，这是真正的忠心。皇帝因为事发中一时愤怒下达杀死自己曾孙的命令，这其实只是皇帝一时情绪失控。丙吉作为皇帝的忠臣，真心为皇帝考虑，及时出手，让皇帝没有铸成大错。

在现代，依然离不开"忠"字，如朋友之忠，父母之忠，夫妻之忠，同事之忠，各种各样的忠需要人们恪守。

但是，万变不离其"忠"，只要真心地、设身处地为对方考虑，也就成全了对于对方的"忠"。

朱云折槛

【经典故事】

在西汉的时候，有一个人名叫朱云，字游，是山东人。他的德行颇高，又兼有义薄云天的侠义之气。由于经常直言上谏，得罪上官，所以到了汉成帝时，也只做了个县令。

当时，朝廷有一个奸臣叫张禹，身居高位，但贪得无厌，又善于谄媚。朱云做侠士的时候，对于一般平民的疾苦，尚且仗义执言，现在见到张禹这样欺上瞒下、为非作歹的佞臣，更燃起一股为国除害的决心。于是他郑重地上书朝廷，希望能面见皇上，陈述社稷安危的重大事情。

汉成帝感觉到很意外，但也接见了这个地方小官，朝廷重臣位列两旁。朱云气度优雅，从容不迫地走进殿堂，他慷慨激昂地对汉成帝说："今天朝廷内有一位大臣，上不能辅佐主上，下不能造福民众，身居高位，心中念念只想着多拿俸禄，孔子说：'鄙夫不可与事君'，微臣愿借陛下的尚方宝剑，将此佞臣斩首示众，以激励其他的官员。"

成帝问指谁，朱云说是安昌侯张禹，张禹当时是成帝的老师。成帝听了大怒曰："小臣居下毁谤上官，公然在朝廷辱骂帝师，罪在不赦！"

御史奉命推朱云下殿，欲斩之。朱云死死抓住栏槛不放，栏槛被折断。朱云大声疾呼："臣在九泉之下能够与龙逢、比干作伴，就足够了，臣死不足惜，但未知朝廷该怎么办！"在场的左将军辛庆忌，摘掉自己的官帽，解下官印和绶带，叩头说："朱云性情狂直，早已尽人皆知，陛下对他不可太认真，假如他说得有点道理，不能杀，说得不对，也应该宽恕他。臣愿以死相保，请求免他一死。假如今天您把朱县令杀了，您不就跟暴君一样了吗?"成帝听到这番话，怒气才渐渐平息下来，于是就免了朱云的罪。

后来，侍从来修理被朱云折断的栏槛，却被成帝制止，说：“这断了的栏槛，可以时时提醒我不要受奸佞之臣的迷惑，同时也嘉奖像朱云这样忠直的谏臣。”

【人生智慧】

在故事中，西汉的朱云在作县令的时候，就已经敢于忠心谏言，这是对朝廷和皇帝的忠心。虽然他人微言轻，但是他的忠心耿耿，以及忧国忧民，确实值得人们称道。这种对于国家和人民负责的行为态度，直到今天，依然是值得学习的榜样。

另外，汉成帝能在大臣的劝谏之下，虽然有一时的怒气，但能够及时幡然醒悟，而不是只顾自己的所谓面子尊严，不但没有治朱云的罪，甚至连那被折断的栏槛也没有修复，以此来提醒自己不受奸佞之臣的迷惑，以及鼓励忠直的谏臣。这对于一个上位者而言，尤其是对于具有生杀大权的封建皇帝，是很难得的。

李善奉主

【经典故事】

东汉时期，有一位叫李善的人，当过李元家的老管家。他忠实老成、勤勉厚道，多年来，一直忠心耿耿奉侍主人。

后来，李元家里的人都死完了，只剩一个孤儿，叫李续，才生下来只有几十天。但是李元遗留下来的财产，总共有一千多万。所以李家的男女佣人，预备把李续谋杀了，然后瓜分他的财产。

李善没有办法，又不能制止他们这么做。他就带着熟睡的李续，连夜逃到了山阳瑕丘的深山中，开始了艰难的隐居生活。山居生活的艰难，是常人无法想象的。一个男人，不但要耕种采集、煮饭洗衣，而且还要养育年幼的李续，那更是难上加难了。

李善就像慈母一样，细心照顾小主人，尽管倍尝艰辛，但在他的呵护与照顾下，李续渐渐地长大了。每天，李善都会讲故事给他听，教给他做人的道理，在李善的言传身教下，年少的李续也秉承了他淳厚善良的品格。

当李续还在襁褓中的时候，不管大小事情，李善都会在小主人面前，恭敬地向他禀报，因为他把李家唯一的命脉，看作是主人的化身一样地尊敬。所以特别地教导他，希望李续能成为德才兼备的人，将来能重振李家门风。

等到李续有十岁了，李善才和他一同回到了家乡。饱经沧桑的李善，深深了解百姓的疾苦，所以能够用“仁民爱物”的心来照顾大众，把地方治理得很好，得到了人们对他的爱戴。后来小主人李续也很有成就，官至河间相。

【人生智慧】

故事中，李善作为老管家，依然保持着对小主人的忠心，在那种情景之下，是难能可贵的。这也是这个故事之所以能够流传千古的缘由。

在今天，现代人在这方面也同样需要忠。比如，人们在家中，希望儿女对自己忠心，希望伴侣对自己忠心；在外面，希望朋友对自己忠心，希望所合作的人对自己忠心。

可以这么说，人们需要相互间的忠心。只有这样，才会让人们心中有安全感，也才能感觉到生活的美好与温暖。

嵇绍卫帝

【经典故事】

晋朝的嵇绍，字延祖，是晋朝“竹林七贤”之一嵇康的儿子。

嵇康在很年轻的时候，由于遭受陷害，被司马昭杀害。他在临刑前，十分从容，将年幼的儿子嵇绍，托付给了好友山涛，希望他能够用心培养这个孩子，“有山涛在，你就不会孤苦无依，就好像父亲还在你的身边一样。”这是嵇康临别前留给儿子的话，当时的嵇绍才十岁。嵇康临刑的时候，抚着手中的琴，沉痛而又感慨地说：“《广陵散》在世间就要从此失传了。”在场的人都感到十分悲恸。

嵇康被杀害之后，“竹林七贤”中的山涛和王戎，对嵇绍一直特别地照顾。他们尽到了朋友应尽的道义与责任，使得这个孤弱的孩子，即使失去了父亲，却还拥有他们慈父般的关怀与教导，不再那么无依无靠，这就是成语“嵇绍不孤”的由来。朋友之间感人至深的信义与友情，也成为了千古传扬的佳话。

嵇绍非常懂事，他在父亲去世之后，就担负起持家的重任。嵇绍自幼饱读诗书，而且跟他的父亲一样富有音乐家的禀赋。父亲嵇康的从容就义，在他幼小的心灵当中，留下了永生难忘的记忆。

嵇绍当官以后，一直做到了侍中。当时，河间王与成都王起兵叛变，京城告急，晋惠帝与成都王交战于荡阴一带。不料晋兵打了败仗，眼见兵败如山倒，随驾惠帝的官员们仓皇逃遁。兵荒马乱之际，举目茫茫，就在最为紧要的关头，只留下了侍中嵇绍一人，独自护在皇上的身边。

这时，无数飞箭从四面八方射了过来，嵇绍护在惠帝的身上，用身体挡住了雨一般的流箭。一时间，鲜红的血浸染惠帝的御衣，嵇绍倒在了血泊中。

动乱平定之后，侍从看到皇上的衣服溅满了无数的血迹，就准备拿去洗，但是被惠帝拒绝了。他无限感伤地说："这是嵇侍中的血，不要洗掉。"惠帝要永远保存这件血衣，作为对嵇绍永志不忘的追思。

【人生智慧】

在古代，人们认为，如果要"求忠臣"，必须要从"孝子"中来"求"。在古人看来，孝与忠是一脉相承的。因为，一个"孝"字，归根结底，就是对长辈对父母的忠。

在故事中，嵇绍在关键时刻没有只顾自己的生命，而是舍弃生的希望为皇帝保驾护航。嵇绍之所以能有这样忠烈的行为举动，追根朔源，是来源于他的心中有孝顺之心。他对于父亲的孝，就可以看出端倪。正是源于内心至诚的孝顺之心，才会移孝作忠。

所以，在今天，如果人们要考察别人是否是一个忠诚的人，首先要看这个人对于父母是否有孝心。如果连对父母的起码孝心都没有，怎么能相信这个人的忠诚呢?

敬德释疑

【经典故事】

开唐名将尉迟恭，字敬德，朔州善阳（今山西朔县）人。青年时以勇武闻名乡里，隋朝末年参加了刘武周起义军，大败唐高祖李渊军队，俘虏了永安王李孝基及五名唐将。后被秦王李世民战败，经劝降，他和另一将领寻相归附了唐朝。李世民让他当右一府统军。

当时一些功臣因为发迹，沉迷风花雪月，嫌弃自己的糟糠之妻。但是尉迟恭并没有那么做，不为名利所动，不嫌弃自己的糟糠之妻，恩爱如初。

时隔不久，寻相等又相继反叛李世民，一些部将对尉迟恭也产生了怀疑，就把他囚禁起来，并对李世民说："敬德骁勇绝伦，今既囚之，心必怨恨，留之恐为后患，不如遂杀之。"李世民笑着说："如果尉迟恭真要叛变，他哪能在寻相之后呢?"于是令人释放了他，引入室内，赏赐了他不少金银财物，并说："大丈夫处世以义气相投，小小误会你不必介意，我怎能听信那些谗言加害于你呢！请多体谅。如果你真的想走，这些东西就算我送给你的，也不枉我们交往了一场。"

齐王李元吉为了和太子李建成共同对付李世民，就用重金收买尉迟恭，尉迟恭很坚决地辞谢了。他们看这种办法不成，决计铲除李世民的这个羽翼，派人多次行刺。尉迟恭知道后，索性大开门户，安然而卧，刺客数次入室，始终不敢下手。继而李元吉又在其父李渊面前诬陷尉迟恭，使他被下狱问罪。经李世民多方面周旋，才免于被害。

贞观十三年二月的一天，唐太宗李世民问尉迟恭："有人常说你要造反，这是什么原因?"尉迟恭回答说："我能反吗?我跟从皇上征讨四方，身经百战，能够幸存，实在是锋镝余生。今天决心已定，还怀疑我反叛吗?"说罢脱衣扔地，露出身上枪箭伤疤。唐太宗是一个性情中人，也是懂得知恩图报的，他看到敬德身上的伤痕，想到他受尽了许多苦头，竟流下了眼泪，抚摸着他的伤痕，安慰他说："敬德赶快穿上衣服，正是由于朕不怀疑，才对你说这番话哩。"

【人生智慧】

在故事中，我们可以看到，尉迟恭在他的一生中功高劳苦，为李世民最终在帝位争夺战中赢得胜利做出了很突出的贡献，可以说是忠诚有加。

难能可贵的是，尉迟恭在自己发迹之后，并没有像其他人那样嫌弃自己的"糟糠之妻"，不为名利所动，真正做到了对夫妻之忠，对君主之忠。

古人把“贫贱之交不可忘，糟糠之妻不下堂”作为君子为人处世的原则，在他们看来，如果能忠于夫妻感情，那么，对于君主的忠臣，也往往是可靠的。因为做人处事的品格是一脉相承的。

而尉迟恭也验证了这一点。

因而，在今天，要考察一个人的品德心性，可以由他对别人的行为举动看出端倪。

另外，孔子曾经说过：“君使臣以礼，臣事君以忠”，君臣之义是水乳交融、相生互通的。李世民对尉迟恭的信任之礼也让人感动钦佩。

千百年来，忠义精神始终鼓舞着我们见贤思齐，不论身处任何环境、地位，都要做一个尽职尽责之人。对于他人对我们的恩情，我们也应当“滴水之恩，涌泉相报”。

我们在现实生活中亦是如此，如果我们能敬爱父母，友爱兄长，自然也会懂得敬畏老师，服从上级，我们的人际关系自然也会搞得很好。此亦所谓“事不同，理相通”，对所学到的知识，我们要举一反三、灵活运用。

元方举知

【经典故事】

唐朝陆元方，武则天执政时任监察御史。他经常到地方巡视，所到之处，定要明查暗访，挑选能效忠国家的人才来辅佐朝政。

有一天，有人向武则天说：“陆元方推荐的人，都是他的亲戚或好友。”武后耳根软，听信了谣言，非常愤怒，想免去陆元方的官职，又怕别人说闲话，就令他穿白色的衣服（白衣是当时庶民的服色）继续作官。

陆元方仍然忠心耿耿地推荐贤人。武后发现陆元方没有因此而怠慢他的职责，就当面问他，陆元方对答道："我所举荐的人，都是我了解的人，所以我不分仇人或亲人，不拘一格举荐人才。"

陆元方穿白衣时推荐了一个叫崔玄业的人，认为他有宰相之才。武后对崔玄业有所了解后，承认陆元方是大公无私的，就又封他为鸾台侍郎。

陆元方在临终时取出曾经向皇上举谏的草稿，一概用火烧掉，说："我不以私利举荐人才，我的后代也一定有像我这样能推荐人才的人出现。"后来他的三个儿子都继承父亲的遗志，无私为朝廷举荐人才。

在过去，一个良相贤臣，必须为国家举荐人才来辅佐朝政，国家才能安定、发展、壮大。虽然武则天残酷无情，也被陆元方感动了。

【人生智慧】

不但对人讲究忠，对事也讲究忠，所以有忠于职守的说法。"在其位，则谋其政。"无论一个人的身份、职位是怎么样，只有真正把自己分内的工作做好了，才算是对于自己身份与职位的忠诚，也才会赢得他人的尊敬与信任。

在故事中，正是因为陆元方忠于职守，不拘泥于其他因素的影响，所以最终赢得了武则天的感动与信任。

但这也是因为陆元方幸运地遇到了对的上司。假如陆元方没有遇到武则天，而是其他的昏君，即使他再忠于职守，也是无济于事的。

在一个团队中，只有上下都团结一心，忠于自己的职守，把自己的事情做好，这个团队才会有发展前途。

我们现代人每天面对着太多的诱惑，那种古朴、纯洁的心境已经离我们越来越远。我们在抱怨现代社会人情淡漠、真情流失的时候，请别忘了叩问自己的内心——我把自己分内的事做好了吗？

金藏剖心

【经典故事】

在唐朝的时候，有一个叫安金藏的人，是太常寺乐工籍里管礼乐的小官。

唐高宗的儿子李旦，被人诬告有谋反的计划。当时安金藏经常出入皇宫，武后下诏让来俊臣审问这件事，金藏大喊着说：“我可以剖开心来，表明皇子绝对没有谋反的意思。”于是他拿起身上的刺刀刺向自己的肚子，肠子流了出来，金藏倒在地上。

武后知道后，立刻驾车来救金藏，找御医进行治疗。抢救了一个晚上，金藏终于苏醒了。武后见安金藏虽然官卑职小，尚知太子之冤，以死直谏，就叹着气说：“我有子不能自明，累汝至此，汝真是一个忠臣。”

金藏母亲去世，他亲自用石头建造坟和塔，并不分昼夜地守在坟的旁边。

当时郡守庐怀慎上书朝廷，朝廷派人送旗到地方表扬金藏忠孝两全。

【人生智慧】

忠诚是人类情感中最坚实的一部分，一旦拥有，就可以使一颗柔软的心变得坚强，变得无所畏惧。

在故事中，安金藏在工作中，对太子忠诚，而对于自己的母亲，又做到了孝顺，可谓是忠孝两全。

真卿劲节

【经典故事】

大书法家颜真卿，字清臣，是唐玄宗时代的一位忠臣，他是北齐颜之推的第五代子孙。颜之推所写的《颜氏家训》，成为后人教育子女、立身处世的著名箴规。

安史之乱后，藩镇割据。节度使李希烈造反，颜真卿由于得罪了权臣，而被派去执行一项非常危险的任务——劝李希烈投降。当时颜真卿已经七十多岁了，他毅然接受了这一使命。

到了叛军那里，颜真卿正准备宣读诏书，就遭受到李希烈手下之人的谩骂与恐吓。后来有人劝李希烈说："颜真卿是朝廷德高望重的太师，您想要自立为王，而太师他自己就来了，这难道不是天意吗？宰相的人选，除了颜真卿，还有谁会比他更合适？"

颜真卿听到这番话之后，大声喝斥他们不知廉耻，说："你们知道我的兄长颜杲卿吗？难道你们不晓得，我们颜家都是如此地忠烈吗？颜家的子弟只知道要守节，就是牺牲生命也决不变节，我怎么可能接受你们的利诱！"

原来，当年安禄山带兵横扫中原，气焰十分嚣张。颜家兄弟号召天下的志士仁人，一起出兵讨伐。颜杲卿率领义兵奋勇抵抗，在常山郡（今河北正定）进行了悲壮的最后一战，最终寡不敌众，被叛军将领史思明俘虏了。暴跳如雷的安禄山，厚颜无耻地质问颜杲卿说："当年就是因为我的提拔，你才当上了常山太守，而今你怎么背叛我？"

颜杲卿生性刚直，正气浩然，他义正辞严地说："我们颜家是大唐的臣子，世世代代都忠于国家。难道受过你的提拔，就要跟你一样忘恩负义、背君叛国吗？而今你受尽国家的恩宠，皇上哪一点对不起你？你凭什么要背叛朝廷？凭什么要拥军自立，起兵叛乱？天底下最没有天良的事，都被你这种人干尽了。真是一只不知羞耻的‘营州牧羊奴’！”

安禄山被气得上蹿下跳，却又无言以对。他恼羞成怒，暴跳如雷，于是派人把颜杲卿绑起来，将其舌割掉，又用刀将他的身体一节一节地割掉，最后颜杲卿壮烈成仁。

李希烈以死相威胁，而颜真卿不为所动，他事先写好了遗书，作了必死的准备。最后叛贼痛下毒手，杀害了他。在生命的最后一刻，颜真卿仍在大骂他们是“逆贼”。

恶耗传到朝廷，德宗悔恨交加，非常地伤心，五天都没有办法上朝。所有的将士都痛哭流涕，深切悼念这位壮烈成仁的大唐柱石与忠臣——颜鲁公。

【人生智慧】

做人的道德品质，是可以一代一代传承下去的。在一些家族中，前辈所写的家训，往往成为家族后人安身立命的准则。

在故事中，颜氏家族就是这样的，一代一代地传承，由颜之推开始，一直到颜真卿，颜家数代人都做到了家训准则所要求的孝忠。他们把忠诚当作自己义不容辞的责任，并把这个责任坚守到生命的最后一刻，这是多么地难能可贵，也是因为如此，《颜氏家训》才能够影响深远，一代一代地流传。而对于后辈而言，只有切身去做，才是真正无愧于先人的教诲。

可见，在一个人成长的路上，家庭教育是关键的环节。如果父母在平时不以身作则，子女往往也难以达到父母的期望，难以真正成为一个有品德的人。

所以，修身是根本。真正进入修身立命的境界之后，很多的人生问题自然就迎刃而解了。

在这个世界上，变是生命的常态。只有用不变的心境应付变化的世界，才能享受平淡与宁静，才能体会到生命的真谛。

李绛善谏

【经典故事】

唐朝的李绛，字深之，进士出身，授秘书省校书郎。元和二年，授翰林学士。李绛为人正直，元和四年，长江洪水泛滥成灾，伤亡者无数，又由于稻田被淹，百姓被饿死的不计其数。李绛上奏朝廷请求免征灾民的赋税，获得皇上批准，李绛深得民心。元和中期，李绛任翰林学士，后改中书舍人，不久又拜中书侍郎。

李绛在朝中直言敢谏，唐宪宗被他为国为民的一片赤诚之心所深深感动，称他“疾风知劲草，卿当之矣”，并曾几度对他提拔，甚至说：“李臣所言，朕应该把它记下来绑在腰带上，天天来作为警诫省查。”

与李绛同朝为官的大诗人白居易也是不好名利，对上直言不讳。有一次，白居易劝谏皇上要胸襟开阔、容纳群言，皇上要治他的罪。李绛就劝皇上说：“白居易一片忠贞，如果皇上治他的罪，天下人都不敢说话了。”皇上听到李绛说此话，难看的脸色就转变过来了。

又有一次，皇上责怪李绛太过分地指责他的不是，令他很难堪。李绛这时非常难过，哭啼着说：“我因为怕您左右的每一个人都爱着自己，而不敢说真话，这是辜负了陛下，对不起天下人，更对不起皇上啊！如果臣子跟你说的话你不爱听，皇上就辜负了臣子的一片忠心啊。”皇上闻言感动于李绛的真诚与忠心，要求群臣要以他为榜样，直言上谏。

【人生智慧】

“忠于职守”几个字，很多人都在讲，但说得简单做得难，古今往来，有多少人真正做到了呢？

在故事中，李绛身为宰相，忠于职守，敢于直谏皇帝。这既是对职位的忠诚，也是对皇帝的忠诚。

而事实上，如果能够真心劝谏他人，有时候不仅能够帮助别人认识到自己的错误并改正，还能使自己的道德修养得到提高，可谓是一举两得。

李沆不阿

【经典故事】

北宋李沆在当宰相时，经常把天下所发生的水灾、旱灾和盗贼向皇上禀报。而当时的大臣说："这些小事不要向皇上说。"他则认为："如果皇上不知道老百姓的疾苦，怎么能治理天下呢？"

皇上问李沆："治理天下之道，首要在哪里？"李沆说："不用浮薄、新进、喜事之人，此最为先。心浮气躁之人，对判断是非有偏颇；而新进的人也不能重用，因为他没有经验，很容易出现偏失；好事之人，喜欢虚张声势的人，他不务实。所以这三种人应该要禁忌使用。要尽用贤达之人，在地方上才有办法教化百姓。"

宋真宗曾经告诉李沆说："别人都有秘密信件给朕，唯独你没有，为什么？"李沆说："我是待罪（表示谦虚）宰相，有公事就直接向你禀告，何必用秘密信件向你启奏呢？更何况密启者非谗即佞，像这种事，我绝对不会做的。"

李沆一生表里如一，品性修持缜密，当官时非常严谨，而且不好权利、不求名声，尊重朝纲，识大体，高瞻远瞩，别人没有办法干涉他、左右他。他在公事如此，退朝后也是如此，闲暇之余在家行仪都无偏差，"终日危坐，未尝跛倚"。他告诉皇上说："佞言似忠，奸语似信。"皇上就问他："这样的言词不是很难辨别吗？"他说："对于佞言和奸语加以斟酌，很快就能看得出来。"

李沆一生非常清廉，在去世之前，宋真宗看他家非常清贫，就赐给他五千两黄金，而他却送返给皇上，隔天就去世了。皇上非常伤心痛失了良臣，当时皇上跟左右的人说："李沆是国家难得的大臣，他忠厚纯良，始终如一。"

【人生智慧】

怎么才能做到忠于职守？就是在自己的职责范围里，不以事情的"善小"而不为，也不以事情的"恶小"而为之。

在故事中，李沆作为皇帝的"下属"，他只要认为事情对自己的"皇帝"上司是有利的，只要认为所做的决策是正确的、有益的，就认真对待，按照自己的职责去做。所以，他赢得了"皇帝"上司的信任与喜爱。

在今天也是如此，如果一个人作为下属，多替上司着想，做对上司有利的事情，做对上司有利的决策，自然能赢得上司的青睐与信任。

王旦荐贤

【经典故事】

在宋真宗时期，有一个叫王旦的人，字子明，担任宰相之职。做宰相的，因为说话的分量比较重，因此有很多人拜托王旦荐举人才或提拔新秀，但他从来不接受任何私人形式的求情。

有一次，大臣寇准私下来找王旦，希望他能向皇上推荐自己当宰相。王旦义正辞严地对他说："将军和宰相这样的职位，怎么可以去求得来？"寇准听到王旦这样回答，感到非常惭愧，同时也担心自己或许再也无法当上相位了。

后来寇准被朝廷委任为武胜军节度使，寇准万分感激皇上的知遇之恩。他入朝拜谢皇上，说：“如果不是陛下了解微臣，怎会有臣下的今天?”皇上却说：“你能当节度使，又能当同平章事，都是王旦为你推荐的。”寇准听说了这样的内情，不禁非常羞愧，对王旦的正直和宽宏大量自叹不如。

王旦就是这样一位称职的大臣，虽然表面上不说什么，但是私底下发现了真正的良才，就一定会推荐给皇上，而且他施恩从不求回报，总是默默地做。

后来，王旦病重之际，真宗忧心忡忡地问他：“将来朕该把天下大事托付给谁啊?”王旦勉强举起奏事的板笏，说：“以微臣的愚见，莫若寇准最为合适。”（当时寇准已被贬为陕州知州。）王旦病逝之后不久，真宗果然再度启用寇准为相。

王旦同时也是一个非常廉洁之人，在他晚年的时候，有人问他：“你为什么不置田宅家产，留给你的儿孙?”王旦道：“儿孙当要自立自强，如果父母留下这些田宅财产给他们，只会让他们造成不义之争而已。”

【人生智慧】

在故事中，王旦从来不接受任何私人形式的求情，只一心对公。所以当寇准去找他拉人情时，遭到他的训斥。但是由于认为寇准有才能，他最终还是举荐了寇准，这是一片对公之心，不掺杂私人情感。这才是真正的忠于职守。

王旦由于忠于职守，所以财产不多。当有人问他为什么不添置家产给儿孙，他认为家产会为儿孙带来“不义之争”。虽然王旦没有给儿孙添置家产，但是已经为他们留下了难得的精神财富，这也是最好的家产!

这也可以为现代人带来启示，有时候，给儿孙留下钱财未必是对他们好，教给他们做人的道理，这才是受用一生的财富。

岳飞报国

【经典故事】

宋朝名将岳飞，最擅长以少胜多的战术。岳飞很小的时候就有很大的力气，他拉的弓有三百斤，并且左右手都能开弓，人们都称他为神力。他在出生当天，天空有许多大鸟在他家的屋顶上，因此父亲给他起名岳飞，字鹏举。

岳飞出生的时候，金国入侵中原，所以当时的国仇家恨铭记在他心里，一心要报效国家。因为他精通武艺，又懂得兵法，作战时比别人精明，每每以少胜多。在朱仙镇战役中，岳飞以五百人的军队就破了兀术所率领的十余万金军，可见岳飞是一个文武双全之人。但每次朝廷下来褒奖，他总是说："这些都是将士们浴血奋战的结果，我自己哪里有什么功绩？"所以手下的人非常忠于岳飞，在战场上英勇奋战，杀得金兵闻风丧胆，立下了赫赫战功。

岳飞曾率军一直打到原北宋首都汴京附近的朱仙镇，很快就要收复汴京（今河南开封市）。然而，以奸臣秦桧为首的投降派掌握了朝中的大权，秦桧平时在朝廷里跟岳飞有磨擦，处处跟岳飞过不去，想尽办法陷害他。

秦桧说服宋高宗，一天之内，朝廷连发十二道金牌，让岳飞从前线回到杭州。他又设计把岳飞父子打入大牢，让大臣何铸来审判。

何铸是一位忠臣，他举证了一些资料证明岳飞是清白的。岳飞被审问时，把自己的衣服撕毁给何铸看：原来入伍前，母亲在他后背刺上"精忠报国"四个字。何铸看到很惊讶，他也知道岳飞的忠心，就跟秦桧讲了这件事情。可秦桧一心一意要害死岳飞，他看到何铸跟自己不是一路人，就改用万俟卨继续审判岳飞的罪，最后实在找不到罪名，就用

“莫须有”这三个字来定罪，一代名将就这样被害死了。

岳飞昭雪平反后，皇上封他谥号“武穆”。他虽然被秦桧陷害，但他的精神永远活在后人的心中，成为名扬千古的抗金英雄。

【人生智慧】

在故事中，岳飞做到了对国家、对人民、对皇帝的忠诚，但由于皇帝遇人不明，遇事不明，使得一个忠诚的人遭受诬陷，甚至被迫害至死。

而那个不忠诚的秦桧，对国家不忠，对民族不忠，对人民不忠，对君王不忠，杀害了忠臣良子，最终受到了万世的唾骂。

可见修德的重要性，有品德的人会受到人们尊敬，没有品德的人则会遭到人们的鄙弃。

八德中，如果其中一德真正做到了，其他的“德”往往也随之做到了。古圣先贤的点点滴滴，垂范于后世，值得后辈子孙的我们认真学习与效仿。

孟容制强

【经典故事】

唐朝许孟容，在当京兆尹的时候，遇到了保护皇宫的神策军军官李昱。这些军官凭借特权，欺压百姓，借钱不还。李昱跟当地的富人借了八百万铜钱，三年来从不提还钱的事，富人就到衙门告状。

许孟容没到任以前，这些神策军毫无章纪，为非作歹。孟容却不畏权势，很快把李昱一帮人抓了起来，收押在狱中。并立下文契，让李昱在规定的时间内偿还欠债，否则要处死刑。当时，军队里的同僚非常害怕，从来没有一个官吏敢查办他们，只有许孟容不怕权势。同僚向朝廷反映这件事，皇上派一位使者，让孟容将李昱送回军队里。

孟容说："我不能接受这个诏令，因为臣管辖的区域与皇都毗邻，如果我不管治他们，如何能治理城畿，使皇都得到安宁呢？李昱借的钱一日不还，我就不可能送他到军中！"皇上体察到孟容的一片苦心，就将孟容褒奖了一番。

【人生智慧】

俗话说欠债还钱天经地义，借债不还牵扯到诚信问题，而诚信环境恶化，社会风气就有可能出现大乱。

在故事中，孟容忠于职守，不畏强权，治理了神策军军官，使破坏诚信环境的行为得到了遏制，社会风气为之肃然。

相对于社会来说，军官个人的事情很小，但其影响却很大，不能随意姑息。很多的大事都是由小事而来的。

就如同人的习惯，许多不好的习惯，就是从小小的行为举止、小小的过失开始，进而累积变成大的过失，以至于到最后酿成大祸。因而，人们对于那些坏习惯，要在未发之时就觉察到，遏制住，使它没有发作的余地，这样就不会因为后来难以改正而不了了之，省去了后续的恶化与烦恼。

洪皓就鼎

【经典故事】

南宋的洪皓，奉了宋高宗的使命，出使金国。走到云中（今山西大同），金国的人强迫他到刘豫部下去做事（刘豫原本是宋朝人，后降金人)。洪皓说："我奉了皇上的使命，走了万里的远路，哪里能奉侍两个主人？这是不可能的，我恨不得能把叛逆刘豫给杀了，哪里能忍受这种屈辱来奉侍刘豫而苟且偷安呢？如果让我投降，宁愿下油锅都在所不惜。”

当时金将粘没喝大怒，要一剑将洪皓杀了，这时金兵里面有一个小校说：“这个人是真正的忠臣，不要杀他。”就替洪浩跪着请求。后来粘没喝接受了那个小校的请求，就把洪浩流放到了冷山这个地方。一直到了绍兴十三年时，他才回到杭州。

洪皓年轻时在秀洲作司录这样的小官时，碰上大水来临，许多食物不能及时发放给老百姓。他就向郡守建议，将官库里的谷粮直接发放给受灾的百姓。而在当时，秀洲是粮食的转运站，米到此处要转送到一般小的城市，所以洪皓向郡守建议不转运，而卖给老百姓。

当时郡守不敢担当，说：“不可以。”洪皓又说：“我愿意用自己的生命来换十万人的生命，希望郡守将粮发放给岌岌可危的百姓。”后来郡守也深受感动，这样就解救了十万人的性命。人们感之入骨，大家把他比喻成跟佛一样救苦救难、悲天悯人的人，称他为“洪佛子”。

在发水灾后不久，又遇到了盗贼，盗贼抢到洪家的时候，知道他就是洪皓洪佛子，盗贼说：“洪佛子不能抢。”可见当时百姓是多么地尊重他，皇上在他过世后封给他一个“忠宣”的谥号。

历史记载，洪皓饱读经书，他的长子洪适记忆力很强，次子洪遵、三子洪迈，都很会读书，都有过目成诵的能力，并同时考中进士，品性、文笔兼备。高宗说：“洪皓能效忠朝廷，所以他的后人有这样的果报，名满天下。”

【人生智慧】

有时候，如果一个人能够恪守忠孝之道，甚至能够给儿孙树立好的榜样。

故事中的洪皓就是如此。由于他生前忠于皇帝，忠于国家，忠于人民，受到了万民的爱戴，得到了皇帝的尊重。所以他的后人也受到熏陶，在各方面都表现出色。因而，高宗才说，他洪皓的后人之所以有好报，是因为洪皓自己结下了善因。

如今，有很多人总想着如何给儿孙谋福利，殊不知，最好的财富就是做人的风范。

孝孺斩衰

【经典故事】

方孝孺，字希直，浙江宁海县人，是明初著名理学家、文学家，通经史，擅诗文，博学多才，但生性耿直，人称“正学先生”。

建文四年，燕王朱棣起兵攻陷南京，推翻惠帝，夺取了皇位。因久闻方孝孺大名，逼其为他起草登基诏书。方孝孺自惠帝被害后，日夜恸哭。听到朱棣召见，就身穿麻衣，殿见朱棣。“麻衣”在古代称为孝服，方孝孺穿麻衣，一方面表示对惠帝遇难的哀悼；一方面是表示对朱棣篡夺皇位的仇恨。

朱棣见方孝孺身穿麻衣，就走下台阶扶起方孝孺说：“你何苦呢？今天已经不同往日，我是效法周公辅佐成王的。”方孝孺冷笑道：“成王安在？”弄得朱棣十分狼狈。

朱棣让方孝孺写登基诏书。方孝孺走到案前，从容提笔，写了大大的几个字“燕贼篡位”投笔于地。朱棣本待发作，忽然记起起兵时，谋士姚广孝曾对他说：“殿下至京，希望保全方孝孺。如果杀此人，那么天下读书种子就有可能断绝了。”因而仍耐着性子对他说：“这是我家族中的事，先生何必这样自苦呢？”方孝孺听后，便声色俱厉，骂不绝口。朱棣见此，再也按捺不住怒喝道：“你不怕灭九族吗？”方孝孺从容答道：“即使灭十族，又敢奈我何？”

朱棣恼羞成怒，便下令拘捕方孝孺亲属，每捕到一个便当着方孝孺的面，捆缚杀戮。方孝孺仍面不改色，骂声不绝，但当他看到弟弟方孝友被捆缚带到时，便流下泪来。方孝友见哥哥流泪，便随口咏诗一首安慰道："吾兄何必泪潸潸，取义成仁当此间，华表柱头千载鹤，旅魂依旧到家山。"

方孝孺宁死不屈，连他的弟弟也那样视死如归。他的门生卢原质、郑公智等都是宁海人，因都是方孝孺的学生而被杀，凑足十族之数。

方孝孺一案有近千人被杀，一千五百人被流放到边疆，成为千古冤案之一。朱棣手段毒辣，方孝孺是国家的栋梁大臣，他推出被斩时，写了绝别书，让人看到声泪俱下，被害时年仅四十六岁。

【人生智慧】

故事中，方孝孺对惠帝忠心耿耿，因而在朱棣面前敢于冷嘲热讽，不顾自身生死安危。最终丢掉个人性命，也连累十族人被牵连处死。

如今有一些人虽然肯定方孝孺对惠帝的忠心耿耿，但却把他完全归于迂腐、愚忠，不知变通。认为他忘却了对家族的忠心，对家人的忠心，连累身边人为他的个人政见而付出生命。

正所谓"仁者见仁，智者见智"，不管怎么样，从惠帝的角度而言，方孝孺做到了忠心耿耿，这是他身上的闪光点，是他人生的坚持。

在当今社会，很多人正是由于"太过于懂得变通"而不懂得坚守了。没有坚守就容易迷失自己，导致无聊、空虚。

也许现在的你所缺失的东西，恰好就是方孝孺所被诟病的坚持。

铁铉背立

【经典故事】

明朝的铁铉，在燕王朱棣靖难兵起时，任山东参政，曾屡次把燕王打败。后来燕王当了皇帝，就派人把铁铉捉到了京城，送到殿上。

觐见皇帝的时候，铁铉竟然背身站立在廷堂，正色地讲着话，不肯屈服。

燕王看到这情景非常生气，用残酷的刑罚来对待他，铁铉还是不屈服，燕王就叫人割铁铉身上的肉。铁铉到临死的时候，口里还不绝声地骂着。

【人生智慧】

当一个人拥有坚定的信念，拥有自己的信仰，将很难被动摇。

在故事中，铁铉坚信自己的正确，坚信自己的做法符合忠臣孝子的道德，所以他无所畏惧。

如今很多人的学历越来越高，但对于做人的道理却仿佛一窍不通，心中失去了坚守。读书旨在变化气质，而不只是单纯地增长知识技能而已。言行与经典如果背离，就要懂得自我反省，及时改正。

面对世事风云变幻，面对个人境遇的兴衰荣达，一个人只有保持一颗忠诚、虔敬的心，只做德善之事，不做邪佞之事，才能像铁铉一样能够坚定地面对一切，包括生命安危。

于谦劝王

【经典故事】

于谦是明朝著名的民族英雄，浙江钱塘（今杭州）人，他自小有远大的志向。长大以后，他考中进士，做了几任地方官，严格执法，廉洁奉公。

于谦曾担任河南巡抚，当时官场上贪污成风，地方官进京办事，总要先送白银贿赂上司，只有于谦从来不送礼品。有人劝他说：“您不肯送金银财宝，难道不能带点土产去？”于谦甩动他的两只袖子，笑着说：

"清风两袖朝天去，免得闾阎话短长。"

后来，于谦又被调到京城担任兵部侍郎，他劝谏英宗皇帝，不要亲自去征伐蒙古瓦剌部的首领也先。英宗不肯听，后来英宗在土木堡（今河北省怀来县附近）败了下来，被瓦剌俘虏。

京城里引起了极大地恐慌，不知道怎么样做才好。为了安定人心，皇太后宣布由郕王朱祁钰监国，并且召集大臣，商量怎么对付瓦剌。大臣们有的主张逃跑。于谦神情严肃地向皇太后和郕王说："谁主张逃跑应该砍头。京城是国家的根本，如果朝廷一撤出，大势就完了。"于谦的主张得到许多大臣的支持，太后决定叫于谦负责指挥军民守城。

在京城面临危急的时刻，于谦毅然担负起守城的重任。他一面加紧调兵遣将，加强京城和附近关口的防御兵力；一面整顿内部，逮捕了一批瓦剌的奸细，人心渐渐安定下来。

瓦剌首领也先俘虏了明英宗，并没把他杀死，而把他当人质，不断骚扰边境。看来，京城里没有皇帝不好办。于谦等大臣请太后正式宣布让朱祁钰做皇帝，被俘虏的明英宗改称太上皇。朱祁钰这才即位称帝，就是明代宗景泰皇帝。也先知道明朝决心抵抗瓦剌，就以送明英宗回朝为借口，大举进犯京城。

于谦亲自率领一支人马驻守在德胜门外，叫城里的守将把城门全部关闭起来，表示有进无退的决心。将士们被于谦的勇敢坚定的精神感动了，士气振奋，斗志昂扬，下决心跟瓦剌军拼死战斗，保卫北京。这时候，各地的明军接到朝廷的命令，也陆续开到京城支援。

经过五天的激战，瓦剌军死伤惨重，也先怕退路被明军截断，不敢再战，就带着明英宗和残兵败将撤退。

【人生智慧】

在平常的时候，很多人能够做到忠心耿耿，但到了关键时刻尤其是面对自身安危的时候，能够做到忠心耿耿的人就少之又少了。

故事中的于谦，无论是在做人上，还是在忠于职守上，都做到了真正的坚守。正是因为有了这一份内心的坚守，所以他才能够有勇气面对那么多的风风雨雨，才能够坦然面对困难。

现在由于社会上很多人过于追求物质，对于精神上的坚守却一步步退却，相互之间勾心斗角，矛盾争吵不休，缺少了积极向上的精神。有些人自己没有坚守，却喜欢指手划脚，到处指指点点，到处教条式地要求别人，却往往没有收到应有的效果，其原因就是因为自己身上没有坚守，所以难以打动别人。

守仁求心

【经典故事】

王守仁，字伯安，浙江余姚人，明代著名的哲学家，世人称他为“阳明先生”。王阳明出身于官僚家庭，他中了进士后，先后任刑部、兵部主事，最后做到了右副都御史。晚年聚众讲学，在世时著作就被弟子们刊刻印行。

王阳明的思想强调的是知行合一，即在刚开始意念活动时就依照“善”的原则去做，将不善和恶消灭在刚刚萌发的时候。他主张：第一，立志、勤学、改过、责善，“志不立，天下无可成之事”，“凡学之不勤，必其志之尚未笃也”，“改过”是指自己，“责善”是劝别人改过；第二，独立的治学精神和能力；第三，循序渐进与因材施教；第四，强调身体力行。

王阳明还是一位威震天下的一流军事指挥家。他几次作战，智、信、仁、勇、严兼备，堪为军事指挥艺术的典范，但其中给人印象最为深刻的是他的极富哲学智慧的心理战术。他的几次军事行动，都很好地运用了心理战术，通过先破对手心中贼来瓦解对手，也就是《孙子兵法》中“上兵伐谋”。

王阳明曾平定宁王朱宸濠叛乱，从这里我们可以看其攻心的奇谋。

朱宸濠在南昌起兵时，王阳明首先利用反间计，使得朱宸濠犹疑不决，给各地争取了准备的时间。等朱宸濠终于出鄱阳，王阳明抓住朱宸濠后方空虚之机，率领士卒直取南昌。待朱宸濠仓促回援时，王阳明驱兵痛击朱宸濠于鄱阳湖樵舍。王阳明战前让人用竹木准备了免死牌，上书一行小字“宸濠叛逆，罪不容诛；协从人等，有手持此板，弃暗投明者，既往不咎。”关键时刻，王阳明下令连夜将几十万块免死牌扔入鄱阳湖中。第二天天亮，叛军人手一块免死牌，军心大哗。朱宸濠见大势已去，只有哀叹：“好个王守仁，以我家事，何劳费心如此!”

【人生智慧】

古人认为“君子坦荡荡，小人常戚戚”。认为做人应该坦坦荡荡，才无愧于天地。认为一个人以一颗坦然的心去工作、学习，才会心无杂念，收到事半功倍的效果。

故事中的王阳明，正是因为忠于内心的坚守，所以才能够成就非凡，为后人称道学习。

古往今来，在众多重要场合，人们都强调心理战术的重要性。因为很多人心中不坚定，没有坚守，所以容易从心理上找到突破口，进而利用心理破绽取得进展。

当今社会，物欲横流，我们每一个人都更应该坚守自己的内心，这样才不会在外界的影响下迷失自己。心如果是充实的，自然不会被别人突破。

第四章　信篇

第一节　释义求真

【基本释义】

信：信为会意字，一个人字，加一个言字，人言，就是人说的话，也就是说凡是人说出的话都要守信。

【基本思想】

“言”表示言行；“信”从人，表示“信”是人与人之间的关系，是人的行为。“人”“言”为“信”，是告诫我们：人的言行应该真实、讲信用，否则不为人。因此以“人”“言”构成这一个“信”字。人要为自己的“言”负责，人无言不立，人生而应立言，言立而人立，人在信前，信以人立，是为“信”。

“信”从人，表明“信”为人言。俗话说，人有人言，兽有兽语。如果一个人到处讲鬼话、空话、假话、套话，这个“言”就配不上这个“人”字。

“信”音通“心”。信是以一颗诚心待人，是披肝沥胆的赤诚相见，是以己之心换彼之心，以己之信换彼之信，心信人才信，所以“信”与“心”音通。

信是指言语上要言而有信，“人无信不立”，信用是一个人走向成功的第一步。除了守信，信还有信义的意思，延伸为道义、情义、恩义，也就是义务、做人的本分。欺人只能一时，而诚信却是长久之策。只有坚守自己做人的本分，不奢求分外的利益，以诚待人，才能赢得他人的信任，获得他人的支持，从而给自己的事业与人生以有力的保障。

民无信不立，人若无信，则于社会无立足之地。与人交往，言必合宜，绝不食言，言既出，事必行。北宋大儒司马光称：“事无不可对人言”。德行学问之成就，应从不妄语开始。诚实守信，众德之基。

谎言总是能讨人欢心，而诚实的话往往不像谎言那样动听，所谓“信言不美，美言不信”。表面看起来，诚信似乎不能即刻获利，但长久的坚持下去就是一笔财富；不信之言必将随着时间的流逝而被揭穿，到那时，非但言不信，人亦不能做了。

诚信作为立身处世之本，也是现代社会活动的一项原则。人人都应以诚信、善意的心态行使权力、履行义务，保证当事人应得的利益，不损人利己。否则，社会的秩序将陷入混乱，人心将难以找到安全感。

如何做人，这是人生第一要事。做人难，做好人更难。人生在世，立得住与立不住，关键是在诚信与不诚信。奉守诚信的人可能会一时吃亏，但日久见人心，终究有立足之地；而为人不诚信虽一时得势，却终究被淘汰。诚可以使难变成易，言诚则事可成；不诚则难变得更难，言不诚则事难成。

第二节 经典故事集锦

展禽轻鼎

【经典故事】

在周朝的时候，鲁国有一个叫展禽的人，表字叫做季，住在柳下的地方，所以人们把他叫做柳下季。

有一年，齐国来攻打鲁国，要求要一只宝器岑鼎。鲁国国君就把别的鼎送去了。齐侯把这只假岑鼎送回，并且说道，一定要叫柳下季来亲口承诺这是真的岑鼎，他才相信。

鲁国国君就去柳下季那儿请求，柳下季就对答道："我君之所以把假岑鼎充作真岑鼎，是为了要避免国家的灾祸，可是这却丢掉了我的信用啊。通过作假来避免我国家的灾祸，这也是我所为难的啊。"鲁公听了，才把真的岑鼎送到齐国那里去。

【人生智慧】

学习先哲的教诲，就是要学以致用。而"人无信不立"，没有信用，就是枉读了这么多书，更是不懂得做人的根本。

信用在柳下季这里价值何止万金，甚至还能决定两国的关系。可见古人是如何重视信用的。

冒雪还书

【经典故事】

明朝有个大学问家叫宋濂，他小时候家里很穷，没有钱买书，于是就到一个大户人家去借书。

大户人家的态度有点傲慢，借他一本很厚的书，跟他说："借你十天，到了期限要立刻给我还回来。"

结果十天以后，下了一场很大的雪，主人就觉得他一定不会来，但是时间一到，宋濂冒着大风雪把这本书送了回来。大户人家看了也很感动，就对宋濂说："往后我们家的书，你都可以借。"

【人生智慧】

先贤们非常注意建立自己的信用声望，因为假如能获得别人的信任，就可以减少很多麻烦。由此可见，建立信用对自己会有很大的帮助。

在当今社会，诚信成为了一个大问题，诚信危机导致人们极度缺乏安全感，甚至不敢再轻易去相信什么，给社会造成了很大的资源重复使用和浪费。

曾子教妻

【经典故事】

在春秋时代，有这么一个故事。

有一天，曾子的太太出门买菜，她的孩子吵着要去。他太太对小孩说："不要吵，你不要跟我去，妈妈回来杀猪给你吃。"她儿子就不吵，也不去了。他的太太从市场回来，看到曾子正在磨刀。他太太很紧张，就跑过来说："我跟孩子开玩笑的，哄哄他，你还当真?"曾子对太太说："假如你骗孩子一次，可能你这一辈子所说的话，他都不会相信，所以还是得按照你的承诺去做事。"

【人生智慧】

为人父母，"事非宜，勿轻诺，苟轻诺，进退错"。

人往往在很高兴的时候会随口承诺，这很不恰当。很多大人在打麻将的时候，孩子要什么，大人都同意，以后孩子知道，大人打麻将的时候，最能要到东西。这些都要注意，不然孩子学到的不是老实，而是察言观色。有没有发觉现代的孩子眼色特别厉害？这不好！如果不老实的话，将来孩子的人生会产生很多的问题。

光父教诫

【经典故事】

司马光是宋朝的一位名臣。

有一次，他跟姐姐在剥青核桃。姐姐刚好有事离开了一会儿，他们家的仆人就对他说，“你只要用热水烫一下就很好剥了。”

后来他姐姐一回来，看他剥得特别快，剥了很多，就问他：“你怎么剥得这样快？你怎么知道要用热水烫一下？”

司马光立即回答，“我自己本来会的。”

他的父亲听到了很警觉，立刻告诉司马光：“自己有多少本事就说多少话，不要欺骗别人去逞能。”

【人生智慧】

父亲慎于始，初次逞能撒谎，就帮他纠正过来，才成就了司马光的德行。

司马光曾经说过：“平生所为之事，无有不可语人者。”谁的功劳？父亲家教的功劳。所以，我们在孩子面前讲话也要慎重，不要常常说大话谎话，不然孩子也会跟着学坏。

取信于民

【经典故事】

秦孝公时，秦国推行变法，就是众人所知的“商鞅变法”。

那时因为秦国的政府，可能在信用上已经失去了人们的认同，所以商鞅变法之前就做了这么一件事。商鞅拿了一块木头，在上面写着：“只要把这块木头从南门移到北门，就可以得十两银子。”

民众在一旁观看，都没有人去动。从这里也可以看得出来，人们并不信任官府。所以，商鞅把钱币从十两加到二十两，又加到三十两，最后加到五十两，才有一个男子走过来，说搬一搬试试也好。搬了以后，果真给了他五十两。人们看到这件事相当震惊，相信了当时的官府言出必行。

【人生智慧】

除了言出必行之外，也不能朝令夕改。所以，国家也好，团体也好，决策人在决策以前要相当谨慎。但是只要决策之后，就不要轻易去改变，不然底下的人会无所适从，也无法真正取信于民。

夫子失言

【经典故事】

有一次，孔夫子离开魏国，要前往另外一个国家。夫子看到魏国的一位大臣正在那里大量制作叛乱的武器。夫子看到立刻就联想到，假如他们叛乱会有什么结果？一定是民不聊生。那个叛臣看到夫子已经发现了他的企图，就把夫子包围起来，不让他走。他对夫子说："您要对天立誓，不把我的事说出去，我才放您走。"夫子说："好，我答应你。"许诺后，孔子才被允许离开。等叛臣把军队撤掉以后，夫子立即对学生说："走，回魏国，告诉国君。"子路就说："夫子，你何以言而无信？"夫子就跟子路说："在威胁之下的许诺，可以不用遵守，而且纵使我去通告，我个人的信誉毁坏没有关系，只要千千万万的人民免于灾难就好。"

【人生智慧】

信用是古人的个人品牌，但是也不能过于拘泥于其中，孔子可以舍弃外在的名声，而去成就千千万万人民真实的利益，这就是懂得如何去通权达变。

有时候，需要分清孰轻孰重，根据具体情况进行变通。如果不是涉及原则问题，信用还是不要随便破坏为好。

韩康卖药

【经典故事】

汉朝时候有一个人，姓韩单名叫一个康字，他的表字叫做伯休。韩康在长安地方的市面上卖药，口里不说两样的价钱，这样一直卖了三十几年。

有一次，有一个女子来向他买药。韩康守着价格不肯让价，那个女子生了气，说道："你难道是韩伯休吗？为什么不二价呵。"韩康听了，叹着一口气说道："我本来因为要避去名声，所以来这里卖药的，现在连女子们也晓得我了，还要做什么卖药的生活呢。"

于是，韩康就在霸陵的山里隐居了。朝廷里屡次去征召他，他也不肯出去。桓帝用礼物去聘请他出来，他到了半路里，竟暗暗地逃走了。

【人生智慧】

卖一个价格三十几年，从来不变，童叟无欺，韩康是一个真正的诚信商人。

如今社会呼唤诚信环境，呼唤诚信商家，也许我们每一个人都应该向古人学习，学习这种信义的精神。

卓恕辞恪

【经典故事】

三国时候，吴国有一个姓卓名恕的人。

有一次，卓恕要离开建康回会稽去，就到太傅诸葛恪的面前去辞行。诸葛恪就问卓恕，什么时候可以再来？卓恕说，那就某日来吧。

到了这一天，诸葛恪备了酒席，自己停着杯筷不喝不吃，要等卓恕到来。许多客人都说，会稽到建康，相隔有一千里路的远，并且路上又隔着江湖，水面上一旦有风波，行程是很难预定的。

过了一会儿，卓恕果然到了，满座的宾客们都非常惊异。主人敬客人们的酒，客人们也回敬主人的酒，大家极尽欢乐才散去。

【人生智慧】

由古人的行为，可以看出对于承诺的理解，绝不亚于千金的份量。

如果卓恕没有按时到来，浪费的不只是诸葛恪所备的酒宴，还有一份宝贵的信任。因而，不能轻易许诺。假如没有做到，不仅会造成别人的麻烦，更会影响到自身的信誉。

何远一缣

【经典故事】

南北朝的时候，南齐朝有一个据说是永不说谎话的人，姓何单名一个远字，表字叫义方。

他生平不肯讲一句慌话。每每他对着别人说道："你倘若能听到我一句说谎的话，那么我就送你一匹好绢。"许多人都很留心等着，可是一直听不到他的谎话。梁朝武帝做了皇帝之后，就封他为广兴地方的太守。他做太守官的时候，恨那些仗势欺人的豪门，就好像恨自己仇人一样，而把那贫穷微贱的人当自己的子弟们一样看待，所以地方上的豪门都很惧怕他。

凡是他做官的地方，百姓们都感念他的清正，给他立生祠。

【人生智慧】

由何远的奖励，可以看出他的自信，也可以侧面表示他对于说话的谨慎。

现在是一个交流沟通的时代，但同时，人们对于话语不是那么讲究了，不再那么严谨了，讲究"脱口而出"。因此，形成了独有的"语言垃圾"现象。

我们应该向先贤们学习，不轻"言"，但言必信。

魏征直谏

【经典故事】

魏征是唐代著名的政治家、思想家和史学家。辅佐唐太宗十七年，君臣二人齐心协力，共同开创了中国历史上辉煌的一页——贞观之治。

魏征曾经责问唐太宗对百姓们失信的事情。每逢劝谏唐太宗，唐太宗不肯听从时，他对唐太宗的讲话也不答应。唐太宗说："你答应了我之后，再来劝谏，又有什么关系呢?"魏征说："从前舜帝警诫他人不要在面子上服从。现在做臣子的倘若心里明明晓得不是，但是口里却勉强答应皇上，这就是面子上的服从了，哪里是积极服事舜帝的初意呢?"唐太宗就笑着说："别人说魏征做人疏慢，可是我看他的态度，越觉得天真可爱了。"

贞观元年，魏征被升任尚书左丞，这时，有人奏告他私自提拔亲戚做官。唐太宗立即派御史大夫温彦博调查此事，结果，查无证据，纯属诬告。但唐太宗仍派人转告魏征说："今后要远避嫌疑，不要再惹出这样的麻烦。"

魏征当即面奏说："我听说君臣之间，相互协助，义同一体。如果不讲秉公办事，只讲远避嫌疑，那么国家兴亡，或未可知。"并请求太宗要使自己做良臣而不要做忠臣。太宗询问忠臣和良臣有何区别?

魏征答道："使自己身获美名，使君主成为明君，子孙相继，福禄无疆，是为良臣；使自己身受杀戮，使君主沦为暴君，家国并丧，空有其名，是为忠臣。以此而言，二者相去甚远。"魏征这么善巧地提醒，唐太宗一定不想做暴君，唐太宗大笑后点头称是。

魏征一生节俭，家无正寝。由于忠于职守，勤勤恳恳，积劳成疾。唐太宗立即下令把为自己修建小殿的材料，全部为魏征营构大屋。不久，魏征病逝家中，太宗亲临吊唁，痛哭失声，并说："都说以铜为镜，可以正衣冠；以古为镜，可以知兴替；以人为镜，可以知得失。我常保此三镜，以防己过。今魏征殂逝，遂亡一镜矣。"

【人生智慧】

李世民与魏征君臣相宜的故事，可谓是千古流传，至今仍为人们津津乐道。

在故事中，尤其突出了魏征敢于犯颜直谏的精神，魏征责问皇上不应该对百姓们失信。在魏征看来，一个人对另外一个人失信，那是对不住一个人；一个皇帝对他的百姓们失信，那是对不起天下人。

李世民要对天下人失信的时候，有魏征犯颜直谏，假如是身为普通人的你我，如果有失信的行为举止，那么谁来劝谏我们呢？

因而，每一个人都应该从自己做起，做到心中有信，才能处处有信！

季札挂剑

【经典故事】

在春秋时代，有个人叫季札，是吴国国君的公子。

有一次，季札要代表吴国出使鲁国，这是属于外交工作。在出使的途中，经过徐国，徐国国君请他吃饭。徐君一见到季札，就被他腰间的一把精致的佩剑深深地吸引住了。

季札的这柄剑铸造得很有气魄，它的构思精湛，造型温厚，几颗宝石镶嵌其中，典丽而又不失庄重。只有像延陵季子这般气质的人，才配得上这把剑。徐君虽然喜欢在心里，却不好意思表达出来，只是目光奕奕，不住地朝它观望。季札看在眼里，内心暗暗想道：等我办完事情之后，一定要回来将这把佩剑送给徐君。为了完成出使的使命，季札暂时还无法送他。

不料等到季札返回的时候，徐君已经过世了。季子来到徐君的墓旁，把那把剑挂在了树上，心中默默地祝祷着："您虽然已经走了，我内心那曾有的许诺却常在。希望您的在天之灵，在向着这棵树遥遥而望之时，还会记得我佩着这把长长的剑，向您道别的那个时候。"

季札的随从非常疑惑地问他："徐君已经过世了，您将这把剑悬在这里，又有什么用呢?"而季札却说："始吾已心许之，岂以死背吾心哉?"这就是说，虽然他已经走了，但我的内心对他曾经有过承诺。君子讲求的是诚信与道义，怎么能够因为他的过世，而背弃为人应有的信与义，违弃原本的初衷呢?

【人生智慧】

古人的信用是在起心动念上修，对于自己所起的任何一念都不愿意轻易去违背。

在故事中，季札可谓是真正做到了为人守信。他在内心作出许诺，依然能够信守内心的诺言，不但舍得把佩剑送出去，而且即使后来徐君已经过世，这份信用依然不变。

内心的信用，依然去信守，这是难能可贵的，值得今天的人们学习效仿。

郭伋待期

【经典故事】

在东汉光武帝时期，有个官员德行很好，名叫郭伋，字细侯，扶风茂陵人，官至太中大夫。他做官、为人十分讲究信用，做事多次获得成功，颇受当时人的称赞。

郭伋做并州牧时，到任不久便巡行部属。当他到了西河郡美稷县（今内蒙古准格尔旗之北）时，有几百个小孩子，每人骑了一根竹竿做的“马”，在道路上迎着郭伋拜见他，欢送他，并问他什么日子才可能回来，郭伋就计算了一下，把回来的日子告诉了他们。

郭伋巡视得很顺利，比预定告诉孩子们的日子早回来了一天。郭伋就跟仆人说，我们今天不能进去，因为如此就失信于小孩。所以，郭伋就在村外的野亭子过了一晚，隔天他才进村，而当天那些孩子们都在路上欢迎郭伋的归来。郭伋做到了童叟无欺，纵然是再小的小孩，也不愿意失信于他们。所以，光武帝非常赞叹郭伋的德行，称他是“信之至矣”，他的信用已经达到了极致。

光武帝刘秀称赞他是个贤良太守，后来郭伋活到了八十六岁才去世。

【人生智慧】

自古以来，先贤们就认为，崇高的情操总是体现在细节之中。古人那些讲究信用到极致的行为，总是令我们这些后辈子孙无比地崇敬与感动。

在故事中，郭伋没有因为对方是小孩子们而随意对待打发，而是讲究信用，可以说是难得的品德了。

反观现在的很多父母长辈，在孩子面前总是不能认真对待，对孩子所说的话总是不能兑现，久而久之，孩子也认为不需要讲究信用了。

这是值得每一个人深思的。

朱晖许堪

【经典故事】

在汉朝的时候，有个读书人叫朱晖，字文季，南阳宛人。他早年就死了父亲，可是他为人处事，却很有气节。

朱晖十三岁时，王莽篡位，天下大乱。朱晖与外婆及家人从田间进入宛城，路遇一群贼人，持刀抢劫。众人都非常惶恐，伏在地下不敢动。朱晖拔剑上前道："财物都可拿走，诸母衣不许动。今日是我朱晖死的日子了！"贼人看他虽然小小年纪，却很有志气，笑道："童子还是把刀收起吧！"就放了他们。

朱晖在太学读书时，即以人品高尚、尊师爱友受到学友们的尊敬。朱晖的同乡张堪，潜心儒学，素有学行，曾在太学见到朱晖，内心很欣赏他的为人，与他结为忘年交。

有一次，张堪在太学里又见到了朱晖，就握着他的手对他说："以后我想把妻儿托付给你照顾。"朱晖听了这句话，感到责任很重大，所以不敢对答。

等到张堪死了，家里妻儿非常穷苦，朱晖就亲自去看望，并且很丰厚地周济他们。朱晖的儿子朱撷问道："父亲往日不曾和张堪做朋友，为什么忽然这样周济他们呢？"朱晖说："张堪曾经说过知己的话，我的心里已经相信他是我的朋友了。"

【人生智慧】

古人云，君子之交淡如水。在古代，由于交通通讯等方面的不便，朋友之间的交往与今人不同，往往见一次面都很不容易。

因而，古人崇尚莫逆于心的交往方式。古人对于朋友之间的那份承诺，一般是不轻易去违背的，这是他们之间相互交往的信用。如果没有了这个基本的“信”，双方之间的交往是无法继续下去的。

诚信在很多时候象征着联结人与人之间的力量，它显示着一个人的品德与情操。无论对谁来说，讲诚信的人才能够带来安全感。

张劭待式

【经典故事】

在汉朝时候，有个读书人叫张劭。他在太学里认识了另外一个朋友叫范式，他们一起学习、一起成长。

学成离别那天，张劭流着眼泪说：“今日一别，不知何时才能与你相见？”范式安慰他说：“两年后的中秋节中午，我会按时赶到你家与你见面，并拜见令尊。”

两年后，中秋节这一天，张劭杀了鸡，备好了饭，并告知了母亲。他在院子里立了木柱，从木柱的影子来看时间，木柱的影子越来越短。母亲说：“他家远在江南，离这里数千里之远，恐怕不会来了，你为什么这样地相信呢？”张劭说：“范巨卿是一个讲信义的人，必定不会失约的。”正在这时，远处尘土飞扬，一匹快马飞奔而来，马上的人正是范式。

后来张劭将要死的时候，对他的妻子说：“范巨卿是可以托付的人。”张劭死后，范式接到信还没有赶到，张劭的棺材怎么也放不进事先挖好的坑里，等范式一到，棺材就放了进去。范式替他精心办理丧葬，一直保护他的家人到了归湘地方，同时还非常尽心地照顾他的家人。

【人生智慧】

从某种意义上说，一个人成败的根源，有时候并不在于这个人在其他方面如何努力如何钻营，而在于这个人内心的诚与敬。

在故事中，张劭相信自己的朋友范式，范式也相信自己的朋友张劭。这是因为，双方都相信对方的为人，相信对方的信用。

孔子曾经说过："人而无信，不知其可也。"《中庸》中也有类似的说法："不诚无物。"如果一个人缺乏基本的信义，那么，他做任何事情都是很难有大发展的。

陈实期行

【经典故事】

东汉的陈实，是一个高士。有一次和朋友约定好同走的时间，过了约定的时间，他的朋友还没有到，陈实就不等朋友，独自去了。陈实的儿子叫陈元方，当时只有七岁，立在门外。

后来，他父亲的朋友来了，就问陈元方："令尊大人在不在家里?"陈元方回答："等候尊驾好久不到，已经独自去了。"

陈实的朋友生了气说："这么做事太不像话了，和人家约定好又把人家丢下，独自去了。"陈元方道："尊驾和家父约定，是在正午的时候，到了正午不来，这是没有信；对人家的儿子，骂他的父亲，这是没有礼。"

那个朋友听了这一番话，觉得很惭愧，就谢罪离开了。

【人生智慧】

常言说得好，时间就是效率，时间就是生命。约定了时间地点，如果不是因为不可抗因素，千万不要随便失约的。因为这会造成双方时间精力的浪费。

约定好的不能做到，长此以往，愿意相信自己的人就越来越少，发展的空间也越来越少了。

故事中的陈元方小小年纪竟能知礼懂节，在他人面前不仅维护了自己父亲的尊严，还做到了以德服人，让人自愧而退。他这种不卑不亢、以礼服人的品行值得现在的孩子们学习。

羊祜推诚

【经典故事】

西晋初年的羊祜，字叔子，青州泰山（今山东新泰）人，西晋著名的战略家。羊祜出身于汉魏名门士族之家。从他起上溯九世，羊氏各代皆有人出仕二千石以上的官职，并且都以清廉有德著称。羊祜十二岁丧父，孝行哀思超过常礼，奉事叔父羊耽也十分恭谨。羊祜长大后，博学多才、善于写文、长于论辩而有盛名于世。

曹魏末年，羊祜被魏文帝召见并封为大将军，另被拜为中部侍郎。晋武帝司马炎代魏后，因羊祜辅佐有功，被授为中军将军、加散骑常侍。

泰始五年，晋武帝与羊祜策划灭吴，命他带领军队镇守荆州，这个地方同吴国将军陆抗的防区相毗连。

在荆州边界，羊祜对吴国的百姓与军队讲究信义，每次和吴人交战，羊祜都预先与对方商定交战的时间，从不搞突然袭击。对于主张偷袭的部将，羊祜用酒将他们灌醉，不许他们再说。

一次，羊祜的一个部下在边界抓到吴军两位将领的孩子。羊祜知道后，马上命令将孩子送回。后来，吴将夏详、邵颉等前来归降，那两个孩子的父亲也率其部属一起来降。吴将陈尚、潘景进犯，羊祜将二人追杀，然后，嘉赏他们死节而厚礼殡殓。两家子弟前来迎丧，羊祜以礼送还。吴将邓香进犯夏口，羊祜悬赏将他活捉，抓来后，又把他放回。邓香感恩，率其部属归降。

羊祜的部队行军路过吴国边境，收割田里稻谷以充军粮，但每次都要根据收割数量用绢偿还。打猎的时候，羊祜约束部下，不许超越边界线。如有禽兽先被吴国人所伤而后被晋兵获得，他都送还对方。羊祜这些做法，使吴人心悦诚服，十分尊重他，不称呼他的名字，只称“羊公”。

羊祜与陆抗对垒，双方常有使者往还。陆抗称赞羊祜的德行度量，“虽乐毅、诸葛孔明不能过也”。一次，陆抗生病，向羊祜求药，羊祜马上派人把药送过来，并说：“这是我最近自己配制的药，还未服，听说您病了，就先送给您吃。”吴将怕其中有诈，劝陆抗勿服，陆抗不疑，并说：“羊祜岂鸩人者！”仰而服下。当时人都说，这可能是春秋时华元、子反重现了。

【人生智慧】

在朋友之间，在合作各方之间，以及在利益相近的各方之间，在这些关系中讲信用不难，难的是在敌对方之间讲究信用。因为这不但要讲究信用，还要讲究一个度的考量与把握。

在故事中，羊祜与敌对方也做到了讲究信用，因而，赢得了对方的信任。

在现代社会，竞争激烈，当与对手短兵相接、涉及彼此利益的时候，如果双方之间能够以诚相待、讲究信用，也许反而会取得共赢的效果。

如今，人们探索的视野越来越扩大，愿每一个人的心，也随之变得开阔起来。“信”这个字，需要身体力行，如果运用得当，能发挥很好的效果。

曹摅约囚

【经典故事】

在晋朝的时候，有一个人名叫曹摅，字颜远，是谯国人，他的祖父曾经做过魏国的卫将军。曹摅年轻的时候就很有孝道，勤奋好学并且很会写文章。

当时的太尉王衍见到曹摅，知道他很有德行，就很器重他，调他填补了临淄县令这个缺。临淄县里有一个寡妇，赡养婆婆非常用心。婆婆认为她还年轻，就劝她改嫁。可是这个寡妇坚守节操、不易其志。婆婆看到儿媳为了赡养她而不肯改嫁，深感忧虑。经过多次劝说，儿媳始终坚持要守寡。最后，婆婆无奈之下便背着儿媳自杀了。

但是这家的亲属竟然状告这个寡妇杀了自己的婆婆，官府就把寡妇抓来，拷打审问。寡妇不堪忍受严刑拷打，就屈招自己有罪。

案子将要判决的时候，恰好遇上曹摅到任。曹摅知道这个女人有冤情后，就加以仔细分辨研究，将整个案情审查得清楚明白，并当庭将寡妇释放了。当时的人们都赞扬曹摅英明有决断。

县衙的监狱里有判死刑的囚犯，岁末除夕，曹摅视察监狱时很是同情这些犯人，说道：“你们不幸落到这个地步，都知道悔悟了吧？新的一年就要到了，人情最看重的就是这个时候，难道你们不想暂且回家跟亲人团聚吗？”众囚徒都痛哭着说道：“如果能暂且回家看看，便是死而无怨了。”曹摅便命人将监狱所有的门打开，让犯人出来，并限定他们回来的日期。

曹摅的属下坚决反对，都说不行。曹摅说：“这些人虽然是小人，但讲义气，不会违背我跟他们的约定。如果出了差错，我自会替各位承担这个责任的。”后来，到了约定的时日，这些死囚一个接一个地都回来了，并没有违约的人。一县的人都叹服不已，称曹摅为圣君。

后来曹摅入朝做了尚书郎，又转任洛阳县令，因为他仁爱宽厚且明断是非，所以百姓都爱戴他。有一次，天下大雪，宫门夜晚丢失了阻道的木行马。官员们四处查看，不知道行马到什么地方去了。曹摅派人将那些看门的士卒拘押起来，很多官员都说不应该这样。曹摅说："宫廷警卫森严，不是外人敢偷盗的地方，一定是看门的士卒用行马烧火御寒了。"当曹摅找到还没完全烧毁的行马，看门的士卒就都服罪了。

【人生智慧】

中国人向来讲究人情，你给予我人情，我还你人情。而这人情的纽带，从某种意义上说，就是一种信用。因为人情并没有记账，还不还看个人自己。

在故事中，曹县令竟然能够做到信任囚犯，确实不同凡响，让人为之敬佩不已。而囚犯们能够还以信用，这就更让人震惊了。因为，囚犯们可是判死刑的罪啊，回来就意味着生命的终结。要做到这一点，是多么的不容易。

由此可见古人对于信用与人情的看法与呵护，今天的我们在信用上又能做到哪个程度呢？

刘平期贼

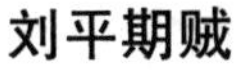

【经典故事】

东汉时，有一个叫刘平的人，扶着母亲逃难。

有一天出外去寻求食物，遇见了一伙饥饿的强盗，就要把他煮熟吃了。刘平叩着头说："现在我为了母亲去寻些野菜，求你们让我把野菜给母亲送回去吃了，再回来给你们煮了吃。"强盗们听了，也很可怜他，就把他放了。

刘平回到家里，把野菜给母亲吃了，禀告母亲："儿子和强盗们约了把野菜送回来，我还要回去，是不可以欺骗他们的。"说完就又回到了强盗那里。

强盗们大吃一惊！他们互相说："从前听说有烈士，现在算是亲眼见到了！你走吧，我们怎么忍心吃你啊！"于是刘平保全了性命。

【人生智慧】

通常来讲，面对一些自己难以做到的事情，不能轻易许诺别人，因为如果做不到就会失去自己的信誉。假如真的作出了承诺，就需要真正地担当起来。

故事中的刘平，因为对母亲的"信"，所以连强盗们也感动了，就把他放了。但是当把野菜给母亲后，他依然恪守对强盗们许下的诺言，回到了强盗那里。因为他的信用所散发的品德魅力，所以强盗们没有为难他。

可以说，刘平之所以最终活下来，是因为他的信用。

在现代社会的今天，信用依然有着它的独特魅力，如果谁能够拥有并善于运用，必将创造美好的人生。

戴胄守法

【经典故事】

唐朝的戴胄，字玄胤，相州安阳人。他品性坚贞正派，才情气度精明强直，善于理顺各类文书簿册。贞观初年，大理寺缺一名副职，唐太宗说："大理寺审理的案件，关系到一个人的生死，戴胄清正刚直，就这个人吧。"当日就任命戴胄为大理寺少卿。

有一天，长孙无忌被太宗召见，没有解下佩刀就进入东上阁门。尚书左仆射封德彝定罪认为：“监门校尉没有发觉，该判死罪；长孙无忌罚款赎罪。”戴胄反驳说：“监门校尉与长孙无忌二人所犯的罪性质是相同的，臣子一言一行、一举一动在帝王面前都不能强调什么失误。法典明确规定：供皇上用的汤药、饮食、舟船，即使是失误也都得处死。陛下如果记念长孙无忌的功劳，要原谅他是可以的。如果只是处罚长孙无忌，却处死监门校尉，这样判决，不能说是符合法典规定。”唐太宗说：“法律是天下人公有的，我怎么能偏袒皇亲国戚呢！”于是下令重新议论二人之罪。封德彝坚持己见，唐太宗打算许可。戴胄急忙争辩说：“不能这样处理。监门校尉是因为长孙无忌才获罪的，按法律规定应从轻处罚。如果都算失误，就不该只处死监门校尉。”因此，长孙无忌和监门校尉二人都被赦免。

当时，参加取士选官的士人们都聚集到京城来，有的士人假报资历出身家世或造假凭证，希望获取委任。唐太宗下令，准许这种人自首；如不自首，一经查实就处死。

不久，有个作伪得官者行为败露了，罪证完备后，戴胄按照法律判处流放。唐太宗责问戴胄说：“我下了命令，作伪者不自首一经查实就处死，可你现在却只判流放，你这是向天下人宣示我讲话不讲信用，你是卖弄权力去讨好人呀?”戴胄不慌不忙地说：“陛下如果立即杀掉他，那就不是我的职权所管得了的。可是，既然已经移交给我处理，我敢毁坏法律吗?”唐太宗说：“你自然是恪守法律了，却让我失信于天下人，你说怎么办?”戴胄说：“法律是国家用来向天下人公布最大的信用，您的话只是发泄了一时的喜怒情绪。陛下出乎一时情绪激动打算杀掉他，冷静考虑觉得不能这样做之后押送大理寺依法惩处，这正是克制个人情绪而留存大的信用。如果曲从个人情绪而背离法律所应有的信用，我就要替陛下惋惜了。”唐太宗听了大受感动而醒悟，赞同了戴胄的说法。

【人生智慧】

俗话说“人无信不立”，从小时候开始，学生就已经在学习这些先贤的教诲。如果依然不懂得信用的重要性，那就是枉受了多年的学校教育了，连做人的根本都不懂得。

在故事中，唐太宗提出的是一个悖论：“你自然是恪守法律了，却让我失信于天下人，你说怎么办?”法是朝廷遵皇上旨意制定的，守法当是维护皇上的威严与信誉，怎么能反过来说人家守法就使你失信呢?如果不是戴胄阻止，若真的杀掉那些不该判死罪的人，那才是“失信于天下”啊!

如果官员们随意因为个人情绪的因素而违背法律，那就可能失去了这个最大的信用，也会招致民众的失望与反感。

子仪见酋

【经典故事】

唐朝的郭子仪，华州郑县今陕西华县人，唐代著名的军事家。

郭子仪从小爱读兵书，练武功，无论读书还是习武都刻苦认真。郭子仪身材魁梧，体魄健壮，相貌秀杰。他不仅武艺高强、阵法娴熟，而且公正无私，不畏权贵。传说，他年轻时，在河东（今山西）服役，曾犯过军纪，按律处斩。在押赴刑场的途中被当时著名诗人李白发现。李白见他相貌非凡，凛然不惧的样子，甚感可惜。他认定此人将来一定会大有造化，会成为国家的一个栋梁之才，于是便以自己的官职担保，救下了这条年轻的性命。

郭子仪果然不负所望。参加武举考试后，便获高等补左卫长史也就是“皇帝禁军幕府中的幕僚长”之职。因屡立战功，多次被提升晋职。

天宝八年出任安塞军使，拜左卫大将军。安史之乱爆发的前一年，他已出任天德军使，兼九原太守，朔方节度右兵马使。

安史之乱时，郭子仪任朔方节度使，在河北打败史思明。后联合回纥收复洛阳、长安两京，功居平乱之首，晋为中书令，封汾阳郡王。

唐代宗时，叛将仆固怀恩勾结回纥进犯关中地区，郭子仪就差了李光瓒去对回纥讲，叫他们主动退兵。回纥人说："郭公既然在这里，可以让我们大家见见面吗?"郭子仪就要出去同他们见面。左右的人说："外国戎狄的野心，哪里可以相信呢?"郭子仪说："他们的军队，比我们多几倍，现在照力量上讲，是打不过他们的，所以我要对他们表示一种至诚。"说罢，郭子仪就脱去临阵的头盔、铠甲，出去见他们的首领。回纥首领看到郭子仪坦衣相见，很是感动于他的诚意，就命令士兵把兵器都放下了，并对郭子仪施礼说："果然是我们的郭将军啊!"

郭子仪历事玄宗、肃宗、代宗、德宗四朝，勤于职守，屡建奇功，以八十四岁的高龄才告别沙场。天下因有他而获得安宁达二十多年。他"权倾天下而朝不忌，功盖一代而主不疑"，举国上下，享有崇高的威望和声誉。

【人生智慧】

在故事中，郭子仪面对敌方的要求，敢于脱盔相见，表现的是一种诚意，不卑不亢；而敌方也没有借故留难郭子仪，而是以礼相待，这是一种信用的回报。

郭子仪先表现出诚意，所以换来了敌方的信用。

因而，很多时候，我们如果想要换来对方的信用，那么，自己需要先表现出一种诚意，让对方觉得自己可靠。只有这样，双方的信任才能一步一步建立起来。毕竟，别人不会无缘无故给予信任。

曹彬激诚

【经典故事】

北宋初年的名将曹彬，字国华，真定灵寿（今属河北）人。后周时以后宫近戚为晋州兵马都监，官至引进使。北宋建立后，迁客省使兼枢密都承旨，乾德二年以归州行营都监参加灭蜀之役，以不滥杀掠而得到宋太祖赵匡胤的褒奖，授宣徽南院使、义成军节度使。

开宝七年，曹彬奉命去攻打江南的南唐，宋太祖对曹彬说："城池攻下的时候，千万不可杀戮平民百姓。"

后来在城头将要攻破的时候，曹彬就推说有病了，许多将士们都去问候他。曹彬就对他们说："我的病不是吃药可以医治的，只要诸位很诚心地各自发一个誓：在攻破城池的那一天，绝不乱杀一个人。这样做，我的病就可以完全好了。"于是许多将士们焚了香，发了誓。

到了第二天，城头攻破了，兵士们的刀上果然没有沾着一点血迹，南唐国的君主李煜来投降，曹彬就用待宾客的礼节接待他。

【人生智慧】

诚信作为一个公民道德品质的外在表现，是伦理、道德、思想、文化等各种精神要素凝结而成的。

诚信在很多时候是一种智慧，有时候又是一种成功，只有脚踏实地，才能收获丰硕的成果。

在故事中，宋太祖要求曹彬不可滥杀百姓，曹彬答应了这个要求；为了贯彻对宋太祖的信用，曹彬又把要求传达给了下属的将士们，于是将士们焚香发誓答应了要求。

曹彬对宋太祖做到了信用，将士们对曹彬也做到了信用。

可见很多时候，是信用在维系着人与人之间的交往。没有信用，是难以办成什么大事的。

第五章 礼篇

第一节　释义求真

【基本释义】

礼：礼是人与人往来的法则。

《礼记·曲礼》曰：毋不敬。强调为人应能承受委屈，处处尊重他人。传统儿童教育即是教导待人接物的规矩。行礼应有节度，过与不及皆不合礼。社会有礼，则秩序井然。《礼记》云：人有礼则安，无礼则危。即洁身自爱，知节用和，克己制欲，不涉奸乱，端正心思，以德治事。

【基本思想】

“礼”，繁体字为“禮”，从示，从豊。

“示”为祭祀的台子，“豊”是古代祭祀用的礼器。古人重祭祀，有各种礼仪规范，故礼为礼仪规范。

简体“礼”字右边为“乚”，是一个跪着或弯曲的人形，以示拜祭要恭恭敬敬，遵守礼法。

“礼”源自对神明对祖先的敬畏心，最初的表现为祭祀，有着固定严格的程序。引申到社会生活中，“礼”便是由道德观念和风俗习惯而形成的仪节。以祭祀之礼仪，扩充到人间之礼，说明古人对人与人之间、人群与人群之间的行事规范的重视，因为礼，本来就是神圣的。

中国素来有“礼仪之邦”的美誉。“礼”，是人们日常生活中所必须遵守的，维系社会良好风气的道德、行为规范。当代社会，“礼”已经脱离了为封建等级制度服务的本质，而是人与人之间交往的标准。我们孝敬父母，是因为他们给我们以生命；我们尊敬师长，是因为他们为我们开启智慧之门；我们服从领导，是因为他们示范给我们处世做事的方法……礼是自然的秩序，是人与人之间最优美的距离。

中国自古以来重视礼仪，为数千年礼仪之邦。“忠孝仁悌，礼义廉耻”这八项基本道德构筑了炎黄子孙道德准则的基石。明晓“礼义廉耻”，是一个人道德修养的表现。“礼义廉耻不立，人君以自守也”。其中“礼”为为人处事要讲礼仪；“义”为事之宜；“廉”为廉洁方正；“耻”为识羞耻。

“礼”是双向的。中国人讲究“礼尚往来”，有来有往才可加深彼此之间的感情。“礼”字不分贵贱。君有君礼，臣有臣礼，夫有夫礼，妇有妇礼；朋友之间有朋友之间的礼。行为适当，符合礼仪，乃义也，故礼义并称；以礼约束不乱来，乃节也，故礼节并称。

第二节 经典故事集锦

仁者刘宽

【经典故事】

在宋朝的时候，有个读书人叫刘宽，为人宽厚，家人都说从未见过他生气。

有一次，家人就故意安排他的婢女盛了一碗热汤，来试试他的脾气。因为那时刘宽正要准备去上早朝，身穿非常整齐的朝服。婢女进门以后，就佯装跌倒，热汤就泼在刘宽的朝服上。结果刘宽立刻站起来，第一句话就说："你的手有没有烫到？"所以，家里的人对他佩服得五体投地。

【人生智慧】

古人以玉比君子德，说的是君子之德如濮玉一样温润、纯洁，这就是古代读书人的涵养，足以令今人羞愧。

刘宽在即将去上早朝的时候被弄脏朝服，首先想到的不是自己个人的利害关系，而是关心婢女的手有没有被烫到。这种对于礼仪的注重以及仁者风范，让人不由得肃然起敬！

在今天，有很多人轻视甚至忽略了礼仪的重要性，导致各种无谓的矛盾争斗层出不穷，既消耗了别人的财富与精力，又消耗了自己的财富与精力，可谓是得不偿失。这是现代人需要避免也是可以有效规避的过错，前提是要真正重视起礼仪来。

石奋恭谨

【经典故事】

汉朝有个中大夫，名叫石奋，他虽然没有什么学问，可是做人很恭敬很谨慎。他有四个儿子，个个都因为谨慎，所以都做了吃俸禄二千石的官。因为这个缘故，所以人家把石奋称做“万石君”。

万石君在朝廷里告了老，回到家里住着，在偶然经过皇帝的宫门时，必定跳下车子快快地走着。看见了皇帝所用的马，一定俯头表示敬意。他的子孙有做了官来见他的，万石君必定穿了朝服才去见他们，也不再去叫他们的名字。子孙偶然有了过失，万石君便对着桌子坐着不肯吃饭。等到子孙们互相责备，脱去了上身的衣服谢罪，表示改过了，万石君才肯答应他们吃饭。

【人生智慧】

礼再多，也不会得罪人；但是缺乏礼数，却有可能把本来挺好的机会给浪费掉。万石君之所以讲究礼仪，小心翼翼，乃是一种谦逊诚恳的生活态度。

俗话说，礼多人不怪。彬彬有礼、遵循礼数的人往往会赢得更多人的喜爱与尊敬，也通常能比别人赢得更多的机会。

在现今的生活中亦是如此，没有人会愿意和一个不讲礼数和不通达世故的人交往合作。人情的往来，人脉的梳理无不是礼数之基础。妄言、妄动的人必将陷于生活与事业的瓶颈。

卢植楷模

【经典故事】

汉朝末年的时候，有一位著名学者姓卢名植，表字子干。他为人刚毅，很有气节，拜马融做先生。马融的左右多排列着美貌的姬妾，但好几年里，卢植在先生的面前，侍立着讲书，没有一次去看她们。马融因为这个缘故，所以很敬重卢植。

那时候大奸臣董卓聚合了朝廷的臣子，召开朝会推行废立皇帝的事项。许多人都畏惧董卓的威权，只是唯唯的答应，独有卢植提出反对的论调。

曹操曾经称赞他说道："卢植的声名，彰著于四海之内；他的学问，可以做儒家的宗师。是读书人的模范；是国家的干材。"刘备贫贱的时候，曾经在卢植的门下受业。

【人生智慧】

有时候从礼中能看出很多细节来。

礼不仅是在古代，在今时今日依然有着它存在的必要性，只是在形式上的要求有所不同。

作为生活在二十一世纪的我们，依然需要学习礼，这是减少人际摩擦的润滑剂。

镇周赠帛

【经典故事】

在唐朝的时候，张镇周本是舒州地方人，在唐高祖时从寿春迁任老家舒州都督前，到故宅，召来亲友欢饮数十日，又将金帛赠给亲友，流着眼泪和他们告别，并且对他们说："今天没有就任，还能够同诸位老朋友高兴地喝酒，明天我就是舒州的都督去治理百姓了。官吏和人民，在礼节上是有阻隔的，那么以后大家就不可以再来往了。"

从此以后。他治理一切的事情，没有一点放纵的地方。所以舒州境内，是一派国泰民安的景象。

【人生智慧】

张镇周知道回到老家任职，会面临亲朋好友的关系，所以提前先把礼数做好了，把话讲明白，以免到时再发生不愉快，也能有转圜余地。

如何运用"礼"，是一个需要细细琢磨的课题。

孔子尽礼

【经典故事】

孔子是春秋时期鲁国人，名丘，字仲尼，是中国历史上伟大的思想家、教育家。

孔子小时候就十分崇尚礼制，他聪明好学，富于模仿性，年仅五岁

就能组织儿童模仿祭祀礼仪。这一切都和孔母早期教育分不开。一天孔丘听母亲讲了周公吐哺、制礼作乐的故事，非常认真地说：“我长大了也要当周公那样的人！”

孔子曾到洛阳，在老子那儿问礼。后来孔子又在鲁国做司寇，并代理相国的职务，他服事君王，非常尽礼。上朝时，和上大夫交谈，态度中正自然；和下大夫交谈，态度和乐轻松。进入国君的宫门时，低头弯腰，态度恭敬；快到国君面前时，小步快行，态度端谨。走进周公的庙里，每一种事情的礼仪，都要向人询问。

有一次孔子同鲁国的君主在郊外祭祀后，鲁君违背礼制，没有将祭品分给大夫们共享，孔子觉得他们无礼，没等脱下礼帽来，就离开了鲁国，到别的地方去了。

在平常没有事的时候，孔子的容貌很舒畅，神色很愉快。外表虽然温和，却仍旧带着严肃；外表虽然威严，却不流于刚猛；外表虽然恭谨，心里仍是安泰的。他遇到放得不正当的座位，就不肯坐下；在有丧事的人旁边吃饭，从来不吃饱；在这一天里哭过，就不再唱歌。总之孔子对于任何事情，都是不肯苟且的。

孔子曾说：“吾十有五而志于学，三十而立，四十而不惑，五十而知天命，六十而耳顺，七十而从心所欲不逾矩。”意思是，我十五岁立志修学，开始探究宇宙人生的真相；三十岁能遵循礼法而有所立，在道德学问上有所成就，并能学以致用；四十岁就不再受外境迷惑，经历和观察了不同人事的因果，而能真正守住善道；五十岁彻悟宇宙人生的真相；六十岁能平等地对待大家的意见，乃至一切动物、植物；七十岁就连坏的念头都不起，随心所欲而又不逾越道德礼制的范畴。这是孔子对自己一生各阶段的总结。

【人生智慧】

在孔子看来，人的一生都应该与礼相伴随。

礼，简单而言就是礼仪，是在人类社会里，人们日常生活中、相互之间交往中所遵循的默认的道德规范和行为规范。

在我国古代，礼有一个著名的说法，就是礼教。从某种意义上说，是统治阶级为了更好治理国家与维持自身利益的工具。到了现在，礼已经慢慢脱离了这种功利性比较浓的剥削本质，正逐渐形成纯粹的维系社会良好风气的礼仪要求。

今天有一些“潮流”人士，他们崇尚西方文明，认为西方的生活方式最好，甚至把“礼”看成是陈腐的过时的思想毒瘤。在他们看来，生活在今天的我们已经不需要再受到“礼”的约束。

不可否认，在儒家文化中存在很多糟粕，但也有很多精华，这是需要辩证看待的。生活在今天的你我，应该摈弃“礼”中的糟粕，取用“礼”中的精华，并把它们学以致用，发扬光大。

伯禽趋跪

【经典故事】

西周初年，周公旦有个儿子，名叫伯禽，他是周代鲁国的第一任国君。

武王去世后，发生武庚、管蔡之乱，连带东方诸国也起兵，周公东征后，平定了叛乱，统一了国家。成王七年，成王将原本封在河南鲁山的周公迁封到山东曲阜，实际上封的是伯禽。周公旦对将要袭其爵，而到鲁国封地居住的儿子伯禽说："我是文王之子、武王之弟、成王之叔父，论身份地位，在国中是很高的了。但是我时刻注意勤奋俭朴，谦诚待士，唯恐失去天下的贤人。你到鲁国去，千万不要骄狂无忌。"

伯禽到了鲁国后，又发生了几次小规模的骚动。之后，伯禽率师在费地（今山东费县）誓师，以严明军纪。在全体将士努力奋战及齐军的支援下，终于安定了鲁国。

传说伯禽曾经跟着叔叔康叔去拜见周公三次，被父亲痛打了三次。伯禽就去问商子，这是为什么。商子说："南山的阳面有一种树，叫做桥木；北山的阴面有一种树，叫做梓木，你怎么不去看一看呢?"伯禽听了商子的话，就去看了，只见桥木生得很高，树是仰着的；梓木长得很低，可是俯着的，就回来告诉商子。商子就对伯禽说："桥木仰起，就是做父亲的道理；梓木俯着，就是做儿子的道理。"

到了第二天，伯禽去见周公，一进门就很快地走上前去，一登堂就跪下去，周公称许他受了君子的教导。

【人生智慧】

礼讲究的是在人与人之间建立最适当的距离，使双方的交往更适宜自然。

所以，礼仪区分人，区分场合，区分时间，区分环境。也许是一些微小的变化细节，就可能有不一样的礼。如对父母，有对父母的礼；而对兄妹，有对待兄妹的礼；对领导，则有对待领导的礼。

如今社会，由于竞争激烈，所以人容易浮躁，导致各种矛盾争吵层出不穷。实际上，这是因为双方之间不知礼的缘故，假如双方都能够知礼守礼并且尽礼，各种矛盾争吵就会大大减少了。

礼，是因为它的合乎人性，所以让人感觉到舒服、自然。

如果一个人在社会与家庭生活中懂得运用礼，善于以礼待人，虽然不一定就能获得所有人的尊敬与喜爱，但一定能避免很多与别人发生冲突的可能。

宋桓罪己

【经典故事】

春秋时，宋国遭受了重大的水灾，鲁国国君差人去慰问。

宋庄公的公子，即后来的宋桓公，受他父亲之命，对鲁国的使者说："因为我的不敬，所以上天降下了灾祸，又使得贵国的君侯忧虑，这是我们觉得很抱歉的。"就此拜受了鲁国国君的慰问。

鲁国的大夫官臧文仲知道了这一番话，说："宋国将要兴起了。从前夏朝禹王、商朝汤王，每每归罪自己，所以他们都很快地兴起了。亡国的君主，夏朝的桀，殷朝的纣，件件归罪别人，所以他们都亡国了。并且诸侯列国里面，有了凶灾的事情，就自己称孤，这是最合于礼的。言语既然恐惧，称呼又很合礼，所以宋国的兴起是无疑的了。"

【人生智慧】

在古人看来，如果君子有了过错，就会敢于认错道歉，不会极力掩饰；而如果是小人有了过错，就没有勇气认错道歉，因为怕自己的利益受损，所以总是在解释时千方百计地掩饰自己的错误。

宋桓公身为一国之君，相对而言比常人更加讲究脸面，比常人更讲究等级，本来应该比一般人更难以认错道歉，但他却敢于恤民罪己，合乎了一国国君对国民的礼，实在是一位名副其实的明君。

作为社会地位最高的国君都能够在行为不当时，先寻找自己身上的过错，作为普通人的你我，是否更应该躬身自省呢？当出现问题时，不要总想着是别人的过错，也许很大可能是自己的过错。

假如是别人的过错，先寻找自己身上的过错也能让别人受到影响与感动，也敢于寻找自己的错误，而不至于互相推诿；假如是自己的过错，先寻找自己身上的过错，更能让事情早一步掌握在自己手中，有主动权，即使出现问题，也能够更好地解决。

古代贤人提倡去宽厚对待别人，对自己则严格审查。当人们之间能够做到这样，那么，很多的牢骚、抱怨自然就不会产生了。

当一个人时刻保持着坦荡的心态去待人接物，他身边的每个人都会因为他的坦荡而坦荡，因为他的快乐而快乐，就会在他的周遭形成一个良好的交际氛围圈。

锄麑触槐

【经典故事】

春秋时，晋国有一个人，名叫锄麑，生平勇敢而又懂得礼节。晋灵公是个无道的昏君，他的大臣赵盾（谥号“赵宣子”）曾劝谏他好几次，这让晋灵公感觉很讨厌，就派了锄麑去行刺。

锄麑半夜里去行刺，凌晨三点多潜入赵宣子的家里。这时，赵宣子的寝室门却已经开了，他端端正正穿好了朝服，然后在那稍微闭目养神，等着上早朝。

锄麑见了这样的情形很是惊讶，就退了出来，叹着一口气，心想："一个人独处的时候，都毕恭毕敬，这就是百姓的主人翁，绝对是国家的栋梁。假如我杀了他，这是不忠，对不起国家，对不起百姓，失信于天下黎民百姓；假如我不杀他，又失信于君王，这是不信。不忠不信，哪里能够在世上做人呢？"

最后，锄麑就撞树自杀了。

【人生智慧】

一个人的本性如何，关键是看他在独处的时候的表现。很多人在外人面前表现一个样；在家人面前表现一个样；在朋友面前表现一个样；但在独处的时候，却大多会显露真实的本性，会露出马脚。

正所谓"冠必正，纽必结"。当一个人在独处时仍然能够守礼，说明礼已经渗入了他的血液，渗入了他的灵魂。赵宣子秉性正直，并不是故意装出来的面孔，而是真实本性，即使在独处时也依然不改，赢得了锄麑对他的尊敬，认为他是人民的主人翁，是国家的栋梁，从而使他躲过了一劫。

而锄麑，在知道赵宣子是忠臣时，认为不能杀忠臣，这是对国家忠臣应有的基本礼节；而对国君，则认为不能失信，因而为了不有亏于做人的礼节，他宁愿放弃自己的生命。

当然，锄麑放弃生命的举动在今天的我们看来，并不可取，但由此我们能看到，礼对于人的影响。如果我们每一个人在日常生活中，在遇到各种矛盾争吵的时候，能多为别人想一想，放下一些无谓的利益与情绪诉求，那么，就能让自己的交际越来越成熟，会获得人生的大圆满，提升自己的人生境界。

孙晷温恭

【经典故事】

晋朝时，有个叫孙晷的人，他小的时候，从没有被父母呵斥过。当地的长者顾荣见到孙晷后，对他的外祖父薛兼说："这个孩子神色清明，有志气，不是普通的儿童。"

孙晷长大后，孝悌、恭谨、清静俭约，熟知理法和礼义。每次独自处在幽暗的地方，行容举止从不有所改变，双目观望时不会倾斜一点儿。

虽然孙晷家里已经被封侯，很富有，可是他仍然穿着布衣，吃着普通的饭菜，并且亲自在郊野里耕种田地，坚持读书吟诗的功课。他对自己的生活更是感到怡然自得。

父母欣慰孙晷这样勤劳好学，想让他放松放松，而他自早晨起来到晚上睡觉，没有一刻的松懈。父母的衣食起居，虽然经常是哥哥们照顾打理，但孙晷却不离开父母左右。那时的道路较少，经常需要翻山过河。孙晷想到父亲难以经受风波，每次父亲外出时他都亲自服侍。

孙晷的哥哥曾经常年患病，他就事无巨细亲自服侍，用药的多少、熬成什么样子，他一定要先知道。孙晷还跋山涉水为哥哥访求名医，并恳切地祈祷。

孙家有几个老年穷苦的亲戚故交，常常到家里来借钱。别人都讨厌并怠慢他们，但是孙晷却格外地欢迎和敬重他们。天冷的时候，同他们一处睡觉；吃饭的时候，就同他们一桌吃饭；有时他还解下自己的衣服、抱了自己的被子送给他们。遇到饥年粮食价格高，有人偷割他的稻子，他见到后避开，等那人走了，然后把自己的稻子割了送去。乡邻感激愧疚，没有再来偷割。

朝廷里的人和乡村的百姓，都一致称赞孙晷的为人。

【人生智慧】

“动而世为天下道，行而世为天下法，言而世为天下则”，这是古代知识分子所奉行的行为准则，也是他们崇尚的人生态度。

故事中的孙晷，可以说是真正做到了内外一致，守礼用礼。

现在，我们很多人其实都知道礼，都知道做人接物、为人处世的道理，但也只是知道，并没有真正去依照这些道理的要求来做，所以导致在态度上越来越懈怠，越来越不把礼仪当回事。这是很多人经常陷于矛盾争吵中的根源，也是他们的生活与事业总是难以游刃有余的原因。

荣绪拜经

【经典故事】

南北朝时，南朝宋的臧荣绪，从小就失去了父亲，他亲自在园地里种了蔬菜，拿来祭祀祖宗和供养母亲，后有“灌园叟”的别号。后来他的母亲死了，臧荣绪就在初一和十五这两天，很恭敬地拜着，有了甜美珍贵的食物，也一定要献供。

臧荣绪笃志好学，酷爱《诗经》、《书经》、《易经》、《礼记》、《春秋》五部经典。他青年时期与朋友一起，钻研历史典籍，穷本溯源，为著书立说准备资料。荣绪虽博学多才，但从不愿为官，数次征辟从不就任。臧荣绪隐居在京口时，教授着一班学生。当时的读书人，认为他虽然不做官，却是很有学问，所以称他“披褐先生”。

因为孔子是在庚子那一天生的，所以他到了这一天，把这五部经书陈列在书桌上，穿了礼服戴了礼帽磕头跪拜。臧荣绪又因为喝酒会扰乱人的德行，所以常常警诫别人要少喝酒或不喝酒，其平生品行可谓纯正笃实。

臧荣绪潜心著述，终于在花甲之年撰写《晋书》一百一十卷。其书囊括了东西晋的全部历史，各体俱备，卷帙繁富。

【人生智慧】

俗话说，学问深时意气平。意思是说，当一个人真正有学问，他不会有那些浮躁的心态与意气用事的行为，他的品德修养会达到一个较高的境界，在为人处世的时候会是谦和坦然的。

与这样的人相处，身边的人会不自觉地被他们所感染，并心悦诚服，愿意与这样的人相处，愿意接受这样的人教诲，愿意以这样的人为榜样。

与此相反，假如仅仅只是因为知道一大堆书本上的知识而没有将之付诸行动，也只是虚有其表的空架子而已。

知识不等于智慧，所以现在有很多高分低能的例子。而现在，大学里的教授越来越多，各类学者越来越多，但是真正的大师，却非常少见。从深层次找原因，还是这些所谓的学者们，都成为了名利的奴隶，而忽略了品德的修养，忽略了礼的要求。

原平恭耕

【经典故事】

南北朝时，南朝的宋，有一个守礼的孝子，姓郭名原平，从小就非常孝顺。

郭原平家里非常穷苦，他就替人家做工，用得来的工钱置办物品，奉养他的父母。

后来郭原平的父母去世了，他把父母安葬以后，见坟的前面有几十亩田地，而在地里耕田的人却是赤身露体。郭原平想这未免亵渎了父母的在天之灵，就把家里的产业都卖了，用很高的价钱，把那块地买下来。

郭原平束好了衣带，流着眼泪，亲自去耕种开垦。每次出去卖田里出产的东西，他只要一半的价钱。城里的人后来都知道他就是大孝子郭原平，就付双倍的价钱给他。但郭原平却执意不肯收，大家彼此辞让着，最终还是郭原平略微便宜一些才肯收了钱。

【人生智慧】

曾经有人问孔子，怎样才能做到孝道的要求。孔子回答说，只要不违背礼的准则，那么就能做到孝道的要求。当父母还在世的时候，为人子女者要按照当下礼的规定侍奉他们；当父母过世了，为人子女者要按照当下礼的规定安葬他们，按礼节定时祭祀他们，这样就是做到孝道的要求了。

有很多人在父母健在的时候，会经常想起他们，并不时去看望并照顾，在父母生前做到了礼节有加。但一旦父母离世，随着经过的时间越来越久，为人子女者在繁忙的工作中恐怕就很难记起自己的父母了，这是为人子女者追思、祭祀的礼节没有尽到。

从古人身上，我们能看到，对于礼的要求，贯穿人的生死，始终如一。这值得今天的我们借鉴学习。

索敞严肃

【经典故事】

南北朝时，北魏有一个叫索敞的人，在朝里做中书博士。

当时北魏一味地讲究武力功劳，贵家的子弟们，都不愿意去学诗书。但索敞教导人勤谨，循循善诱，既严肃，又有礼节，因此跟他游学的贵家的子弟都很敬畏他。后来，他的很多学生都功成名就，官做到尚书、太守的人就有几十个，但他们仍念念不忘老师索敞当年的教诲。

索敞又因为《礼记》里的丧服一部分，向来没有专篇，都是散见在各篇里面，他就一概选出来再分了类，做成了一篇《丧服要记》。

【人生智慧】

为人师表，不能让自己的学生不懂礼仪，无所顾忌，要让他们对自己、对师道有一份敬畏之心。现代教育中，往往忽视了德育的重要性，因而，学生不懂得对师长之礼。

没有师长之礼，学生就没有要尊敬老师的概念，就不懂得尊师的道德。要给学生树立一个好的榜样，恩威并施，这样学生才会敬服于老师的学识、修养。懂礼了，学生才能学会做人。

如今的教育只是教学生得分、考学用到的知识，而没有教他们如何去做人，这样的教育只能说是灌输知识，而不是培养教育人。

彦光易俗

【经典故事】

梁彦光，字修芝，安定郡乌氏县（今甘肃省泾川县）人。彦光年轻时就性情纯厚，后来他进太学学习，广泛浏览了经书和史书的要略，做事有规矩和法度，即使在匆忙之际也严守礼仪。

隋文帝杨坚接受北周的禅让登基后，任命彦光担任岐州刺史。开皇二年，文帝驾临岐州，很赏识彦光的才能。几年之后，彦光被调到相州（今河南相州）做刺史。

相州当地的风气非常不好，经常无端地编造歌谣诽谤、控告官员，频繁地挑起许多事端。彦光一到任，就揭发隐匿的奸邪之徒及其罪行，如神明一般明察，从此狡诈之徒没有不潜逃的，一郡之内的人们都非常惊骇。当初，北齐灭亡之后，世族士绅和读书人大多迁居关内，只有工匠、商贩和乐户人家迁移聚居在州城的外城一带，因此民风不好。

彦光想要革除这种弊端，于是就用俸禄延请中原的儒学大师，在每个乡里建立学校，不是圣贤的学说不准教授。从此民众都能够克制自励，民风大有改变。

有一个滏阳人焦通，性好酗酒，在对待父母的礼法上有过错，被堂弟告发。彦光并没有处置他，而是把他带到州中的学校，让他在孔子庙里参观。当焦通看到韩伯俞因为母亲打他不痛，悲伤母亲的力衰，对着母亲大哭的画像，他又难过又惭愧，无地自容。彦光在他明白道理之后就让他回家了。后来焦通改正了过错，磨砺自己的品行，最终成为了有善行的士人。

彦光就是这样用德行来教育、感化民众。官吏民众都被他感化，非常爱戴他，相互之间都没有了争执。

【人生智慧】

由这个故事，我们可以得出一个结论，那就是：人，是可以教好的。

现在社会日益浮躁，矛盾争吵比比皆是，各种没有诚信的事情让人越来越没有安全感。面对这样的道德危机，其实研究起来，归根到底还是要归于人的行为上。

只要让人懂礼了，争执自然就会消失了。

德言对经

【经典故事】

唐朝时，有一个叫萧德言的人，字文行，雍州长安人，广泛地涉猎儒家典籍，非常精通《左氏春秋》。

萧德言在唐太宗的时候，先做了专掌国史的官，后来又升做了弘文馆学士。到了晚年的时候，萧德言更加刻苦地研究学问。每逢要摊开经书来，他一定先要洗手、洗脸，并且束好衣带，端端正正地坐着。妻子劝他说："老年人为什么还要自己这样的寻苦吃呢?"萧德言回答妻子说："对着先圣人的言语，哪敢怕辛苦呢?"

后来，唐太宗下了诏书，叫萧德言去教晋王读经书，又封了他武阳县侯的爵位。萧德言死的时候，已经是九十七岁了。

【人生智慧】

唐太宗对萧德言印象良好，这是因为萧德言对礼的贯彻，已经到了表里如一的程度。

如今，我们的社会缺乏像萧德言这样的"礼"的榜样。如果我们用好的教材，怀着一颗教人向善的心去育化大众，相信移风易俗，进而扭转整个社会的不良风气是可以实现的。

朱熹间居

【经典故事】

南宋时，有个著名的大学者朱熹，字仲晦，别号晦翁。朱熹受教于父，聪明过人。四岁时其父指天说："这是天。"朱熹则问："天上有何物？"其父大惊。他勤于思考，学习长进，八岁便能读懂《孝经》，在书题字自勉曰："若不如此，便不成人。"

朱熹师从著名道学家程颐的再传弟子李侗，并建立了自己的一套思想体系——理学。朱熹认为在现实、社会之上存在一种标准，它是人们一切行为的标准，即"天理"。只有去发现（格物穷理）和遵循天理，才是真、善、美；而破坏这种真、善、美的是"人欲"。因此，他提出"存天理，灭人欲"。这就是朱熹理学思想的核心。

朱熹考中进士后，第三年被派任泉州同安县主簿，从此开始仕途生涯。朱熹在任地方官期间，力主抗金，恤民省赋，节用轻役，限制土地兼并和高利盘剥，并实行某些改革措施。

朱熹为人端庄稳重，言行举止无不依照圣贤的教诲，他在朝廷里讲话也很正直。

有一次，朱熹在巡视中看见许多饥民外逃，经调查是州官盘剥百姓太厉害了。他就先后六次写奏章向皇帝报告。可是，前几次奏章都被小人给扣下了。最后，皇帝终于看到了，便免去了州官的官职，叫朱熹去代替州官。

朱熹平日家居的时候，每天天没亮就起了床，穿好衣裳相连的制服，戴了幞头，着了方头鞋子，到家庙里和先圣神位前去跪拜。行了礼以后，朱熹就回到书房里。他的几案必定要摆得很正，一切书籍器用，也要摆放得整整齐齐。看书看累了，朱熹就闭着眼睛端端正正坐着。休息完了起来，他就放稳了脚步慢慢地走。

朱熹所遵循的威仪和容貌举止的法则，从少年时代一直到老始终没有丝毫放弃、变更。

【人生智慧】

这就是古代圣贤的为人风范。古人在日常生活中遵循着一套行为规范，如果做到了这些最基本的行为规范，就可以成为他人效仿的榜样。

很多时候，也许金钱、权势可以压迫人，但并不能使人真正心悦诚服。只有自己的言语、德行达到了一定的境界，让别人感受到了礼的风范，才会得到真正的敬服。

在当代社会，信仰的缺失，礼仪的混乱，造成了道德的沦丧。没有了道德的约束，一些人的行为就变得肆无忌惮，对一切人、一切事都失去了敬畏之心。

居仁敬斋

【经典故事】

明朝理学家胡居仁，表字叔心，余干人，幼时聪敏异常，人们称他为“神童”。后来，胡居仁学习《春秋》，日诵千言。他兴趣广泛，博览群书，左传公羊、诸子百家、楚辞汉赋、唐诗宋词等，无不涉猎。成年之后，胡居仁师从当时的大儒吴与弼，刻苦读书，饱读儒家经典，尤其致力于程朱理学，学问甚至超过了他的老师。

胡居仁性情笃厚，品德高尚，淡泊自处，自甘寂寞，远离官场。他生活十分俭朴，唯以讲学为念，一日不讲学，则惕然不安。他致力于教育，从教二十余年，治学严谨，制订学规并亲自讲学，务求学生学以致用。

胡居仁的学问是以守住人的本心为主，并认为探究道理的方法不止一种："读书得之虽多，讲论得之尤速，思虑得之最深，行事得之最实。"因为正心，把一个"敬"字放在心里，所以居仁就把这个"敬"字做了他书斋的名字。

胡居仁平常对待妻子，像见了严肃的宾客一样。胡居仁父母亡故，他居丧时候非常伤心，以至骨瘦如柴，只能拄杖行走。他服丧整整三年，从没走进内室的门。胡居仁和人家说话，从不讲到名利上去。

后来胡居仁在白鹿书院里做讲道的主讲，很谨慎地自守。胡居仁终身是一个平民，不肯出去做官。

【人生智慧】

懂得爱别人的人，别人也会去爱他；懂得尊敬别人的人，也会得到别人的尊敬。尊敬他人就是尊敬自己。

如果不懂得爱别人，不懂得尊敬别人，不懂得礼，却一味想要获得别人的爱，想要获得别人的尊敬，想要别人遵循礼，这怎么可能呢！

一个人在人生中，要知道尊敬领导、老师，对同事、朋友不能失礼，在众人面前要礼貌周到，不要出现没有教养的行为。

有些人外边懂得对别人尽礼，但是对家人就感觉放松下来了，忘记了对家人也需要有家人之礼。如果单方面自私地想着，他们是我的亲人，我说什么他们都会包容我。许多家庭的矛盾纠纷就是由"失礼"造成的。

第六章　义篇

第一节　释义求真

【基本释义】

义：义是尽义务，履行职责。言行思虑合情、合理、合法之谓义。真正认识自己所处身份、地位，负责尽职，坚守正义。

【基本思想】

在社会活动中言行举止应合乎正义和公益，无不公正，不起盗心，不占便宜，不偏不倚，俯仰无愧。凡见他人所需，无条件尽心竭力提供协助，亦是克尽为人之义务。遵礼守义，则无处不受欢迎。

子曰："君子喻于义，小人喻于利。"君子首先想到的是社会公义，小人却只会想到一己私利。君子之为君子，善之为善，则在于为义。社会的和谐、民风的淳朴，正在于人们能够坚持正义和公平，让"义"来指导自己的行为。而在当下的市场经济中，许多人见"利"而忘"义"，为了一己之私利去做损害他人的事情。这也从反面证明了"义"之可贵和不可缺失。

第二节　经典故事集锦

大树将军

【经典故事】

东汉光武帝时候，有个将军叫冯异，他是光武帝的偏将。有一次打了胜仗以后，所有的将军都聚在一起，一个个讲述自己有多大的功劳。在互相标榜当中，唯独冯异一句话也没说，跑到一棵大树下，默默地坐在那里，不与他们争名夺利。

往往当一个人有德行、不去争夺名利的时候，其他的人就会觉得惭愧，就会反省自己。人家有功都不标榜，我们还在这里争功。

光武帝知道了也很感动，就封冯异为“大树将军”。

【人生智慧】

冯异被封为“大树将军”与他“为人谦退不伐”的品格不无关系。因为一个人如果妄自尊大，好大喜功，甚至揽功邀赏，居功自傲，以至声色犬马，作威作福，飞扬跋扈，必然导致众叛亲离，更谈不上建功立业。只有不居功自傲，不追名逐利，才有可能胸怀全局，摆脱名利的干扰，团结一切可以团结的力量，最终取得成就。

冯异为了不与袍泽们失义，宁愿不掺和名利争夺，也不愿意在道义上与袍泽们有所冲突。这确实是一种难能可贵的精神。

在竞争日益加剧的今天，诚然，“不想当元帅的士兵不是好士兵”，没有人甘愿做一名默默无闻的小卒。但是，人的欲望是无止境的，如果为了钱财、荣誉、地位而不择手段，知其不可为而为之，虽然能得一时之利，最终必落个多行不义必自毙、死无葬身之地的下场。所以，人生在世，还是学一下大树将军，谦逊一点好。

伯牙子期

【经典故事】

在春秋时期，楚国的俞伯牙从小非常聪明，天赋极高，很喜欢音乐，他曾拜当时很有名气的琴师成连为老师。名师指点、自身天赋以及刻苦努力，使俞伯牙成为了当地颇有名气的琴师。

有一次，俞伯牙乘船沿江旅游。船行到一座高山旁时，突然下起了大雨，船停在山边避雨。伯牙耳听淅沥的雨声，眼望雨打江面的生动景象，琴兴大发。伯牙正弹到兴头上，突然感到琴弦上有异样的颤抖，这是琴师的心灵感应，说明附近有人在听琴。伯牙走出船外，果然看见岸上树林边坐着一个叫钟子期的打柴人。伯牙把子期请到船上，两人互通了姓名，伯牙说：“我为你弹一首曲子听好吗?”子期立即表示洗耳恭

听。伯牙即兴弹了一曲《高山》，子期赞叹道："多么巍峨的高山啊!"伯牙又弹了一曲《流水》，子期称赞道："多么浩荡的江水啊!"伯牙又佩服又激动，对子期说："这个世界上只有你才懂得我的心声，你真是我的知音啊!"于是两个人结拜为生死之交。伯牙与子期约定，待周游完毕要前往他家去拜访他。

一日，伯牙如约前来子期家拜访他，但是子期已经不幸因病去世了。伯牙闻听悲痛欲绝，奔到子期墓前为他弹奏了一首充满怀念和悲伤的曲子，然后站立起来，将自己珍贵的琴砸碎于子期的墓前。从此，伯牙终生不再弹琴。

【人生智慧】

人生苦短，知音难求；云烟万里，佳话千载。纯真友谊的基础是理解。

"伯牙绝弦"，是交朋结友的千古楷模，它流传至今并给人历久弥新的启迪。正是这个故事，确立了中华民族高尚人际关系与友情的标准。

爱琴爱音乐的俞伯牙幸运地遇到了自己音乐上的知己，可谓是幸福之至。然而，当俞伯牙知道子期去世后，就将自己珍贵的琴砸碎了。这说明俞伯牙对于知己之义的看重。古人说："士为知己者死"，伯牙绝弦，所喻示的正是一种真知己的境界，这也正是它千百年来广为流传的魅力所在。

我们每一个人，如果一生中能拥有一两个真正的知己，志同道合，那该是多么幸福的事啊。

义气墩说

【经典故事】

燕国的左伯桃、羊角哀是至交好友，听说楚国招纳贤人，两人就结伴去楚国。

当衣衫单薄的他们走到东刘村时，遇到大风雪，干粮即将吃完，周围又人烟稀少。左伯桃担心继续走下去，两人不是被冻死，就是会饿死，于是寻思把自己的东西给羊角哀一人用，这样羊角哀或许还能活下来。羊角哀也同意左伯桃的话，但两人谁也不肯眼睁睁看着另一个人死掉，各不相让只好作罢就地休息。第二天醒来，羊角哀发现身上盖着左伯桃的衣服，旁边还放着左伯桃的干粮，但却不见左伯桃的踪影，后来发现，左伯桃已经冻死在附近的一个树洞里。羊角哀把树洞封好作了标志后，一边抹泪一边出发。

到了楚国后，羊角哀很受楚王的器重，被封为大将军，但他心里一直牵挂着好友左伯桃，就把他们的故事告诉了楚王，请求去拜祭左伯桃，楚王深为感动，当即准假。羊角哀把左伯桃安葬好后，就落宿在附近，夜里听到厮杀声，左伯桃托梦告诉他，附近的荆将军经常欺侮他。天明，羊角哀想去拆荆将军庙，但遭到当地人的反对。第二夜，他又听到厮杀声，不忍好友受欺，就自刎前去帮战。当地人很受感动，就把两人的尸首合葬在一处，取名义气墩，世代相传。

【人生智慧】

古人交友，贵在交心，讲究以心交友，重视朋友之义。当我们埋怨朋友少的时候，不妨先问自己的心，问自己是否付出了、重视了朋友之义。

巨伯请代

【经典故事】

在汉朝的时候，有个读书人叫荀巨伯。因他的朋友生了一场大病，就去探望朋友。

很不巧，刚好有一批强盗到他朋友居住的地方抢夺财物，所以村庄的人都跑掉了。他的朋友就劝荀巨伯："这里太危险了，你赶快走!"荀巨伯不愿意丢下自己的朋友，他说："我是来探望你、照顾你的，我如何可以舍你而去，这样的事我做不出来。"荀巨伯就走到屋外，跟那些强盗说："我的朋友已经病得很严重，我不能丢下他，你们不要伤害他，你们要伤害就对着我来好了。"因为他很真诚，讲道义，不畏生死，结果连强盗都为之感动。强盗的头目就对他的同伙说："我们皆是无义之人，怎么可以来抢夺这个有义的地方?"强盗头目被荀巨伯的道义所打动，于是一声令下，把强盗全部都撤走了。

【人生智慧】

荀巨伯宁愿用自己的生命来换取朋友的性命，从道义上感化了入侵的强盗，使之退兵，保全了朋友及整个村庄，化解了一次灾祸。假如荀巨伯那天没有照顾他的朋友，自己走了，会有什么结果?当然强盗肆虐，而他自己的良心也会终身不安。

坚守信义，对友忠诚，舍生取义，重情义，把情意看得比生命还重要，这样的人是值得我们去尊敬、去学习的。

进之救友

【经典故事】

南北朝的时候，南朝宋有个姓张名叫进之的人，家里很有钱。张进之出身世族，少有志操，品行敦厚，遇到了荒年。张进之就用自己的家财去救济那些同乡同里的人。因为这个缘故，所以家业就渐渐败落了。可是被张进之救活的人，却有很多。

太守王味之被朝廷通缉，逃避到张进之的家里。张进之不顾窝藏朝廷罪犯的风险，立即答应让王味之留下，并尽力予以掩护和隐藏。虽然家境困难，还是包揽了他日常吃喝等所有开销。

然而，世间没有不透风的墙。张进之收留王味之一事，还是走漏了风声。

这一天，张、王两人正在书房攀谈，忽见管家神色慌张地跑进来说："快，快！官兵已到大门口了，看样子是来抓王太守的，你们还是快逃吧！"张进之慌忙领着王味之从后门出走。王味之刚跑出不远，就被前面的一条小河给挡住。他有点慌不择路，以为河水不深，就想蹚过河去。谁知蹚到河中央时，由于水深流急，一不小心竟坠入河中。他拼命挣扎，却无济于事，还一连灌进好几口水……正在这危急关头，多亏张进之及时发现，他虽然不习水性，但还是毫不犹豫地跑过去抢救。张进之死死地抓住王味之，奋力划游，两个人在水中沉浮起伏，好不容易才爬上岸来。

脱险后，张进之这才有些后怕，当时为了救朋友，根本没做多想，其实他跟王味之一样，也是一只旱鸭子，幸亏河道不宽运气好，否则两个人都没命了。担心官兵未走，两人还不敢回去，张进之带着王味之在外头躲藏了一阵子，一直等到风声过后，才偷偷潜回家中。

元兴元年，桓玄都督江南，并举兵攻入建康，杀死司马道子与元显，他任命孙恩的妹夫卢循为永嘉太守，此后也就不再追究王味之和张进之的通敌罪与窝藏罪了。

张进之曾任永嘉郡主簿，永宁、安固两县县令兼领校尉，颇有政绩。后来辞官归里，以仗义疏财而闻名郡邑，是瑞安历史上有名的人物。

【人生智慧】

张进之能够散尽家财拯救灾民，是难得的义举；而因此变得家财散尽，生活贫穷，这就更是一般人所难以做到的了。

在朋友落难的时候，张进之并没有就此换个面孔，而是竭尽诚心的帮助，并在朋友落水时，虽然不懂游泳但也毅然下水救友，宁愿舍弃自己的生命也要帮助朋友。

如何认识朋友，如何交朋友，如何界定朋友之义，这是摆在我们每一个人面前的一道难题。解决了这个问题，就能够收获真正的友谊了。

张说求妻

【经典故事】

南北朝的时候。北魏有个姓张名说的人，他的妻子复姓皇甫，被人家抢去送给宦官的家里做奴婢。张说势不如人，只好在密切关注的同时等待营救时机。而皇甫氏在宦官家里假装痴呆，不肯梳头，也不肯洗脸。

后来，张说发奋图强，努力向上，终于做了冀氏地方的刺史官。于是就采办了一千多匹绸布，用来交换皇甫氏。那时候当朝的文成皇帝，见张说来购求所费的钱用得这样多，觉得很惊异。于是，张说就把皇甫氏引去见皇帝。这时候皇甫氏的年纪，已经快要到六十岁了。文成帝于是感叹地说道："原来南方人也有这样重视家室的义气啊！"

在皇甫氏要回家来的时候，张说就叫那一班姨太太出门数十里远远地去迎接她。

【人生智慧】

义有很多种，有君臣之义，有朋友之义，有师生之义。夫妻之间，也自有"夫妻之义"。

张说夫妻二人在遭遇人祸离别时，用各自的方式演绎着夫妻之义。张说是在密切关注的同时等待营救时机，皇甫氏则是在宦官家里假装着痴呆，不肯梳头，也不肯洗脸。

后来，当张说终于有能力把妻子营救回来了，他就及时出手，也并没有因为妻子失陷别处而降低她的地位和身份，仍然非常地敬她、爱她。

古人的夫妻之义确实值得我们每一个人学习，在当今社会，离婚率可谓是高居不下，正是因为很多夫妻漠视了夫妻之间的情义。

义利合一

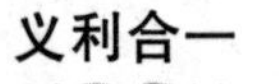

【经典故事】

在春秋的时候，鲁国制定了一道法律，如果鲁国人在国外看见同胞被卖为奴婢，只要他们肯出钱把人赎回来，那么回到鲁国后，国家就会给予他们赔偿和奖励。这道法律执行了数十年，很多流落他乡的鲁国人因此得救，得以重返祖国。

后来孔子的学生子贡，他是一个很有钱的商人，从国外赎回来了很多鲁国人，但却拒绝了国家的赔偿，因为他自认为不需要这笔钱，情愿为国分担赎人的义务。

但孔子却大骂子贡不止，说子贡此举伤天害理，祸害了无数落难的鲁国同胞。

孔子解释说，世上万事，不过义、利二字而已，鲁国原先的法律，所求的不过是人们心中的一个“义”字，只要大家看见落难的同胞时能生出恻隐之心，只要他肯不怕麻烦去赎这个人，把同胞带回国，那他就可以完成一件善举。事后国家会给他补偿和奖励，让这个行善举的人不会受到损失，而且得到大家的赞扬，长此以往，愿意做善事的人就会越来越多。所以这条法律是善法。

孔子还说，子贡的所作所为，固然让他为自己赢得了更高的赞扬，但是同时也拔高了大家对“义”的要求。往后那些赎人之后去向国家要钱的人，不但可能再也得不到大家的称赞，甚至可能会被国人嘲笑，责问他们为什么不能像子贡一样为国分忧。圣人说，子贡此举是把“义”和“利”对立起来了，所以不但不是善事，反倒是最为可恶的恶行。

自子贡之后，很多人就对落难的同胞装做视而不见了。因为他们不像子贡那么有钱，而且如果他们要求国家给一点点补偿的话反而会被人唾骂。

后果就是：导致很多鲁国人因此不能返回故土。

【人生智慧】

世上有能力、有觉悟“舍利取义”的人毕竟是少数，而且“利”与“义”并不一定就是对立的、非此即彼的。如果能够让人既不“舍利”也能践行义举，那么世上就会有越来越多的人去行义举、做善事。

子贡自以为行了义举，却反而被孔子大骂，实在是发人深省。

因而，当我们每一个人要行“义”举的时候，不能自以为是地进行，首先需要明确的是：“义”和“利”这两个概念是统一还是对立；弄清楚如何行“义”举才是善举。

元振济窆

【经典故事】

在唐朝的时候，有一个叫郭元振的读书人，十六岁的时候就已经进入太学里读书了，和薛稷、赵彦昭是好朋友。

一次，郭元振有家信过来，给他寄了四十万文钱作为求学的费用。就在这个时候，忽然来了一个身着丧服的人，对郭元振说："我们家里五代没有安葬，各处一方，现在想同时进行迁回、安葬，但是却没有钱啊。听说您家寄来了一笔钱，所以特地向您请求救济，不知道你能够救济我吗?"

郭元振就马上把家里寄来的四十万文钱，尽数给了这个穿丧服的人，一文钱都没有留下来，也不问这个人的姓名。

因为这件事，郭元振被薛稷和赵彦昭讥笑，郭元振却毫不在意地说："成全他的大事，这有什么可以讥笑的。"

郭元振十八岁时中了进士，任通泉尉，后被封为代国公。

【人生智慧】

很多人把"义"的范围，局限在亲朋好友里边，局限在熟识的人里边。其实，这只是小义。能够把义施加在陌生的人身上，这才更难能可贵。

虽然唐朝距离今天已经一千多年，但郭元振的做人风范，依然值得我们每一个人细细品味，学习借鉴。

兰英啖土

【经典故事】

唐初，王兰英是独孤师仁的乳母，是一个没有多少学识见识的妇女，而独孤师仁的父亲就是独孤武都。当时独孤武都觉得王世充的所作所为过于暴虐，有伤天和，不合乎义理，就想脱身去投降唐朝。不料，他的打算被王世充知道了，独孤武都被王世充残忍杀死。

那时候的独孤师仁年纪只有三岁，因此才得以免去一死，但也被监禁起来不能自由。乳母王兰英请求接受剃发和束颈的刑罚，来抚养独孤师仁。王世充认为不过是小事，也就答应了她。

这个时期，正是天下大乱的时节，饿死的人随处可见。为了养活独孤师仁，王兰英到处讨饭，把好的留给孩子补充营养，而自己却吃着泥土充饥，喝着河水解渴。

后来，王兰英找了个机会，假装采柴人偷偷地背着独孤师仁逃到了唐朝，并得到了唐高祖的接见。

唐高祖很赞赏王兰英的义气，下诏封王兰英为永寿乡君。

【人生智慧】

义，在古代读书人的眼中，是他们安身立命的原则之一。但每到危难时刻，往往更讲究义气的，却有可能是那些身份低微的人，或一般的市井小民。王兰英虽然没有多少学识见识，但是在她的身上，却把一个“义”字演绎得淋淋尽致，荡气回肠。

我们每一个人，都不能忽视“义”。因为无“义”之人，会失去人心，最终会多行不义必自毙。

芝城之母

【经典故事】

南唐国有个大将，姓王名叫建封。他起初是在闽国元帅章仔钧的手下做将官。

有一次，唐将卢某率军攻打章仔钧，包围营盘。章急派边镐、王建封前往建州求援。两人因雨延误了时间，按军法应当处斩。练夫人出面劝阻说："形势危急，正是用人之时，怎么可以杀壮士呢?"于是，仔钧释放了他们。后来，边镐和王建封投靠南唐。

后晋天福八年，王延政在建州称帝，国号大殷。次年到福州为闽王，改大殷为闽国，国都仍设在建州。南唐乘王延政初定福州，派查文徽率兵攻打建州，用王建封为先锋，边镐接应，城破，王延政投降。当时章仔钧已死。边镐和王建封查知练氏夫人移居建州，为报恩德具备金银、布匹赠送夫人，同时还交给一面白旗，说："唐兵就要屠城，请夫人将这旗子插在门前，以免兵士误犯。"夫人慨然退还所有金银、布匹，连白旗也交还给他们，并郑重地说："你们如果顾念旧时恩情，我希望保护全城。如果一定要屠城，我全家愿意与城同存亡。唯独留住我一家，也没有什么意义。"边、王二人大为感动，停止屠城，全城百姓得以保全。

夫人死后，建州百姓感激她保护全城百姓的恩德，打破城关不得建墓的惯例，将墓建在州署后堂，尊练氏夫人为"芝城之母"，立碑称"全城众母"。

【人生智慧】

练氏夫人在拥有生机的情况下，宁愿舍己也要保民，这是舍私利取公义的高尚情操，功德无量，因而获得了全城百姓的感恩戴德。

在我们每一个人遇到私利与公义相冲突时，是否能像练氏夫人一般，舍私利而取公义？

当现代人生活在信仰危机中时，不妨向这些先辈们学习一番，学习他们高尚的情操。

妙聪井负

【经典故事】

在明朝的时期，保安右卫指挥官张孟喆，奉命令调去操练。这时候，北方的强盗恰好进来抢掠。

张孟喆的妻子李氏对张孟喆的妹妹说，我是受过朝廷封诰的夫人，你也是做官人家的女儿，断断不可以受辱。于是姑嫂两个人相携一同去投井。张孟喆家里有个丫鬟，名字叫妙聪，也跟在她们后面跳下井去，看见她们姑嫂两个人都还没有死，又因为李氏是怀孕在身，不能承受井底水冷，妙聪就把李氏驮在自己背上。

等到强盗退去，张孟喆的弟弟张仲喆回来寻找她们三个人。用绳索引她们出来，这时候才发现，嫂子和妹妹都安然无恙，可是妙聪已经死了。

【人生智慧】

能够在生死危难时共同进退，这对于一个丫鬟来说，本来就不容易，是患难与共的义气；而在发现李氏怀孕不能受冷后，妙聪把李氏驮在自己背上，这是把生还的希望给了别人，把危险留给自己的高尚情操。

正是有无数把希望留给别人的人，给这个世界增添了亮色，这个世界才会越来越美好！

仲淹义田

【经典故事】

范仲淹，字希文，苏州吴县人，是宋代著名的政治家、军事家。范仲淹自幼孤贫，勤学苦读，考中进士后便入京为官。但由于他刚毅正直，不阿权贵，很快被佞臣诬陷，贬到邓州。

范仲淹到邓州后，身体很不好。这时，他的好朋友滕子京派人来见他，并送上书信一封。原来滕子京被贬为岳州的地方官员后，经过一番努力，把当地治理成一个经济繁荣、安居乐业的地方。于是，他便决定整修江南名楼岳阳楼，请自己的好友范仲淹作记。

面对老朋友的千里求文，范仲淹为了激励遭到贬黜的朋友们，便一口答应了好友的请求。当晚范仲淹乘着酒兴，在花洲书院秉烛执笔，参照岳阳楼的草图，他仔细构思起来。当时正值农历九月中旬，秋高气爽，菊香飘溢，他拿起笔来，顿时思绪万千。他想到自己的坎坷经历，想到了自己在邓州为民做出的一切。他觉得仅仅治理好一个地方是不行的，更重要的是整个国家都富裕了，才能使老百姓真正安居乐业。作为老百姓的父母官，应该以天下为公，要具有“先天下之忧而忧，后天下之乐而乐”的高贵品质。想到此，范仲淹便奋笔疾书，很快写成了千古名篇《岳阳楼记》。

范仲淹还经常救济穷苦的人家。在京城时，他便把自己的俸禄拿出来，买了近城的好田一千亩，称为“义田”，给贫穷无田地者耕作。每天有饭食给他们吃，每年有衣服给他们穿，凡是有嫁女儿的、娶媳妇的，或是有生病的、安葬的种种事情，都拿钱贴补他们。并且选择自己家里年长又贤良的人，去管理这件事，一切银钱的付出和收入，都有一定的计划。实践了他年轻时利益众生的宿愿。

有一次，范仲淹吩咐儿子范纯仁押解五百斗麦子回老家。在途中，范纯仁刚好遇到了父亲的故友。在交谈中了解到他的家境十分贫寒，父母都没能葬好，女儿也没有嫁妆。范纯仁便马上将五百斗麦子卖掉，结果钱还是不够，就把船也卖掉了，终于解决了他父亲故友的困难。卖完后，他就回到京城跟父亲汇报。范纯仁跟父亲讲："我把五百斗麦子卖掉，钱还是不够。"父亲抬起头对他说："那你就把船也卖掉了吧！"范纯仁说："我已经卖掉了。"真可谓父忠子义、父子同心。

在《岳阳楼记》中，他以洗炼优美的文字将洞庭湖波澜壮阔的景色描绘得淋漓尽致，并借景抒情，劝勉失意志士不要因自己的不幸遭遇而忧伤，要"不以物喜，不以己悲"，摆脱个人得失，做到"先天下之忧而忧，后天下之乐而乐"。这篇名作就是范仲淹一生为人的真实写照，后来被历代仁人志士奉为经典，直到今天仍然闪烁着催人奋进的思想光辉。

【人生智慧】

"先天下之忧而忧，后天下之乐而乐"，范仲淹的这句名言可谓是他一生的真实写照。

一直到现在，范仲淹的精神和思想仍闪耀着光辉，有着使人奋发向上的教育意义。

范仲淹爱民如子的仁心，以天下为先的情怀，使他成为名垂千古的政治家、思想家。他的事迹、他的品德直到今天仍是人们学习的榜样。

天祥衣带

【经典故事】

南宋名臣文天祥，字宋瑞，吉州庐陵（今江西吉安）人。

理宗开庆初年，元军攻打南宋，宦官董宋臣提议迁都。迫于权势，当朝群臣竟无人提出反对，而只有文天祥挺身而出仗义执言，上书请求朝廷惩治董宋臣，以使上下团结一心。他的胆识与勇气，满朝大臣都为之叹服。

德祐初年江上告急，文天祥号召各地豪杰之士起兵护国，短短时间就聚集了数万人之多。文天祥的朋友观察到时局的动荡与成事的艰难，不禁忧心忡忡地说他是以卵击石。

文天祥说："没有国哪有家！而今正值国家危难之时，朝廷在全国征集兵力，却见不到一兵一卒响应。每每想到这里，我内心深处的沉痛与忧虑，一直都无法释怀，所以才如此不自量力，牺牲自己也在所不惜。如果我们的义举，能感得天下忠臣义士闻风而起，共同为大宋社稷江山而献身效力，那局面或许还能够得以挽回。"

文天祥捐出自己的家产充当军费，无限感伤地说："乐人之乐者忧人之忧，食人之食者死人之事。"眼见神州陆沉、国土沦丧，他决心用自己的生命，与国家的命运共同存亡，以至诚的忠义表达对大宋国土誓死的效忠。

然而在元将李恒的猛烈进攻之下，文天祥兵败而走。后被元将张弘范俘获，他规劝文天祥说："南宋亡国了，丞相您的忠孝之心也算是仁至义尽了。如果您能以效忠宋朝之心来奉事元朝，那宰相的位置除了您还会是谁的？"

文天祥忍不住悲从中来，泪流满面，他说："眼睁睁看着国家灭亡而又无力挽救，为人臣子的人死有余罪，就是献出生命都无以挽回，怎么可能苟且偷生、背叛主上呢？俗话说，亡国之大夫不可与图存。如果还想在新朝谋得一官半职，就此背弃我谨持一生的忠义，那用这样的无德之人，又有什么意义呢！”

【人生智慧】

古人云：家国天下，有国才有家。家与国就像毛与皮一样，皮之不存，毛将焉附。没有了皮，毛就没有了存在的意义。连国都没有了，那家也没有了存在的意义。

为大臣者当为国家而效忠，与国共存亡，怎可背信弃义地苟活做亡国之奴？

舍生取义，义在大成。若失义于国背叛偷生，虽取得一时的财禄，但却换得千古骂名。

人生自古谁无死，留取丹心照汉青。正是这样的言行与操守，才赢得后世人的传颂。也正是这舍生取义的气概，成为了华夏民族不屈的象征，是万代传颂的正气之歌。

宋弘念旧

【经典故事】

东汉光武帝时代，有一个姓宋名弘的人，他为人正直，做官清廉，对皇上直言敢谏。曾先后为汉室推荐和选拔贤能之士三十多人，有的官至相位。光武帝刘秀对他甚为信任和器重，封他为宣平侯。

宋弘做司空的时候，正值光武帝刘秀的姐姐湖阳公主刚刚死了丈夫。光武帝就和湖阳公主谈论朝里的大臣们，去试探她的意思。

湖阳公主说：“宋公有很威严的容貌，也很有道德的器识，在一班臣子里没有一个能赶上他的。”

光武帝听后，就去对宋弘说：“俗语说，做了官，就把贫贱时候的朋友换过了；有了钱，就把穷苦时候的妻子换过了。人情上不都是这个样子吗?”

宋弘说：“贫贱之交不可忘，糟糠之妻不下堂。”

光武帝听后，很赞赏宋弘，就对湖阳公主道：“这件事情还是算了吧。”

宋弘虽然只是拒绝了这件婚事，但他影响的范围却非常大。因为他是朝廷的高官，假如他贪图富贵娶了皇帝的姐姐，将会造成不好的风气。而他如此有道义，也端正了朝廷重视情义的风气。确实，读书人所做的每件事，都要为国家社会负责，不只是为当时的国家社会，还要为以后的国家社会。这些风范都是垂范后世的功德。

【人生智慧】

故事中，宋弘对感情对婚姻的忠贞值得后人称道学习。

至死不渝，白头偕老是我们对爱情最本真的向往，但却有不少人，在另遇新欢时忘了旧爱。在飞黄腾达的时候丢下曾经与自己相濡以沫的伴侣，虽然看似春风得意、抱得美人归，但在这欢喜背后不免有些遗憾。殊不知，能共苦者必共甘，而能共甘者未必能共苦。

在腾达之日遇得“红颜”，那“红颜”本就多了一层世俗；若将“红颜”升级为爱人，更是有背道德良心。

夫妻本同体，只有经历过患难的感情才可长久，一时之欢，一面之缘的交集只能是露水姻缘，经不起时间的考验。

关公秉烛

【经典故事】

三国时期的名将关羽，字云长，就是后人常说到的“关公”。关羽在涿郡（今河北涿州）遇上东汉政府动员各地豪强地主组织武装，共同镇压黄巾起义。他在这里结识了当地正在聚众起兵的刘备和张飞，三人志同道合，一见倾心，友爱异常，亲如兄弟。刘、关、张三人便在桃园结义。三人组织了一支武装力量，参与了进攻农民起义军的行列。关羽也从此开始了他的戎马生涯。

关羽随刘备打天下的时候，他们像兄弟一样同床而睡。可是关羽在许多人的面前，总在刘备的旁边整日地立着，跟着刘备去周旋一切，无论什么艰难危险，都毫不退避。

有一回曹操带了军队，攻破了下邳的城池。关羽被俘后，曹操差张辽去劝降，关羽就与张辽约定三个条件：降汉不降曹；像原来一样照顾刘备家人；如果有刘备的消息，关羽就要回到刘备身边。

这个时候，先主的妻子甘夫人和糜夫人都被曹操捉住了，曹操就让关羽和二位夫人在一个房间里同住。关羽点燃了蜡烛，秉烛立于门外，整夜在读书，直到天明。曹操见此，更加敬服。

关羽死后受民间推崇，又经历代朝廷褒封，被人奉为关圣帝君，尊称为“关公”。被后来的统治者崇为“武圣”，与号为“文圣”的孔子齐名。

【人生智慧】

在我国历代的武将中，骁勇善战的将军不计其数，武功盖世的也不止关羽一人，但唯独关羽被奉为“武圣”，正是因为他护君保主的忠义，才会被人们奉为圣人。可见其品性之高。

一个人只有品性与才能都具备的时候才会被大家所颂扬，正所谓人品和才华的双修。如果一个人没有崇高的品性，即使徒有一身的才能，那也不会成为贤才。

祖逖避难

【经典故事】

东晋时期，有一个叫祖逖的读书人，字士雅，父亲祖武，任过上谷（今河北怀来县）太守。父亲去世时，祖逖还小，他的生活由几个兄长照料。祖逖的性格活泼、开朗。他好动不爱静，十四五岁了，没读进多少书。几个哥哥为此都很忧虑。但他为人豁达，讲义气，好打不平，深得邻里好评。他常常以他兄长的名义，把家里的谷米、布匹捐给受灾的贫苦农民，可实际上他的哥哥们并不知道。

进入青年时代，祖逖意识到自己知识的贫乏，深感不读书无以报效国家，于是就发奋读起书来。他广泛阅读书籍，认真学习历史，从中汲取了丰富的知识，学问大有长进。他曾几次到京都洛阳访学，接触过他的人都说，祖逖是个能辅佐帝王治理国家的人才。祖逖二十四岁的时候，曾有人推荐他去做官，他没有答应，仍然不懈地努力读书。

后来京师里发生了战乱，国家不太稳定，北方五胡乱华。当时他不得已就带着好几百户人家，包括他的亲戚和邻居，一起迁徙到淮泗这个地方。因为他从小就很有侠气，很会照顾人，所以一路上所有的车马都用来乘载那些老年和生病的人坐，他自己却是徒步行走。祖逖还把家里所有的财物、药品统统拿出来给大家用，就这样一路照顾所有的人。在这次避难的过程中，祖逖时时都为所有人的生活着想，教给他们如何去耕作，如何才会有好的收获。遇到无名的骨骸（因为战乱时代，常常会有很多尸骨），祖逖就组织大家把这些骨骸统统埋好，还办了一些祭祀的活动。他的行为令老百姓很感动。

有一次大家在一起吃饭的时候，很多长者在聊天中说："我们年纪都老了，能够遇到祖逖，就好像自己的再世父母一样，我们死而无憾。"祖逖这种仁义之心，不知道感动了多少平民百姓。

由于祖逖的高尚德行，当时的晋元帝很敬佩他，封给他一个官职，叫他做了刺史。

祖逖因为国家山河破碎，前途很危险，就胸怀雄心壮志，抱着一个信念，一定要把国家失去的疆土再夺回来。后来，他终于打过长江，恢复了一部分失去的土地。祖逖领导的北伐虽然没有完全取得胜利，但打击了胡人气焰，使东晋王朝统治得以巩固。他为国献身的精神，长留青史，千百年来一直受到人们的敬仰和赞颂。

【人生智慧】

古书道：大道之行也，天下为公。人不独亲其亲，不独子其子；使老有所终，壮有所用，幼有所长，鳏寡孤独废疾者皆有所养。这也是传统中国人心目中的理想社会。

构建这样的社会，根源在于人的本身，它对人自身的道德提出了很高的要求。独乐乐不如众乐乐。多为他人着想，爱己而及人，推己及人，才能营造一个温馨有爱的社会。

公义变俗

【经典故事】

隋朝时，有个辛公义，是陇西狄道人。辛公义早年就死了父亲，由母亲一人抚养，母亲亲自教他读书。北周天和年间，挑选品性好的人做太学生，辛公义以勤奋出名。周武帝时，召他到露门学，让他接受道义。武帝每月召他到身边让他和学识渊博的学者谈论，他多次得到赞叹，当时很多人都仰慕他。

辛公义凭军功被授予岷州刺史。当地风俗害怕病人，假如一个人患病，就全家人都躲避他，父子之间，夫妻之间互相不看护照料，忠孝仁义之道都失去了，因此患病的人大多数死亡。

辛公义对此很是担忧，他想改变当地这个习俗。于是他分别派遣官员巡行观察管辖地，凡是患病的人，都用床运来，把他们安置在处理政处的大厅里。夏天流行瘟病时，病人有时候到几百人，厅堂内外都放满了病人。辛公义亲自摆放一榻，独自坐在里面，从白天到黑夜，面对病人处理政务。所得俸禄，全部用来买药，用来请医为他们治病，亲自劝他们进食，他们全部痊愈。

之后，辛公义方叫他们的亲人来，并告诉他们说："死是由天决定的，不会相互传染。过去你们抛弃他。这是死的原因。现在我将患病的人聚集起来，并在他们中间办事睡觉，假如说能传染，我哪能够不死的，病人又恢复健康了！你们不要再相信传染这件事。"

那些病人家里的儿子、孙子们都十分惭愧地拜谢离开。后来有人患病，病人就争相到他那里去。大家开始相互关怀体贴，那种抛弃病人的风俗就没有了。全境之内都称他为"慈母"。

辛公义后来调任牟州刺史，初到任，就先到监狱里去，亲自审问案情。十多天内，把案件全部判断完，才回到大厅。受领的新案子，都不用文字记下来，派一个掌管办事的辅助官员，坐在一旁审问。若案子没审完，当事人必须要临时拘押，辛公义就回到厅里住宿，案子不结案，他不回到内室睡觉。

有的人劝他说，"案子这事需要有一定的时间，你何必折磨自己呢!"辛公义回答说："我作刺史没有德行可以教导百姓，还让百姓拘禁在狱中，哪里有被监禁的人在狱中而自己心里踏实的呢?"罪人听到后，都诚心服罪。后来有想打官司的，那人乡里的父老就开导地说："这是小事，怎么能忍心让刺史大人辛苦劳累。”打官司的人大多双方相让而矛盾化解。

【人生智慧】

古语中有云：“行善如春园之草，不见其长，日有所增；行恶如磨刀之石，不见其损，日有所亏。”

在故事中，辛公义的义行感动了百姓，一方的民风因他而改变。

一个人只要一心向善，在点滴中修正自己的品行，在日积月累中便会培养出优秀的品德。德之源在于心，心之源自于性。养心先养性，性情中摒弃乖张，行为中规范举止。用善行感化周围的人，是最大的义举。

汉宾惠人

【经典故事】

五代时，后梁有一个人，姓朱名汉宾，他对人很讲义气，先做了潞州（今山西长治）的节度使，后来又调到晋州（今山西临汾），镇守晋州。传说中，由于汉宾对百姓讲义气，每当他做某个地方的地方官时，当地稻田里的蝗虫就都飞出他所治理的地界。

后来，朱汉宾到了平阳，正逢天旱，他就亲自在龙子祠里祷告。也许是他的善心感动上天，不到一天工夫，田里就下了很足的雨，四邻的地方也都下了雨。那一年，平阳的老百姓取得了很大的丰收。

等到朱汉宾告老还乡，他的亲戚、故旧、穷苦的人，有办不起丧葬的，他就给他们棺木具殓；有办不起婚嫁事情的，就给他们一些钱。受着朱汉宾恩惠的竟有好几百家，郡里人都很称赞他的义气。

【人生智慧】

这个故事虽然带有一定的神话色彩，但表达的思想很明确，就是如果善待百姓，就能够得到老百姓的拥护和回报。

作为一个官员，如果时时刻刻想着为民办实事，这对老百姓而言真的是谢天谢地的事情了，老百姓也会真心感激这样的官员。

冯谖焚券

【经典故事】

战国时，齐国有个冯谖。《战国策》记载：冯谖家比较贫困，寄食于孟尝君门下，终日粗茶淡饭。

冯谖怀才不遇，牢骚满腹，靠在柱子上弹铗唱道："长铗归来兮，食无鱼。"孟尝君得知，吩咐总管给他鱼吃。不久，冯谖又弹铗唱道："长铗归来兮，出无车。"孟尝君又让总管给他车子。过了一段时间，冯谖第三次弹铗唱道："长铗归来兮，无以为家。"孟尝君再次派人供他老母衣食。

冯谖从此不再弹铗，尽心竭力为孟尝君做事。

有一次，冯谖替孟尝君到薛地去收债。临行前问孟尝君："我回来时带什么礼物给您呢？"孟尝君说："你带些我家里没有的东西吧。"到了薛地，他假传孟尝君的命令说，凡是百姓们欠的债，都不用还了，然后又把全部的债票当着百姓们的面统统烧掉才回来。

孟尝君看见冯谖回来了，就问："债都收完了吗？为什么回来得这样快呢？"冯谖回答："收完了。"孟尝君又问冯谖买了什么回来？冯谖回答："买了'义'回来，我看你的府上，金银谷米绫罗绸缎，都是富足得很，只缺了'义'，所以我替你买了稀有的东西回来。"孟尝君听了，称赞冯谖做的好。

后来孟尝君不做齐国的相国了，他门下所有的食客都走了，而薛地的百姓却都出门来迎接孟尝君。

【人生智慧】

义是相互的，如果你对别人做到了义，那么别人也会对你回报以义。

故事中，虽然冯谖主动向孟尝君索取一些物质上的东西，孟尝君都一一满足了他，对冯谖做到了义。而冯谖尽心尽力为孟尝君办事，即使在孟尝君落魄时也没有离弃，也做到了义。可以说是一报还一报，以义还义。

假如在冯谖索取东西时，孟尝君计较于物质金钱的得失，又那么能换来冯谖的义气回报呢？这值得我们每一个人深思！

袁升还妾

【经典故事】

南宋有个叫袁升的人，五十岁了还没有儿子，妻子准备了银两叫他到临安（今杭州）去买一个妾。

袁升就去买了一个女子，可是那个女子一副很忧愁的样子，袁升就问："是什么缘故使你这样忧愁?"那个女子哭着说："我原来是赵知府的女儿，因为父亲死了，家里很穷，所以母亲把我卖了，用这笔钱去安葬父亲。"

袁升听了这一番话，就把那个女子送了回去，不但不向她们讨还聘钱，而且又另外用自己袋里剩余的钱资助她们。

袁升回到家里，他的妻子问："买来的妾在哪里?"袁升就把这件事的原委告诉了妻子。妻子也很高兴，说他心肠好，一定会有儿子的。果然第二年，他妻子就生了一个儿子，名叫袁韶，后来袁韶做了很大的官。

【人生智慧】

古时候，如果妻子不会生育的话，先生就可以休妻。但袁升他并没有休妻，体现了他对妻子的义；妻子备银两让袁升去买妾为袁家生子，也体现了妻子对袁升的义。袁升后来买妾又体谅妾并送还妾等一系列事件也体现了他对那位买来的女子的义。

与人为善的人，可能不会在短的时间内得到什么物质上的回报，但真正的“善”则是不计较回报的付出，从付出中得到一种心理的满足，一种知道积极的自我认同。

随时保持一颗与人为善的心，处处为他人着想，那么，这种内心的喜悦会伴随我们一生。

虽然故事中袁升因善行得子在今天看来毫无科学根据，但表达了人们对好人祝福的善良愿望。

孝基还财

【经典故事】

宋朝有个名叫张孝基的许昌人，娶了同村富人家的女儿做妻子。那个富翁只有一个儿子，而且品行很不好，富翁就把儿子赶出了家。富翁死的时候，把全部的家产都托付给了张孝基。后来，富翁的儿子流落街头，成了叫化子。

有一回，张孝基遇见了富翁的儿子，就问他：“你能不能耕种园地呢？”他回答：“如果让我灌园而有饭吃，很高兴啊！”张孝基就叫他去耕种园地，富人的儿子能自食其力了。张孝基见他很辛勤地耕作，就再问他：“你能不能够管理库房呢?”他回答说：“让我灌园，已出乎我的意料之外，何况管理仓库呢？那真是太好啦。”张孝基就叫他管了库房。

富人的儿子很顺从、谨慎，没犯什么过错。孝基慢慢观察他，知道他能改过自新，不会像以前那样，于是将他父亲所委托的财产还给他了。

【人生智慧】

有句俗语叫“穷则思变”，本意是说，一个人在极度穷困潦倒的时候，往往会改变自己曾经的思维方式。

在故事中，原来的富家子由于深受贫穷的折磨，在张孝基的引导下，改掉了原来好逸恶劳的习惯，并且学会了谨慎作人。这是在安逸的环境里培养不出来的品质。

张孝基没有辜负岳父的托付，让岳家的家业、后代都有了好的结局，这是更高层次的义。

当今社会，物欲横流，很多人崇尚拜金主义，忽略了其他方面的东西。其实，金钱固然是生活当中必不可少的，但幸福感并不会随着财富的增长而增加。

优良的品行，能让人更好地把握美好的人生。

云敞葬师

【经典故事】

西汉的云敞，字幼儒，平陵（今陕西兴平）人。他师从一代名儒吴章，对老师非常地尊敬。吴章是《尚书经》的博士，追随他求学的学生达一千多人。

西汉末年王莽篡政。身为儒林领袖的吴章，为了心中的道德节义，口诛笔伐王莽的暴行，最终被王莽下令施以酷刑。残忍至极的王莽派人将他的肢体一节一节地割下，腰斩于东市门外。

王莽认为追随吴章的学生全都是他的同党，要全都禁锢关押起来。谁都清楚王莽是连自己的亲生儿子都能痛下毒手的人，还有什么事情做不出来！为了躲避突如其来的横祸，也为了继续保住仕途上的光明前程，吴章的学生们开始在朝野中，公然宣称自己早已师从别人，早就不在吴章门下了。

当时云敞官居大司徒，老师的惨死使他悲伤欲绝。每每想起老师深切的爱护和不倦的教导，那父子般至亲至爱的天伦之情，和老师那正气浩然的一言一行，不住地在他的脑海中盘旋荡漾。老师终其一生守仁守义直到生命尽头，他笃行不怠的言传身教，永远地留在了云敞的心中。云敞决心挺身而出，为最为敬爱的老师，谨守作弟子的一点情义。

于是，云敞一路哭号跪拜着来到老师体无完肤的尸首前，肝肠欲碎。他大呼着自己就是吴章的学生，并将老师的尸首一块一块小心翼翼地包好，护在自己的怀中，泣不成声、举不成步地哭号着回去。云敞不怕天下的人都知道他是吴章的学生，只知道老师坚守仁义直到最后，而他自己终生实践的正是老师最深切的教诲。

云敞按照师礼把老师的尸首敛棺而葬，他悲切的哀号之声倾动了朝野，使整个京师的人都为之瞩目。车骑将军王舜被他的义行深深感动了，他赞美云敞就如同栾布一样地有情有义，并推荐他为中郎谏大夫。云敞以生病为由，避隐在家终老余生。

【人生智慧】

千百年来，云敞成为了学生敬爱老师，忠义绝伦的典范。

孔子曰："三军可夺帅也，匹夫不可夺志也。"读书人坚勇的志节，往往正是在生死存亡的危难关头，表现得尤为壮烈。想想中国历史上的重大事件，哪一个不是读书人在潮头浪尖奔走呼号，起了中流砥柱的作用。

刘濠焚宅

【经典故事】

生活在南宋末年的刘濠，是一个品德高尚的读书人，他曾在翰林院里做掌书官。

宋朝灭亡后，刘濠的同县人林融，组织了一支义兵对抗蒙古人建立的元政权，但不幸起义失败了。元朝廷派使者调查记录那些参与起义的人，很多人受牵连。使者住在刘濠家，刘濠灌醉使者并烧毁自家的家宅，那些记录受牵连名单的册籍，全部都被烧毁。

刘濠趁机以记录数百品行奸恶之人的名册给使者交差。于是使成千上万无辜受到牵连的人都得免死。

后来刘濠的曾孙刘基辅佐明太祖推翻元朝，建立明朝，被封为“诚意伯”。

【人生智慧】

在故事中，刘濠焚宅而救人，使成千上万无辜受到牵连的人得以免死，这是多么大的善行啊。

在太平年月，这样壮烈的义举已经难以见到了。但安逸的生活中人们同样应该坚守心中的公平、正义。

如果我们每一个人时时保持一颗善良的心，对人对事讲求公平、正义，处处懂得为他人着想，那么，这种内心的欢喜一定会伴随我们一生。

颜曾争代

【经典故事】

在明朝末年，有一个叫黄应运的人，他的小妾曾氏是长乐人。

李自成起义军攻破了黄家所在的县城，黄家是当地的富户，闯军走进黄应运的家里，要杀死黄应运的母亲。黄应运的妻子颜氏哭着对闯军说，情愿用自己来替代婆婆死。而当闯军刚要杀颜氏的时候，曾氏又号淘大哭地奔过来，说这个是我的主母，情愿你们杀了我，来保全我主母的性命。

那些闯军们很敬重她们嫡庶两个人的义气，于是把她们一同释放了。

【人生智慧】

故事里，颜氏愿意舍身救婆婆，这是义；曾氏愿意舍身救主母，这也是义。古语有云“佑人者，天自佑之。”我们帮助他人，不能斤斤计较眼前小利的得失，如果只得小利而失大义，这是很不值得的事情。如果颜氏不顾婆婆，曾氏不顾颜氏，也许就都一块被杀了。正是因为她们敢于舍身为义，所以才感动了闯军，得到了生的机会。

帮助他人，要真正的付出、不计较回报，才能得到真正的心理满足感，自我认可感，以及纯粹的欢喜之情。

如果我们每一个人时时保持一颗善良的心，处处懂得为他人着想，那么，这种内心的欢喜一定会伴随我们一生。即使不能有实质性的“好人有好报”，起码也能“好人有好梦”。

第七章 廉篇

第一节　释义求真

【基本释义】

廉：廉是廉洁自律，绝不贪污受贿。管子曰：礼义廉耻，国之四维。四维不张，国乃灭亡。

【基本思想】

廉，是指人的品行端正，洁身自爱，宁可清贫自乐，也不取不义之财。贪者自贪，廉者自廉，关键在于人，与钱本身并没有关系。“不廉则无所不取，不耻而无所不为。人而如此，则祸败乱之亦无所不至。”作为政府官员如果不能正确对待手中的权力，不能做到廉洁自律，就很可能导致贪污腐败而最终遭到法律的严惩。所以，加强廉洁教育，提高个人品德修养是一项急迫而意义重大的任务。

廉洁有守之人，生活再苦，也不愿意问人要一分钱。为官者，无欲则刚，为国为民处事才能公正严明。南宋名将岳飞云：文官不爱钱，武将不怕死，则天下太平。中国历朝选拔官员，均以“孝廉”为重要标准。

第二节　经典故事集锦

祁奚举荐

【经典故事】

祁奚是春秋时期晋国大夫，他常常举荐贤能的人，不管对方是仇人还是亲人，只要有贤德和才能，他都举荐，因而受到人们的称赞。

祁奚年纪大了，就向悼公辞官归家。悼公问："你看谁可以出任中军尉一职？"祁奚回答说："解狐。"悼公很惊奇，又问："解狐不是跟你有仇吗？"祁奚说："你问的是谁能够担任中军尉，没有问我的仇人是谁呀。"

然而，解狐还没有来得及上任，就一命呜呼了。于是，悼公又让祁奚举荐人选。祁奚这次说："祈午可以继任中军尉一职。"悼公一听，更惊奇了，问："祈午不是你的儿子吗？"祁奚坦然回答："你让我举荐的是适合这个职位的人，并没有问他是否是我的儿子。"

祁奚唯贤是举，赢得了朝野内外的赞誉。

【人生智慧】

读完上面的故事，一个正直无私、胸怀广阔的古代贤者形象跃然纸上。祁奚很有自知之明，年纪大了请求退休，绝无老马恋栈的患得患失心态。悼公五次三番征求意见，正是对祁奚人品的高度信任。

举荐贤能的人，不管对方是仇人还是亲人。做到这点很不容易，因为人容易有偏向。但祁奚做到了，这是因为他做到了“廉”，做得正，行得远。

作为老臣，祁奚拥有圆熟的政治智慧和良好的判断力，他公私分明，思虑严密周详，洞察力强，处事很有分寸，祁奚勇敢无私的政治良心令人肃然起敬。

对于我们每一个人来说，都应来学习“廉”的内涵。

陶母倡廉

【经典故事】

在东晋的时候，有一位有名的贤臣名叫陶侃。陶侃年少时因父早亡，家境贫寒，一直与母亲相依为命。陶母是一位坚强的女性，她立志要使儿子出人头地，因此对陶侃的家教很严。

陶侃长大后，担任了管理渔业的小官。有一次，他选了一坛上好的腌鱼，托人带回家孝敬母亲。陶母接到儿子托人带来的腌鱼后，不但没有欣喜之色，反而满脸忧愁。她将腌鱼重新封好，又让人退了回去，并且给陶侃写了一封信。信中说：“你作为国家的官吏，却用公家的东西来孝敬父母，这不但没有好处，反而增加了我的忧虑啊！”

陶侃看了母亲的来信，满脸羞愧。从此，陶侃时时以此警醒自己，牢记母亲的教导，勤政为民，两袖清风，终于成为晋朝著名的贤臣。

【人生智慧】

陶母真是一位伟大的母亲，她通过“不但没有好处，反而增加了我的忧虑”这样一句委婉的话，来批评自己的儿子没有做到“廉”。

这个故事为我们提供了正确处理公私关系和教育亲属的范例。现实社会中，一些人当了官后却越来越贪。这些腐败分子的产生固然与其理想、信念的变异及难以抗拒的诱惑有关，但与其亲属不但不诚心规劝，有的甚至想方设法帮其逃脱法律制裁也不无关系。

俗话说：“灯不拨不明，人不劝不善。”作为领导干部的亲属都应像“陶母”那样，经常给为官的亲人提个醒，不能“权”令智昏，滥用职权，谋取私利。

这个故事的意义，现今看来仍然值得人们思考，对反腐倡廉有着积极的意义。

陆绩压船

【经典故事】

南方地带水网纵横交错，往来大多依靠舟楫。在古时候，官员离任后，大多通过各种渠道四处征调船只，以运载自己历年来的积蓄，可以说是满载而归。

在晚唐时期的文学家陆龟蒙，家就住在苏州，他家的门前有一块巨石。这可是一块大有来历的巨石。

相传陆龟蒙的远祖陆绩曾在三国时代的吴国郁林任太守，为官清廉。罢官回乡时，行李很简单，空船一只，无物可载，以致船太轻不能过海。为防海上风浪颠覆，只得在岸边取一块巨石以压船。

当时人称该巨石为“郁林石”，以此称颂陆绩的为官清廉。

【人生智慧】

陆绩官至太守，却过着清贫的生活。搬家时，别的官员是“一帆风顺，满载而归”，而陆绩则是“空船一只，无物可载”，可见他确实做到了“廉”。

随着时代的发展，社会的进步，我们现在的生活条件和生活质量已是今非昔比，我们学习陆绩“廉石”压船精神，是要学习他为民、务实、清廉的高贵品格，这样，人们才会在心底记住你。

子罕之宝

【经典故事】

在春秋时期，宋国司城子罕清正廉洁，受到了百姓的拥护爱戴。

有一次，有人得到一块宝玉，在请人鉴定确定为宝物后拿去献给子罕。子罕拒不接受，说：“您以宝石为宝，而我以不贪为宝。如果我接受了您的玉，那我们俩就都失去了自己的宝物。倒不如我们各有其宝吧!”

子罕的话传出去后，更是受到了人们的称颂，人们把难以估价的宝物用“子罕之宝”来替代。

【人生智慧】

出发点不同，认识就不一样。有人以宝石为宝，而子罕则以不贪为宝。

所以，如果想要守廉，就要以廉为宝。只有把廉洁的行为当作“宝物”一样来珍视，才能守住心中的一方净土。

生前博得万民爱，不唤清风自然来。子罕的正直坦荡，表里如一的高尚品格被后代广为流传；他为政清廉，通人情不徇私情的作风也为后人做出了榜样。

继宗之廉

【经典故事】

在明朝的时候，嘉兴的知府杨继宗清廉自守，深得民心，具有很大的名望。

有一次，一名太监经过嘉兴，向杨继宗索要贿赂。杨继宗亲自去打开府库，对这名太监说："钱都在这儿，随便你来拿，不过你要给我领取库金的官府印券。"

太监不由暗自恼怒，怏怏不乐地离开了。回京后，这名太监就找机会在明英宗面前中伤杨继宗。英宗问道："你说的莫非是不私一钱的太守杨继宗吗?"太监听后，再也不敢说杨继宗的坏话了。

【人生智慧】

清廉到杨继宗的程度上，也确实是廉到家了。

当清廉自守已经成为一个人的品牌标签，那么，别人即使想要中伤造谣都无法做到。

因而，当廉成为我们的个人招牌，就能帮我们抵御外面的恶语中伤，可见，我们守住了廉，廉就会守护我们。

清白彦谦

【经典故事】

在隋朝的时候，有一个名叫房彦谦的人，字孝冲，是齐州人，房豹的侄子。房彦谦幼年丧父，在母亲、兄长抚养下成人。他天资聪颖，好学强记。曾任北齐齐州刺史王孝珩主簿。北周灭齐后，归家闲居。隋文帝开皇七年，授承奉郎，迁监察御史。隋灭南陈后奉命安抚泉、括等州，颇有政绩，受到朝廷重赏，升秦州总管录事参军，任满又迁长葛（今河南长葛县北）县令，甚有惠政。仁寿年间，文帝遣使巡行全国考察官吏政绩，房彦谦被评为天下第一，升任鄜州司马。离长葛任时，百姓依依不舍，哭送于路，并竖碑铭其功德。任职鄜州期间，因久无刺史，全州事务都由其一人处理，却井井有条，人称“异政”。隋炀帝杨广即位后，营建东都，开挖运河，修筑长城，远征高丽，穷奢极侈，民怨沸腾。房彦谦见朝纲已乱，遂辞官。后又被征为司隶刺史，因正直无私，敢于弹劾不肖，刺贪刺虐，遭当权者嫉恨，被贬出朝廷。不久病卒。其子房玄龄，为唐朝名相。

房彦谦一生为官清廉，生活极为简朴，所得俸禄多用来周济亲友，所剩无几，却怡然自得。曾对其子房玄龄说：“别人皆因仕而富贵，我独因为官而贫困，我遗留给你们的，只有‘清白’二字。”唐朝建立后，被追赠为徐州都督、临淄县公，谥号“定”。墓在今济南历城彩石乡。

【人生智慧】

房彦谦没有给子孙留什么资产之类的东西，主要是做人要“清白”两个字。但是，这才是最可珍贵的财富，众所周知，房彦谦的儿子之一就是唐朝赫赫有名的贤相房玄龄。

如今社会中，利益争端层出不穷，让人眼花缭乱。即使得到再多，留给子孙什么呢，房子？钞票？还是其他？

对于儿孙来讲，也许精神财富，才是最宝贵的财富！

大禹克俭

【经典故事】

上古尧帝的时候，洪水遍地，百姓们不能够安居，尧帝派大禹去治水。大禹为人聪明机智，和蔼可亲，又意志坚强，非常讲信用。

大禹带着人们治水，先从帝都冀州开始，完成了壶口工程。接着又治理梁山和岐山，从太原地区到太岳山南面，从衡水到漳水，沿途开山挖河，一步步把洪水引向大湖和大海。大禹带人疏导了九条河道，劈开了九座大山，修治了九个大湖，筑起了无数堤坝。在治水期间，大禹曾经三次路过家门，可是他一次也没有回去看一下。洪水终于被驯服了，顺着河道流向大湖、大海，艰苦卓绝的治水斗争终于取得了彻底的胜利。

后来，舜帝高度评价大禹的治水功绩，他问大禹说：

“你是怎样治好洪水的?”

大禹回答说:“是靠孜孜不倦地工作与人民的齐心协助。”

舜帝又问:“人民为什么能够齐心协助你治水?”

大禹回答说:“我在吃喝上非常检朴,以身作则,可是敬天地鬼神却很尽心;我自己穿的衣服很不好,可是对于祭服和礼帽,却收拾得很美观;我自己住的房屋很矮小,可是对于人民田间的水路,却毫不马虎。治理洪水时,我和人们一起与洪水搏斗,不分昼夜劈山开河,挖泥运土。就是因为我克俭,所以人们认为我没有图他们的血汗钱,对我没有利益上的防备;因为我与他们一起与洪水搏斗,他们认为我不是躲在困难背后,所以愿意与我一起同甘共苦。”

舜帝和大臣们听了大禹的话,都为他这种艰苦奋斗的克俭精神所感动。主管礼教的贤臣皋陶颁布命令,号召天下臣民向大禹学习。大禹治水立大功,后来接替舜做了天子。

【人生智慧】

在故事中,因为大禹做到了克俭廉洁,能够控制自己的贪欲,赢得了人们的信任和爱戴,所以才能够治水成功,并且接替舜做了天子。

在如今,“廉”是一个在媒体上口号里出现频率很高的字眼,也反映了人民对官员们的期许。

如果公务员们官员们能够克俭,控制自己的贪念,就能秉公办事、执政为民,就能赢得百姓们的信任和爱戴,就能稳定政府执政的根基。

孔明洁身

【经典故事】

诸葛亮是三国时期蜀汉的丞相。在汉朝末年的群雄征战之中，刘备打着继承汉统的旗号，建立了蜀汉政权，他任命诸葛亮为丞相，统理军政大权。

身为君主最为得力的辅佐，诸葛亮把自己的位置摆得很清楚。他极尽忠诚地完成自己应尽的职分。而刘备也视其为最信任的股肱之臣，对他格外尊重。

白帝城托孤之后，后主刘禅即位，诸葛亮被封为“武乡侯”，后来又兼任益州牧，大大小小的政务都由诸葛亮来决断。

诸葛亮曾经对后主恳切地说：“为臣家在成都，有八百株桑树、四十五顷的薄田。家人靠这些来生活，已经是绰绰有余。至于臣出兵在外随身的衣食用品，靠着朝廷的俸禄就足够了，臣并不需要另外去筹措营生的产业，不需要为家里添加任何的财产。希望有一天当臣过世之时，全家上下都不会留下任何多余的衣食财物，而辜负了朝廷的深恩与陛下的厚爱。”诸葛亮过世后，人们发现他的家里果然是如此。

诸葛亮统帅军队赏罚分明，他法令严明、言出必信，而又非常体恤将士的劳苦，深得士兵们的拥护，他们都愿意为国家出生入死。他出征在外无论是进与退都很有法度。在历史上，人们称他带兵“出入如宾”，纵使是在他国，也像是行走在自己的国土上，从未曾劳扰百姓。所以蜀国的军队出行，当地百姓也不会惊恐忧虑。

蜀国上下都十分敬畏诸葛亮的威德，凡此种种，无不归功于丞相平等无私的爱民之诚。

【人生智慧】

一个官员，只有以身作则，做到廉洁奉公，才能够上赢得上司的信任喜爱，下赢得下属的拥护爱戴。

在故事中，诸葛孔明以身作则，做到了廉洁奉公，在他过世后，人们发现“他的家里果然是如此”。因为廉，所以蜀国上下都十分敬畏诸葛亮的威德，所以他成为名传后世的贤臣。

由此可见，一个官员，尤其是领导人品格的重要性，只有自身行得正，才能够得到真心的拥护。

刘宠钱清

【经典故事】

刘宠，字祖荣，东汉东莱牟平（今山东烟台牟平）人，是齐悼惠王的后代。其父刘丕，博学多识，被人们称为儒学专家。刘宠年轻时跟随父亲学习，因精通经学被举为孝廉，授济南郡东平陵县令。后升任豫章、会稽太守。升职入京后，又历任宗正、大鸿胪、司空、将作大匠、司徒、太尉等要职。

刘宠在任县令时，“体恤民瘼，兴修水利，重视农桑、奖励耕织”，有仁爱惠民之美誉，因此深受百姓的爱戴。有一次因母亲患病，他弃官回家。百姓听说后，从四面八方赶来送他，以至堵塞了道路，车子不能前行，他只好穿便服悄悄地步行离开。

在任会稽太守期间，他“简除烦苛，禁察非法”，除去烦琐的不合理的制度，严令禁止部署扰民等不法行为。时值东汉末年，多数地方官吏贪赃枉法，祸国殃民，以致社会动荡，民不聊生，而他管辖的会稽郡却吏治清明，百姓安居乐业。

当刘宠被征调回京任职离开时，山阴县（今浙江绍兴）有五六位居住在若耶溪山谷中的白发老人，每人拿着一百钱，赶来向他道别。老人们流着泪对刘宠说：“我们是山谷小民，过去的太守在任时，常派官吏到民间搜取财物，夜晚也不放过，有时狗竟然整夜叫吠不止，民不得安。可自从您上任以来，夜晚狗都不叫了，官吏也不抓捕老百姓了。我们难得有您这样的好官，现在您竟要离开了，故奉送这点儿小钱，聊表心意。”

刘宠说：“我的政绩哪里像您几位老者说得那样好呢，倒是辛苦各位父老了！”老人们一定要他收下，盛情难却，刘宠只好在各人的钱中挑了一枚大的接受了。他出了山阴县界，就把钱投到了江里。

据传自刘宠投钱后，投钱地段的江水更加清澈。为纪念这位勤政清廉、为民造福的太守，人们遂称此地为“钱清”、称这段江为“钱清江”。“一钱太守”的美名也从此传开。

【人生智慧】

在故事中，官员刘宠因为在任职内吏治清明，百姓安居乐业，得到了百姓的拥护和爱戴，所以在他调职离去时，才能够有这么多百姓来相送，甚至甘愿奉上钱财。

如果现在的公务员们都能够向刘宠学习，做到清正廉洁，那么自然也会得到百姓的拥护和信任。

孟尝还珠

【经典故事】

东汉的孟尝，字伯周，上虞丰惠人。他为官清廉，政绩卓著。

孟尝曾在合浦（今广西浦北）做太守。合浦沿海，田地贫瘠，可是海里却出产珠宝。

从前在那地方做官的人，大多都很贪婪，让人去采求珠宝，贪心无厌，所以海里的珠蚌，渐渐地被采完了。这样一来，收珠的商人也不再到合浦来了。于是这里贫穷的人，因为没有生计可做，很多人在路上饿死了。

孟尝出任合浦太守之后，革除了以往的弊端，为民兴利，重振珠业，不到一年，又可以采到珍珠了，人称“去珠复还”。于是，商货流通，经济繁荣，人民生活得到改善，纷纷称赞孟太守施政神明。

孟尝离任的时候，吏民攀车请留，使得他一时难以脱身，只好改乘民船在夜间悄然离去。后人就用“合浦珠还”来比喻人去而复回或物失而复得。

唐代诗人邓陟仰慕孟尝，赋诗《珠还合浦》，称赞孟尝的突出政绩。这首诗的全文如下：

至宝含冲粹，清虚映浦湾。素辉明荡漾，圆彩色玢璘。

昔逐诸侯去，今随太守还。影摇波里月，光动水中山。

鱼目徒相比，骊龙乍可攀。愿将车饰用，长得照君颜。

【人生智慧】

在故事中，官员孟尝为官清廉，政绩卓著，使得辖区内经济繁荣，人民生活得到极大改善，所以百姓纷纷称赞他施政清明，并且在他离任的时候“攀车请留”，使得他只能乘民船在夜间悄然离去。

假如孟尝在为官上做不到清廉，试想一下，百姓怎么可能如此爱戴他呢！可见有因必有果，如果没有结下善因，就难以奢求来善果。

杨震四知

【经典故事】

汉朝有个人叫杨震，他从少年起就特别聪明好学。当时，今文经学居官学正统地位，非常盛行。他为了通晓今文经学的深义，就拜桓郁为师，在桓郁的教授下，他通晓经传，博览群书，对各种学问无不深钻细研。

杨震对教育事业特别热心，在家乡办学多年，为社会培养了一大批人才。因此，名声很大，远近钦慕，连当时职掌统兵征战大权的大将军邓骘都深知，十分敬重杨震的学识、贤名和品行，亲自派人征召杨震到自己幕府出仕任职。这时，杨震年已五旬，只好停止了他心爱的教育事业，到邓府上任。

到大将军邓骘幕府不久，杨震又被推举为“茂才”，出任了地方官。杨震为官清廉，不谋私利。他始终以“清白吏”为座右铭，严格要求自己，不受私谒。

一次，杨震在由荆州刺史调任东莱太守赴任途中，路经昌邑（今山东巨野县东南）。当时的昌邑县令王密，是他在任荆州刺史时提拔起来的官员，听说杨震途经本地，为了报答杨震的恩情，特备黄金十斤，于白天谒见后，又乘更深夜静无人之机，将黄金送给杨震。

杨震不但不接受，还批评说：“我和你是故交，关系比较密切，我很了解你的为人，而你却不了解我的为人，这是为什么呢？”王密说：“现在深夜无人知道。”杨震说：“天知、地知、我知、你知，怎能说无人知道呢！”

受到谴责后，王密十分惭愧，只好作罢。杨震“暮夜却金”的故事名传千古，后人因此称杨震为“四知先生”。

【人生智慧】

古人讲究“慎独”，也就是说不管有没有人监督，都不能放纵自己。

在故事中，虽然是在深夜里，是在私密场所里，面对的是自己所提拔起来的官员，但杨震并没有因此就忘记个人的廉洁。当王密说深夜无人知道的时候，杨震义正词严地说，天知地知你知我知。

所以，廉洁应该是一种内心的操守，而不是作给别人看的表面文章。如果只是把廉洁当作一种表态，那么，面对诱惑时就很难把握住自己。

山涛封丝

【经典故事】

在西晋的时候，有一个人名字叫山涛，字巨源，是西晋河内怀县（今河南武陟西）人。山涛父母早亡，家境又很贫苦。但他自幼刻苦学习，终于以才学而入仕途。

山涛的仕途可谓平步青云，但虽居高官荣贵，他的生活却非常节俭，自己所得的一部分俸禄薪水，也慷慨地散于邻里，时人谓为“璞玉浑金”。山涛又好老庄学说，年轻时候就和阮籍等人常在竹林里游玩，他们被称做“竹林七贤”。

晋武帝时山涛任尚书之职，凡选拔人物，各有题目，称“山公启事”。这时，有一个叫袁毅的人，在鬲县（今山东平原县西北）做县官。袁毅生性贪婪，常常贿赂朝廷里的大官，以求得到虚名。他也送给山涛一百斤丝，山涛心里实在不愿意收，可是为了不同别人立异就收了，但他立刻把这些丝放在一个阁子的上面。

后来袁毅贪赃的事情败露了，凡是受过他贿赂的，都被审问检举了出来，山涛就拿了丝给办案的官员看，丝上历年积下了许多尘埃，并且封好的印记，还是照旧，一点也没有变动。

【人生智慧】

对于一些无关紧要的小事情，不用过于拘泥，只要坚持基本的原则就可以。

在故事中，官员山涛为官清廉，但为了不在同事中过分另类，以免工作不好开展，所以把贪官所送的一百斤丝放在一个阁子的上面。

这是一种智慧，有时候人过于标新立异，很容易被孤立，所以必须做出“和光同尘”的姿态。但又不能因为这样的原因就同流合污，这就要在坚守底线的前提下灵活对待。

隐之饮泉

【经典故事】

东晋吴隐之，字处默，东晋淮阳初城（今山东耶城北）人。他的六世祖父是曹魏时的侍中吴质，为魏文帝曹丕所信赖。后来家道衰落，到吴隐之十几岁的时候，父亲不幸病死，家境就更加困难了。一家人常常以粗糙的豆类和咸菜充饥度日。贫苦的生活，磨炼了吴隐之的品德。他少年老成，不仅勤奋好学，吃苦耐劳，而且孝顺母亲，敬重兄长。他为人处事，品行端正，从不贪图非分的财物。

不久，母亲也去世了，吴隐之悲痛欲绝，哭泣之声感动得过路行人都为之落泪。他的邻居是韩康伯，官拜太常。韩康伯的母亲是位贤惠明达的老妇人，被吴隐之的操行所感动，就对康伯说：“如果你以后负责挑选官吏的工作，一定要举荐像吴隐之这样的人。”后来韩康伯果然被任命为吏部尚书，于是提拔吴隐之为辅国功曹，随即又改任参征虏军事。吴隐之本来为人谦和，又博涉文史典籍，善于言谈，长得仪表堂堂，所以很快就获得了“儒雅之士”的好名声。

元兴元年，素有廉洁美名的吴隐之被封为龙骧将军，领平越中郎将，持节出任广州刺史。广州地处南海，物产丰富，来此做官的官吏只要携带一箱珠宝返回内地，就可供子孙几代的享用。所以历任刺史，大都以搜敛珠宝为务，没有不发横财的。东晋王朝也深知这种弊端，并想整治革除，而苦于找不到合适的人选。

吴隐之接到任命后，立即携带家眷起程上路。在距广州不远处的石门有处泉水，人称“贪泉”。传说喝了贪泉水的人，就会丧失廉洁的本性，变得贪婪无厌起来。因此，路过此泉的人，为了标榜自己清白，宁肯忍着口渴舌燥之苦，也不饮贪泉水。吴隐之途经此泉时，很感慨地对随行的亲人说：“不被私欲驱使，心绪就不会错乱。过了岭南而丧失清白的人，我是知道其中的原委的。”

于是吴隐之走近水边，一面酌泉而饮，一面赋诗咏怀说：“古人云此水，一歃怀千金。试使夷齐饮，终当不易心。”表达了他以伯夷，叔齐自律，不易节操的情怀。

【人生智慧】

欲望如海水，喝得越多，就越会感到口渴。学会控制心中的欲望，也就是学会了赢得幸福。内心的平静，才是幸福的本源，在面对无边的欲望，克制才是最好的选择。

真正的清廉之士，是不管处在何种环境和条件下，也不管他手中有权还是无权，都是不会改变其志操的。

一个人能否保持清廉，其关键还在于自己，不能怪罪于环境和条件。

虞愿见石

【经典故事】

在南北朝的时候，有一个人名字叫虞愿，字士恭，是会稽余姚人。庭院中的橘树冬天果实成熟了，子孙辈都争着来摘取。虞愿年仅数岁，却独独不来摘取，家里人对此都感到奇异。

元嘉末年，虞愿为国子生，后又迁任湘东王的常侍，转任浔阳王府墨曹参军。宋明帝即位后，因为虞愿对儒学和吏治都有研究，所以对虞愿待遇十分优厚。皇帝生性猜疑，星象天文的灾异变化，不相信太史，不听外面大臣奏告，命令灵台把观察星象的两个人交给虞愿，常年在内省当班，有灾异情况就预先禀告，以便检验审查。

皇帝用旧宅的地皮建造湘宫寺，费用极其奢侈。由于宋孝武帝的庄严刹有七层，皇帝要建造十层。十层太高难以建立，便分为两刹，各有五层。新安太守巢尚之离任回京都，拜见皇帝，皇帝说："你去了湘宫寺没有？我建造这座寺院，是一个大功德。"虞愿在一旁说："陛下建造此寺，用的都是老百姓卖儿卖女典当老婆的钱，佛如果有知，就应当悲哭哀愍，罪孽和佛塔一样高，哪有什么功德？"尚书令袁粲当时也在座，听了这话大惊失色。皇帝于是大怒，叫人把虞愿驱赶下殿。虞愿从容而去，神色不变。因为有旧日的恩情，所以几天后就又被召进去了。

后来，虞愿出任晋平太守，在郡中不经营家产，并设立学堂教育当地的人民。前任官吏与一平民有纠葛，将他的儿媳妇抓去做人质。虞愿派人在半路上将她夺下并放回家。

郡中以前出产蚺蛇，蛇胆可以做药。有人赠送给虞愿一条蚺蛇，虞愿不忍心杀它，就把它放回二十里外的山中，过了一夜蛇又回到他的床下。又送到四十里外的山中，经过一个晚上，又回到原来的地方。虞愿又下令把它送得更远，这才没有再回来。评论的人都认为这是他的仁爱之心所致。

海边有一块越王石，常年隐藏在云雾中，相传说："清廉的太守来才看得见。"虞愿前往观看，越王石清澈没有隐蔽。后来琅王牙人王秀之继任郡太守，在写给朝中士人的信中说："此郡承蒙虞公治理之后，善政仍然存在，遗风易于遵守，我几乎清净无事了。"

【人生智慧】

一个人只有信仰坚定，志向高远，才能够抵御腐败的诱惑。

在故事中，虞愿不仅自己清廉，时时以品德来约束自己的行为，还敢于犯颜直谏，劝皇帝也要"清廉"。在虞愿看来，皇帝拿老百姓卖儿卖女典当老婆的钱来修建寺院，是对于江山社稷而言的不清廉，是对于百姓而言的不清廉。

今天，依然有一些政府官员不顾老百姓生活问题，只为自己的升迁搞所谓的政绩工程。与古人相比，这难道不值得反思吗？

甄彬赎苎

【经典故事】

在南北朝的时候，南朝梁有一个人，名字叫甄彬。

有一次，甄彬拿了一束苎到寺观的钱库里，当了换钱来用。后来把这束苎麻赎回来的时候，在苎里面发现了五两重的金子，甄彬心想这些金子，不是我的，我就不能无缘无故占为己有，就把这些金子送还到寺观的钱库里去。

在梁武帝做平民的时候，就听到了这件事情。等到他做了皇帝，就叫甄彬到郫县去做县令。临去的时候，同去的一共有五个人，武帝都警诫他们要廉洁谨慎。轮到了甄彬，武帝独对他说："你从前有还金子的好品行，所以我不用再嘱咐你了。"因为这个缘故，甄彬的名誉德行愈加彰明了。

【人生智慧】

在故事中，甄彬因为金子不是自己分内应得的，所以退还回去了。所以连梁武帝也知道他的品行，并且让他做官，信任他。

一个人不为外物所诱，这本就是一种贵如金石般的品德。见利思义，不失人格，不为利所动，此乃国之重才，人之贤德。

心存高远，视凡尘财物如秽物，有如此清澈之心，才能持志不动，这便是人心向上的最好境界。然而很多时候，我们的心是不安与浮躁的，受着外界声色犬马的诱惑，丢掉了生命中最本真的品格。殊不知，利常与祸随，只有将诱惑看清，才会分出事物的本质，心如止水，放掉一些欲望，让心清如水，水清月影现，心觉道亦明，才能坚守自己的方向。

相比现在很多人即使不是自己分内应得的东西，依然要贪污强夺，甄彬的高尚品德显得更加可贵。

孙谦感物

【经典故事】

南北朝时，南朝梁有一个人，叫孙谦，字长逊，历经南朝宋、齐、梁三代，曾经屡次做太守。孙谦自幼聪慧，曾为豫州刺史赵伯符左军行参军，后到江夏王刘义恭处任行参军，再任大司马太宰二府，并出任句容县令，以"清慎强记"而闻名。

到宋明帝泰始初年，孙谦任建安王休仁司徒参军。孙谦出类拔萃的才干，不但得到休仁的好评，而且还经其推荐，被明帝任命为明威将军、巴东及建平二郡太守。上任时，朝廷曾命他募兵千名，以镇“蛮夷”。孙谦辞谢说：“昔日蛮夷不听朝廷号令，是我们待之有失信之处，只要对民以诚相待，不带兵一样安全。”

孙谦不带兵丁上任后，“布恩惠”于人民，人民感恩戴德争相向孙谦送金银财宝。孙谦对人民进行耐心地教育，说为官要清正廉洁。所送之物一无所取，全部退给百姓。并下令将加在人民身上的额外负担全部免除，不准扰民，人民安居乐业。

齐代宋后，孙谦任宁朔将军、钱塘令。此时他治理之道更加熟练，他“治烦以简，狱无系囚”。卸任时，人民“追载缣帛以送之”，他一无所取。

孙谦无私宅，每当卸任后即无处存身，他就去借空的马房住着。

对于孙谦的仁政，民间有很多传说。零陵郡（今湖南永州）向来猛兽很多，孙谦到任以后，那些猛兽就没有了。等到孙谦离开此地去别的地方做官，猛兽们仍旧又出来害人了。孙谦在官衙内居住，也很俭朴，冬天睡的不过布被粗席，在夏天的时节，也没有蚊帐，可是他晚上睡着的时候，并没有蚊虫来咬他，人家都觉得很奇异。

梁武帝萧衍非常尊重孙谦，于年下诏：“光禄大夫孙谦，清慎有闻，白首不怠，高年旧齿，宜加优秩，可给亲信二十人，并给扶”。孙谦病逝后，梁武帝赠钱万，布千匹。

【人生智慧】

作为官员，既要有必要的敬畏心理，又要敢于为百姓张目。

在故事中，孙谦为官清正廉洁，所以他治下的百姓没有额外负担，人民安居乐业。

另外，孙谦的与人为善也值得称道学习，他能够认识到“昔日蛮夷不听朝廷号令，是我们待之有失信之处”这一点，在当时而言确实不容易；所以他觉得“只要对民以诚相待，不带兵一样安全”。孙谦站在他人的角度，理解他人的困难，并伸出援助之手，这是为人的一种方法，更是一种境界。当一个人有了这样的心性胸襟，就不会斤斤计较于细枝末节，而是立足高远，敢于为百姓张目。

即使到了今天，孙谦的清正廉洁依然值得我们学习效仿。

包拯贡砚

【经典故事】

北宋有一个著名的清官叫包拯，字希仁，天圣年间进士，宋仁宗时任监察御史，后任龙图阁大学士，官至枢密副使。

包拯大公无私，不谋私利。他一生俭朴，即使是当了官，有了地位，衣食住行及生活习惯，也和普通老百姓差不多。这些行为，并不是包拯故意做出来，以示自己清高，而是他内心品格的自然流露。

包拯在端州（今广东肇庆）做知州时，此地向来出产一种做砚台用的名贵石头。从前在那地方做官的人，都借着进贡皇上的名目，总要多取几十倍，拿去送给朝里面有势力的人。而包拯叫砚工只要做到进贡的砚数就够了。等到他离任的时候，也不曾拿一块砚石回去。

在庐州做官时，包拯以无私而远近闻名。包拯作了父母官，他的亲戚乡里都很高兴，认为从此有了靠山。然而，铁面无私的包拯秉公办事，即使是自己的亲戚犯了法，他也是执法如山。

有一次，他的舅舅犯了罪，他照样依法论处。此后他的亲戚朋友再没有人敢依仗他的权势为非作歹了。当时的百姓都非常尊敬、爱戴他，称他为“包青天”。

包拯平生没有私下的积蓄，他曾经写过一则家训，刻在家中壁上：“后世子孙仕宦，有犯赃滥者，不得放归本家，亡殁之后不得葬于大茔之中，不从吾志非吾子孙。”就是说，包拯严厉要求后代不贪不好，不要欺负百姓，如果有人不如此做，那么，就不是包家子孙，死了之后也不得葬在包家祖坟。这一著名的家训，体现了包拯不谋一家一族之利的高尚情操。

嘉佑六年他任枢密副使，转年去世，谥号“孝肃”。

【人生智慧】

包拯以廉洁公正、不攀附权贵著称。他的故事，今天依然让人津津乐道。小说、电视以及民间文艺里，与包拯相关的题材比比皆是。

自古以来，官与民，正如舟与水，水可载舟也可覆舟。正可谓是“政权民授”。官员的各项权力都是民众给予的。施恩于民、回馈社会，才是正确的为官之道。若执政者拿着人民给的权利，肆无忌惮地去做为己牟利的事，必然召来天怒人怨。唯有一身浩然正气，能抵得住各种诱惑，守住清贫的官才会受到百姓的爱戴。

许衡心主

【经典故事】

元朝有一个叫许衡的人，是宋元之际的大学者，也是著名的理学家、政治家和杰出的教育家，世称“鲁斋先生”。

许衡自幼勤好读学，因家贫无钱购书，常涉百里借书抄书。他天资聪颖，攻读中常向老师提出一些难以解答的问题，先后有三位老师以“吾非其师”而辞教。

金天兴二年，蒙古兵临新郑县，许衡同众人从洛阳渡河经河阳返乡，时值盛夏，天气很热，口干舌燥。路旁边有一棵梨树，一些人见了就抢着去摘梨子吃，只有许衡独自一个人端正地坐着，也不看他们。

有个人问他：“为什么不吃梨子来解解渴呢?”

许衡说："不是我的东西是不可以乱拿的。"

那个人又说："天下已经大乱了，这个是没有主人的呀！"

许衡说："梨子没有主，难道我的心也没有主了吗？"

同行的人听了许衡的话，顿时对他肃然起敬。

至元十三年，许衡组织太史令郭守敬等人修定历法，经过近五年的努力，修成新历法，元世祖授名为《授时历》。这部历法确定一年为365.2425天，和地球绕太阳公转周期所经历的实际时间只差26秒，与罗马教皇格里高利十世颁布的当代世界上通行的《格里高利历》是一致的，但却比它要早300年。

许衡一生以从事教育为乐，在其多年仕途生活中，刚直不阿，不附权势，八次被诏入朝作官，又八次辞归故里，躬耕桑农。至元十八年三月，许衡在家乡病故，终年七十三岁。

【人生智慧】

一个人，如果能够在心中做到清正廉洁，那他在为人处事时，就能够做到真正的清正廉洁。

在故事中，许衡虽然很渴，口干舌燥，但当看见路旁有一棵梨树，其他人见了就抢着去摘梨子吃，只有许衡没去。别人认为由于天下大乱，所以这些梨子属于无主之物，但是许衡认为，即使梨子没有主，但自己的内心有主。

这样的清廉操守，实在是让人肃然起敬。

古人讲究慎独，意思是当人在独处的时候，更加应该在德行操守上严格要求自己。如果只有在别人监督与提醒的时候，才知道什么该做什么不该做，这是远远不够的。只有在独处的时候的言行举止，才是真正的品德。

第八章　耻篇

第一节　释义求真

【基本释义】

耻：耻为耻辱，知耻辱、知错误，则能发奋精进。

【基本思想】

孔子曰："知耻近乎勇。"知错能改，自能勇猛精进克服一切烦恼习气，成就大业。不知耻，不改过之人，则肆无忌惮，任意而为，终会善恶有报，谁都救不了他。

一个民族的强盛，往往崛起于这个民族不忘所遭受的耻辱，继而才能勃发图强之力。历史上越王勾践"卧薪尝胆"，最终灭了吴国，洗刷了会稽山降吴的耻辱，就是最好的证明。

一个人在遭受耻辱之后往往会表现出极大的耐性与奋斗精神，从而不畏艰险，改变自己的命运；一个民族在遭受耻辱之后往往会表现出极强的生命力，从而御辱自强，实现民族的繁荣复兴。中华民族能够历经五千年而成为四大文明古国中唯一延续下来的文明，也正是靠着中华民族知耻后勇、自强不息的精神。

第二节　经典故事集锦

戚父教子

【经典故事】

抗倭名将戚继光出身于世代将门之家，父亲戚景通是一位久经沙场的老将。戚景通晚年得子，因此对戚继光十分钟爱，但教子极严。

戚继光定亲时，女方送来一双昂贵的绣鞋，戚继光爱不释手，母亲便让他拿去穿。戚继光于是穿上绣鞋到书房见父亲。戚景通一见，便皱起眉头说："绣鞋虽小，但如果你贪慕虚荣之心不改，将来当了将军又如何不爱财不贪污呢！"戚继光红了脸，脱下绣鞋说："孩儿知错，这鞋我绝不再穿。"

父亲又问他："宋代岳飞曾说过什么话？"

"文官不贪财，武官不怕死，国家就兴旺。"戚继光答道。

父亲语重心长地说："对，你要牢记此话，刻苦用功，将来为国立功。"

从此，戚继光牢记父训，一生勤俭节约，为国尽忠，终于成为明代抗击倭寇入侵的民族英雄。

【人生智慧】

每个人心中都有一把尺（"耻"），人们也是按照自己心中的"耻"

来行事的。怎样的“耻”才是正确的“耻”，如何能不泯灭心中的“耻”，这需要我们去深入学习。

戚父认为军人应该以“贪慕虚荣之心”为耻，否则将来当了将军就有可能发展到“爱财贪污”的程度。

由此可见，如果人没有“耻”的观念，那就可能做任何事情都没有顾忌，会对社会治安造成严重的影响。

焚书坑儒

【经典故事】

战国时，秦国有一位宰相叫李斯。李斯的嫉妒心很强，心胸很狭窄。他有个师弟叫韩非子，他嫉妒韩非子的学问，还想把他害死。甚至于到最后还把儒家的经典全部焚毁，这就是历史上有名的“焚书坑儒”。他建议秦始皇把所有圣贤书都烧毁。如此一烧，致使多少人不能学到圣贤教诲。他只想到自己的学问要比别人高。所以，这一把嫉妒之火烧伤了多少人，烧断了多少人闻圣贤教诲的机缘。正因为他的嫉妒心，毕竟也没有好下场，他跟他的孩子都是被推到刑场腰斩而死。所以，害人者到最后一定是害己，嫉妒之人一定也会遭人嫉妒。

【人生智慧】

一位先贤曾把嫉妒心称为“可耻的嫉妒心”，认为纵容自己嫉妒心的人缺乏廉耻观。

故事中，李斯妒忌心很强，甚至要把各种经典都要焚毁掉，可见人如果没有廉耻之心，是很难作出正确判断的。

咫尺车夫

【经典故事】

晏子是齐国的宰相，他的一名车夫倚仗主人的权势非常骄傲自大。一天，晏子乘车外出，车子刚好打车夫家门前经过。车夫的妻子从门缝里往外瞧，只见自己的丈夫坐在车上的大伞盖下，挥鞭赶着高头大马，神气活现，十分得意。车夫赶车回来后，他的妻子提出要离去。车夫吃惊的问："我帮宰相赶车，多体面啊！吃穿不愁，你为什么还要离开我呢?"妻子说："晏子身为齐国宰相，尚且谦恭有礼，而你不过是一名车夫而已，却如此趾高气扬，将来还会有什么出息呢?"车夫听了妻子的话，羞愧难当，从此变得谦虚谨慎起来。

车夫这一变化使晏子感到很奇怪，于是询问车夫原因，车夫如实相告。晏子认为车夫的妻子很有见识，也对车夫勇于改过的态度感到满意，于是推荐车夫做了大夫。

【人生智慧】

作宰相的晏子谦恭有礼，而宰相的车夫反而非常骄傲自大。车夫妻子由此指出了车夫的不知羞耻。令人欣喜的是，车夫听了妻子的话后勇于改过。

我们每一个人在生活中都会有不同的境遇，不能因为取得点小成绩就骄傲自大，这会让我们不再有进取的动力。

时刻让这个"耻"字来警醒自己，走一条"荣"光之路。

卧薪尝胆

【经典故事】

春秋时期，诸侯各国战事连连，其中吴国和越国毗邻而居，因相互交战而结下世代冤仇。当越国的王位传到勾践时，吴国的国君是阖闾。勾践即位这一年，吴越两国交战，越兵将吴王射成重伤，吴王临死之前，嘱咐儿子夫差一定要为自己报仇雪恨。

后来，吴越再次交战，这一次，越军大败于会稽山，被吴军团团围住。勾践心情十分沮丧，长叹道："难道我就死在这里了吗？"他本欲杀掉妻子儿女，将珠宝付之一炬，与吴军决一死战，但被两位大臣——范蠡和文种劝止。

文种说道："昔日商汤王被囚禁在夏台，忍辱负重，开辟了商朝的

天下；周文王也曾被囚禁在羑里，隐忍默守，而成就周朝八百年基业。从这些历史事例可以看出，祸兮，福之所伏啊！国君何不将这一次的战败作为重新崛起的转机呢？”于是他们用重礼买通了吴国的太宰伯嚭，在他的协助之下，吴王夫差没有杀勾践，而把他和夫人放在宫廷里当奴仆使唤。

在吴国，勾践的身份是亡国之君，吴王让他们夫妻白天放养马匹，晚上为吴国的先王守墓。夫差出行时，让勾践在车前牵马，吴国的众位大臣则在一旁嬉笑谩骂，对他们夫妇极尽羞辱。

勾践忍辱含垢，不辞劳苦，夫差逐渐对他失去戒心，三年之后，将他放回越国。范蠡推荐文种在国内辅佐国政，自己则和大夫柘稽作为人质继续留在吴国，以使吴国君臣放心，过了两年，吴国将范蠡也放了回来。

越王勾践返回越国之后，决心励精图治，有朝一日定要雪洗奇耻大辱。晚上睡觉睡在柴堆上，借以磨炼自己的意志；把一颗很苦的胆挂在自己的案前，无论坐卧都仰望着它，每次吃饭之前也亲自尝一下这个苦胆，并对自己说：“你难道忘记了会稽之耻吗？”

经过二十二年的时间，历史上称为“十年生聚，十年教训”，这就是说，费了十年工夫，生养着百姓，让百姓生活富裕；又费了十年工夫，教训百姓，让他们不忘家仇国耻。越国各方面的准备都已经做好了。于是越国发兵进攻吴国，大破吴军，勾践终于灭了吴国，洗刷了会稽山降吴的耻辱。

【人生智慧】

有志者，事竞成，破釜沉舟，百二秦关终属楚；苦心人，天不负，卧薪尝胆，三千越甲可吞吴。

在冷兵器时代，一个国家的君主都做了他国的奴隶，相当于其国已灭，但在“灭亡”后还可一洗雪恨，这在中国历史上只有越国做到了。

“知耻近乎勇”，正是有了这种知耻的力量，换来了卧薪尝胆的勇气。故称：胜己者，胜人。一个人能正确认知自己的“耻辱”，了解自己的“耻辱”所在，才有了知耻而后勇的决心和毅力。

如果我们能够把“卧薪尝胆”的精神——坚忍不拔、刻苦自立、勤奋学习，奉为一生努力的原则，那么不仅可以安身立命，而且更可以报效国家社会。越王勾践的精神正是我们应该学习的。

负荆请罪

【经典故事】

在战国时代，赵国有两位大臣，一位是蔺相如，另外一位是廉颇将军。因为蔺相如完璧归赵，对赵国有很大的贡献，赵王把他封为上卿。而廉颇是带领数十万大军的大将军，他认为自己的功劳比蔺相如大，觉得蔺相如是一介书生，也没有立下汗马功劳，居然位子在他之上，心理很不服，几次借机想羞辱蔺相如，蔺相如总推说自己有疾病避开廉颇，以免发生冲突。

有一次，在路上，蔺相如遇到廉颇的马车从对面驶来，就让自己的马车绕道走；还有一次，廉颇站在蔺相如的门外，大喊大叫，让蔺相如出来，要同蔺相如讲讲理，蔺相如闭门不答。廉颇还到处扬言说：“有朝一日，蔺相如要是碰到我的手里，我一定要当众出他的丑，叫他别太得意了！”

这件事可把蔺相如的门客和手下人都气炸了，他们觉得在这样胆小怕事的人手下干事太没意思，也颇觉羞耻。便推举几个领头的人去见蔺相如，问他何以这么害怕廉颇。

蔺相如回答说：“请问廉将军比得上秦王厉害吗?”大家齐声说：“比不上。”蔺相如说：“天下的诸侯，有谁不怕秦王？可是为了保卫赵国的珍宝和尊严，我敢在秦国的殿堂上当众责备秦王和他的群臣。诸位

想想我怎么反倒会害怕廉将军呢？强横的秦国现在之所以不敢来侵犯咱们赵国，无非是因为我和廉将军都在呀。要是两只老虎斗起来，必定会两败俱伤。到了那时，秦国必然要乘机侵犯赵国。我所以对廉将军这样忍气吞声，宽容退让，就是因为要把国家的危难放在首位，而把个人的私怨放在后面啊！”

大家听了这番话，不仅消了气，而且更加敬佩蔺相如了。

不久，蔺相如的这番话传到了廉颇那里，廉颇听到后，懊悔不已，马上裸着上身，背着荆条到蔺相如门前谢罪，历史上称为“负荆请罪”。从此两人和好如初，并且成为同生死共患难的朋友。

【人生智慧】

在故事中，蔺相如为大局考虑，没有计较廉颇的私人挑衅，这是难能可贵的情操。好在廉颇也知道廉耻，负荆请罪了。

如果一个国家，人人都寡廉鲜耻，贪赃枉法，胡作非为，正气压不倒邪气，那这个国家就很有可能陷入动乱。

而作为一个独立个体的人，我们不但要有自尊之心，也要有知耻之心。如果丧失了基本的耻辱感，就有可能做出令别人无法接受的事情而不自知，那便是到了药石难医的地步了。

知耻方可立新，正如故事里的廉颇一样，不但能够知道自己的错误，并且勇于承认自己的错误去负荆请罪，因而赢得了世人的尊重。

丘明素臣

【经典故事】

春秋时期的鲁国人左丘明，是一代大儒，他曾在孔子那儿学习经书，为解释孔子《春秋》而作《左传》。相传《国语》也是出于左氏之手，记录了不少西周、春秋的重要史实，保存了具有很高价值的原始资料。

《左传》与《公羊传》、《谷梁传》同为解释《春秋》的三传之一，具有重要的史料价值，宣扬了“尊礼”、“敬德”、“保民”、“慎罚”等思想，发扬了儒家思想的经义，从而奠定了后世儒学的理论根基。他对于阐释孔子思想，传承儒家文化有着不可磨灭的功绩。

当时孔子曾经说：“凡是一个人说话说得好听，面色装得好看，做出过分谦恭的样子，左丘明对于这种人觉得很羞耻的，我对于这种人也觉得很羞耻；隐藏了心里的怨恨，又去亲近他，这种人左丘明觉得他们很羞耻，我也觉得他们很羞耻。”孔子将左丘明引为同道，对于花言巧语、伪善的做法都感到很可耻。

西晋的杜预说：“孔仲尼是不登王位的素王；左丘明也就是不曾做官的素臣了。”

后来在北宋真宗年间皇帝下了诏，把左丘明的像在孔子的大成殿里祭着，并且追封他为瑕丘伯。

【人生智慧】

孔子把左丘明引为同道，两人对于花言巧语、伪善的做法都感到可耻。

孟子说过："人不可无耻"。人一旦无耻，就什么事情都有可能做出来。等酿成了恶果再去收拾，往往就悔之晚矣。

所以，不是什么事情都能做的，有所为有所不为。想要让人知道什么是该为的以及什么是不该为的，就需要教化人们。一个人想要有所不为，只能依赖于其个人的廉耻之心。只有心中有耻，才能够有做人的原则底线。

王烈遗布

【经典故事】

三国时的王烈，字彦方，是个读书人，王烈的老师，便是誉满海内的大名士颍川（在今河南省）太守陈蒀。王烈深得其师学问、品德精髓，人品方正，道德通达。完成学业后，他回到家乡，正赶上父亲去世，守孝三年后，又逢荒年饥馑，他便拿出家中储存的粮食、钱财赈济灾民。王烈以读书为乐，以办学为业，他不以学生的性情不同、资质不一而有所偏废，总是循循善诱，诲人不倦。由于他的教诲，乡人竟相为善，乡里民风淳厚。

一次，有一个人偷了别人一头牛，被失主捉住了。偷牛人说："我一时鬼迷心窍，偷了你的牛，你怎么罚我都行，只求你不要告诉王烈。"后来，王烈知道了这件事，立即托人赠给偷牛人一匹布。

有人不理解，王烈解释道："做了贼而不愿让我知道，说明他有羞耻之心，我送他是为了激励他改过自新。"

后来这个偷牛的人变成了一个乐于助人、拾金不昧的好人。有一次，有人把一柄宝剑遗失在路上，这个曾经偷牛的人就替他看守着，等待失主。

乡里百姓，凡有争讼曲直的事件，都去请求王烈排难解纷，断定是非。由于王烈平素德教影响，有的走到半途，忽然愿意放弃争执，双方和解而回来的；有的望见王烈的屋舍，就感到惭愧，彼此相让而回来的。可见王烈盛德感化之深，已远胜过刑罚的力量。

后来遭逢世乱，王烈避居辽东，当地夷人，受他的教化，也都争相敬奉他。曹操闻知，派人来征召王烈为官，王烈婉辞不去。一生高洁，享年七十八岁善终。

【人生智慧】

教一个人做人的道理，首先是教这个人先知道“耻”。因为假如不知道“耻”，一个人在行为上就可能无法无天，不加控制，甚至对周围造成不可想象的恶果。

在故事中，王烈能够以身作则，与人为善，教诲别人知廉耻，所以别人都尊重他。这是用刑罚的力量所无法达到的效果。

可见很多时候，做事情不能只是惩罚恶，而且要褒扬善。只有奖惩并举，才能真正让人知荣辱、识善恶。

管宁割席

【经典故事】

古代有一位贤者叫管宁，他是三国时期的人，从小做事认真专注，从不分心。

有一次，管宁和朋友华歆在地里铲地，华歆突然铲出一块银子。管

宁毫无理会继续铲地，而华歆却将银子拣起来，看了又看，然后才依依不舍地丢掉。

还有一次，他们俩坐在一张席子上读书，管宁十分认真，专心致志地阅读，可是华歆却不那么专注。忽然，门外的大街上人声嘈杂，议论纷纷，说是一个有名的大官经过这里。华歆再也坐不住了，放下书本去看热闹去了。

管宁对华歆这种三心二意不认真读书的态度很生气，于是拿出刀子，割断了坐在身下的席子，表示自己决不和华歆一样，要和这种人绝交，并且对华歆说："你不是我的朋友了。"华歆觉得十分惭愧。管宁以割席来教育华歆，让他知道追逐名利与金钱的心理及行为是可耻的。

邻居家有一头牛,在田里乱跑破坏了田稻,管宁就牵着牛到清凉的地方,并且自己替他们看守着。牛主人非常地惭愧,好像受到严厉地惩罚一样。

管宁做官的乡里有一口井，汲水的人为了抢先，经常很早起来排着长队，后来的人有的还想抢先，经常发生争斗。管宁于是就买了许多汲水的器具，早晨比汲水的人起得都早，不等他们到就盛满了水，放在井旁边等着他们取走。于是，抢先汲水的人都深受感动，感觉很惭愧，当地的社会风气由此变好了。

【人生智慧】

人都是有良知的，属于与生俱来的天性。只不过有一些人在后来受到各种利益驱使，或者被没有品德的人带坏，才一步一步地忘记了廉耻的存在。

在故事中，管宁为有华歆这样的朋友感觉到羞耻，所以割席断义；邻居家的牛破坏稻田，管宁并不是一味地训斥，而是宽容对待，使得牛主人产生了羞耻感。

所以，如果我们在生活中遇到那些行为有亏的人，一味地指责也许适得其反，宽容对待反而可能使对方承认错误并改正。

我们应该像管宁一样，不受世俗诱惑，不同流合污，一心一意做人，踏踏实实做事，淡泊名利，只有这样，将来才会成大器。

朱冲送牛

【经典故事】

西晋时的朱冲，字巨容，是西晋南安郡（今陇西三台）人。他是一位安贫乐道、隐逸不仕的高人。朱冲自幼就养成了喜欢读书的好习惯，也很注重修养德行，闲静寡欲，好钻研经典。因为他家境贫困，就靠着耕田过活，一直过着半耕半读的日子。朱冲宽容忍让，厚德载物，以自己的行为影响着乡里。

邻居家丢失了一头小牛，就把朱冲家的小牛认去了。后来邻居家失去的小牛在树林里找到了，邻居家觉得自己的举动太过分了，深感惭愧，把朱冲家的牛还给他。朱冲问明原因后，发现那家生活非常困难，就把小牛送给了邻居。

又有一次，一头牛践踏朱冲家田里的稻子，朱冲屡次拿着饲牛的草给牛吃，一点也没有怨恨的神色。牛主人也觉得惭愧，就不再放纵这头牛危害别人家的稻田了。

成宁四年，晋武帝下诏征举贤良，地方官府把他推荐上去，朝廷拟任为国子博士，他称疾不应征诏。不久，武帝又颁诏书，再次延揽，诏书说："东宫官员也要选择那些履蹈至行、敦悦典籍的人，任命朱冲为太子右庶子。"每次听到征书下达，他便逃入深山。当时的人认为他属于梁鸿、管宁一流的人物。

朱冲生活的地方邻近少数民族地区，有很浓厚的尚武强悍、不耻寇盗的习俗。但附近的羌人对他却像君王一样尊敬，他能以礼让倡导并以身作则，使周围的风气发生很大变化，乡里路不拾遗，村落没有行凶的恶人。

【人生智慧】

在生活中如果遇到自己吃亏的事，或遇到别人有意无意伤害了自己的时候，是横眉竖眼地与对方争吵，还是宽以待人？在这个时候，可以看到一个人的修养。有修养的，可以忍一忍，等一等，或让对方自愧，或让对方冷静一下，然后再加以说明。

在故事中，朱冲的邻居在找到自家的小牛后，觉得自己的举动过分了，产生了羞耻感。假如不是因为有朱冲的品德在其中起作用，也许邻居自始至终也不会产生羞耻感。

人们之所以产生羞耻感，除了自身有廉耻之心的缘故外，往往是因为有对比，或者是为品德高尚的人所感动。

元琰避盗

【经典故事】

在南朝的时候，有一个吴郡钱塘人，名字叫范元琰，字伯珪。元琰年轻时非常好学，博通经史，精研佛学。为人很谦逊，从没有以自己的所长而看不起别人。他待人非常恭敬，与人说话唯恐伤害了别人。即使一人在家，也像有宾客在场一样庄敬自持，严谨循礼，看到的人没有不尊敬他的。他生性善良，即使对偷盗自己财物的人，也都以善心对待，并处处为对方着想。

元琰家中很贫困，仅靠种菜维持生活。有一次，元琰从家中出来，发现有人正在偷他家的菜。元琰急忙退回了家中。母亲问他原因，元琰就把刚才看到的事情告诉了母亲。母亲问偷菜的人是谁，元琰说："我之所以退回来，就是怕偷菜的那个人感到羞耻，我告诉您他的名字，希望您不要泄露给他人啊！"母子两人从此严守这个秘密。

元琰家的菜园外有一条水沟，有人从水沟中渡水过来偷他家的竹笋。元琰于是特意伐木，在水沟上架了座桥，让偷竹笋的人不必渡水而过。偷竹笋的人为此非常惭愧，从此，这一带居然都没有了偷盗之人。

很多官员钦慕元琰的德行，多次举荐其为官，但元琰淡泊名利，都一一拒绝了。

【人生智慧】

廉之至可以道不拾遗，耻之化亦可乡无鼠窃。

当一个人的行为在受到周围人的批评指责时，或者当感觉到自己的行为可能会受到人们的诟病时，就有可能产生羞耻感。

在故事中，范元琰生性善良，即使对偷盗自己财物的人，依然能够为对方着想，这是一种高贵的品德，难能可贵。而偷元琰家竹笋的人，因为元琰的善心而产生了羞耻感，从此那一带居然没有了偷盗之人。

可见即使是偷盗之人，也会有廉耻之心，也能够通过合理的教育方式教化过来。只有"知耻"才能"后德"，假如一个人品行不端，并且没有廉耻之心，那么这个人就"无药可救"了。

弘景异操

【经典故事】

南北朝的时候，南齐有一位名士，名字叫陶弘景，他小时候很聪明，也很勤奋，四五岁时就常以芦荻为笔，在灰沙上学写字。十岁看了葛洪的《神仙传》，便爱不释手、日夜研读，深受其影响，并逐渐萌生出一种要学仙家长生不老的志向了。他说："仰起头来看着青的天，白的日，不禁油然生出深远的心意。"

陶弘景对历算、地理、医药等都有一定研究。曾整理古代的《神农百草经》，并增收魏晋间名医所用新药，成《本草经集注》，并首创沿用至今的药物分类方法，以玉石、草木、虫、兽、果、菜、米实分类，对本草学的发展有一定的影响，堪称我国医药学史上对本草学进行系统整理，并加以创造性地发挥的第一人。

陶弘景不但对于老庄道学、四书五经极为精通，并且懂礼知耻，为人很有操行。他曾作诸王侍读的官，深受赏识。当时的东阳郡守沈约，多次邀陶弘景出山为官，他不至；后来，梁武帝又屡加礼聘，他仍不出。

梁武帝问他："山中有什么，为什么不出山呢?"陶弘景先写了一首诗，后画了一幅画作为回答。诗为：山中何所有，岭上多白云。只可自怡悦，不堪持寄君。画的内容是：纸上有两头牛，一头散放水草之间，自由自在；一头锁着金笼头，被人用牛绳牵着，并用牛鞭驱赶。

梁武帝看了诗和画，领会了他的用意，就不再强迫他出来做官了。但是国家每有吉凶征讨的大事，都派人前去询问陶弘景，故当时人称其为"山中宰相"。由于王公贵戚也常来拜访他，干扰也很大。陶弘景索性就在山中建了一幢三层的楼房，自己住在上面，弟子住在中间，宾客暂居其下，关门读书，与世无争。

【人生智慧】

无论职位高低，修身都是每天必做的功课，而修身当先知耻。《孟子·尽心上》说："人不可以无耻，无耻之耻，无耻矣。"人不能没有耻辱之心，没有耻辱之心的无耻是最大的无耻。耻，是一个人的原则底线。如果不知耻，那就是没有原则底线，做事情不知高低轻重，个人品行不加限制。

在故事中，陶弘景知廉耻，宁愿坚守自己内心的准则，不愿意不顾廉耻地为名利所捆绑。

到了今天，很多现代人为名利所束缚，时常打破羞耻底线，难以坚守自己的本心。陶弘景的故事，也许可以为每一个现代人提供借鉴。

于义决讼

【经典故事】

南北朝时，北周有一个叫于义的人，是于谨的儿子，靠着父亲的功劳，被封为广都县公，并担任安武太守。

于义崇尚教化，不主张严厉的刑罚。有两个安武人，一个叫张善安，一个叫王叔儿，为了争夺钱财打起官司。于义说："这是我做太守的道德浅薄的缘故。"于是他就把自己的家产分给他们两个人，劝解了一番，叫他们回去了。

张善安和王叔儿两个人都觉得很惭愧，就搬了家到别的地方去了。从此以后，安武地方的民风就非常和谐了。

【人生智慧】

古人认为"朝廷"有"教化"的"先务"，如果"朝廷"有"教化”，那么天下的百姓才会有“廉耻”；假如“朝廷”本身没有“廉耻”，那么，就难以去“教化”天下的百姓遵守“廉耻”之道了。

在故事中，官员于义认为之所以有争夺钱财的官司，是因为自己身为太守道德浅薄的缘故，于是把自己的家产分给两个事主了。正是因为代表朝廷的于义本身有廉耻，所以他辖区内的百姓得到了熏陶教化，从此之后这个地方的民风就非常和谐了。

因而，在一个国家，只有引领社会风气的精英们懂得廉耻，大众才会心服口服，受到熏陶，并且以为榜样来学习效仿。这样逐渐地，这个社会的风气就能好起来。

钱徽焚书

【经典故事】

在唐朝的时候，有一个人名字叫钱徽，是浙江吴兴（今湖州市）人，他出生于书香门第，父亲钱起是天宝十年的进士，著名诗人，是当时的十才子之一，官至尚书郎。唐德宗时期，钱徽进士及第，被派遣到湖北谷城县当官。

县令王郢豪爽好客，挥金如土，喜欢结交三教九流，经常用公钱请客送礼，案发被革职查办。观察使樊泽负责处理此案，发现涉案的人很多，只有钱徽一文不取，清清白白，于是把他带在自己身边。

元和九年，吴元济在蔡州起兵反唐，朝廷告急，立即调兵遣将，分路合围。钱徽以干练的谋才被上司看重，很快升官入朝，深得唐宪宗的欣赏。他办事有条有理，举措得当，因而被纳入高层决策圈内，参与机密事务的协商和处理。

唐宪宗曾经单独召见钱徽，钱徽从容地说：“其他翰林学士也都是精选出来的有识之士，应该都参与机密事务，广泛讨论。”皇帝称赞他真是谨慎厚道懂得谦恭礼让的长者。

钱徽做礼部侍郎时，主管当时的进士考试。快到考试的时候，宰相段文昌和专管制诰的李绅，都悄悄把亲朋故旧的名字给钱徽，要求给他们照顾。

钱徽不肯依那两个人的请求，段文昌就奏到皇帝那里，说钱徽的考取士子，完全是为了私下情面。于是就把钱徽贬为江州（今江西九江）刺史。

有人劝钱徽把段文昌写给他的信拿出去，表明心迹。钱徽说："假使问心无愧，何必寻找证据去辨白呢?"于是，钱徽叫弟子们把那些信用火烧掉了。

后来，钱徽一直做到吏部尚书。

【人生智慧】

一个人如果懂得羞耻，自然不会与可耻的事情有所牵扯。因为问心无愧，所以内心坦荡，不需要刻意去解释自己的清白。

在故事中，钱徽被段文昌诬陷，虽然因此被贬为江州刺史，但并没有听别人劝把段文昌的信拿出来表明心迹，而是用火烧掉了。他认为，既然自己问心无愧，就不需要寻找证据去辨白。

这就是古代君子的道德风范!

卢革避试

【经典故事】

北宋时期，有一个叫卢革的人，表字仲辛，是浙江吴兴县人。

卢革在小的时候就被举为学童。杭州知府马亮看见卢革做的诗句，觉得很惊奇。这时候，恰逢考试，马亮就叮嘱主考官，不要遗下卢革。

卢革听到了就说："因为私托考取了，这是我所羞耻的。"说完就回去了，不去考试。后来过了两年才去考，竟中了第一名，到了进士及第的时候，年纪只有十六岁。

神宗皇帝对宰相说："一向晓得卢革是一个有廉耻、重恬静的读书人，应当叫他做嘉郡太守。"

【人生智慧】

做人与做学问一样，容不得半点虚假，正如在故事中所述的一样，卢革如果因为私交考取得功名，那岂不是枉费了他一身的学问？君子做人讲究坦荡荡，如果只图一时的方便，就有可能毁了一世的英明。

凭真实才学考取的成绩与虚有其名的名位相比，孰轻孰重呢？名节之士都会选择前者，因为只有真才实学才是立身的根本，弄虚作假终有真相败露的一天。

纯仁无愧

【经典故事】

北宋范纯仁，字尧夫，江苏苏州人，是名臣范仲淹的次子，以父恩补太常寺太祝，皇祐元年进士及第。范纯仁为人正派，政治见解与司马光同属保守派。

熙宁二年，范纯仁上书宋神宗，公开指责王安石"掊克财利"，遂因反对王安石变法遭贬逐。哲宗即位后，保守派重新掌权，司马光复相，坚持要废除"青苗法"。对此，范纯仁却不以为然。

范纯仁对司马光说："王安石制定的法令有其可取的一面，不必因人废言。"他希望司马光虚心"以延众论"，有可取之处的主张，尽量采纳。可惜司马光并不以此为意，只把范纯仁的看法当作耳边风。司马光尽废新法，不能不说他带进了自己的个人情绪的影响。

后来朝廷里处治司马光一党的人，有一个叫韩维的人，因为从前做官的时候，同司马光意见不和，因此得到幸免。

有人劝范纯仁根据韩维的前例，去要求免罪，范纯仁说："我从前和司马光两个人，同在朝廷里论事，意见不和，那是正常的；要把这个当做现在脱罪的理由，那是不可以的。况且一个人，与其有了惭愧的心活着，还不如没有惭愧的心死去好呢！"

范纯仁总结自己："吾生平所学，得之忠恕二字，一生用之不尽。"并告诫其子弟，德行成就的关键就在以责人之心责己，恕己之心恕人。范纯仁一生受其父范仲淹影响很大，死后谥号"忠宣"。

【人生智慧】

古代君子认为，人活着有泰山鸿毛之区别，与其不知廉耻地辉煌腾达，还不如坦坦荡荡地过着清苦的日子。

在故事中，范纯仁坚守自己的本心，不轻易为外界所影响。当有人劝他根据韩维的前例去获得免罪，被他拒绝了，他认为与其有了惭愧之心地活着，还不如没有惭愧之心死去更好。

古人讲究气节，讲究羞耻。每一个人都应该向范纯仁学习，守住自己的本心，远离"无耻"。一个人如果没有了气节，没有了羞耻之心，是无法在世上真正安身立命的，也难以找到生命的信仰，是难以真正享受到坦荡人生的快乐的。

最终章　附录

《孝经》

《孝经》是我国古代儒家的伦理学著作。传说是孔子所作，但南宋时已有人怀疑是出于后人附会。清代纪昀在《四库全书总目》中指出，该书是孔子“七十子之徒之遗言”，成书于秦汉之际。自西汉至魏晋南北朝，注解者及百家。现在流行的版本是唐玄宗李隆基注，宋代邢昺疏。全书共分十八章。

《孝经》以孝为中心，比较集中地阐发了儒家的伦理思想。它肯定“孝”是上天所定的规范，“夫孝，天之经也，地之义也，人之行也。”书中指出，孝是诸德之本，“人之行，莫大于孝”，国君可以用孝治理国家，臣民能够用孝立身理家，保持爵禄。《孝经》在中国伦理思想中，首次将孝亲与忠君联系起来，认为“忠”是“孝”的发展和扩大，并把“孝”的社会作用推而广之，认为“孝悌之至”就能够“通于神明，光于四海，无所不通”。

《孝经》对实行“孝”的要求和方法也作了系统而详细的规定。它主张把“孝”贯穿于人的一切行为之中，“身体发肤，受之父母，不敢毁伤”，是孝之始；“立身行道，扬名于后世，以显父母”，是孝之终。它把维护宗法等级关系与为君主服务联系起来，主张“孝”要“始于事亲，忠于事君，终于立身”，并按照父母的生老病死等生命过程，提出“孝”的具体要求：“居则致其敬，养则致其乐，病则致其忧，丧则致其哀，祭则致其严”。《孝经》还根据不同人的等级差别规定了行“孝”的不同内容：天子之“孝”要求“爱敬尽于其事亲，而德教加于百姓，刑于四海”；诸侯之“孝”要求“在上不骄，高而不危，制节谨度，满而不溢”；卿大夫之“孝”则一切按先王之道而行，“非法不言，非道不行，口无择言，身无择行”；士阶层的“孝”是忠顺事上，保禄位，守祭祀；庶人之“孝”应“用天之道，分地之利，谨身节用，以养父母”。

《孝经》还把道德规范与法律（刑律）联系起来，认为“五刑之属三千，而罪莫大于不孝”；提出要借用国家法律的权威，维护其宗法等级关系和道德秩序。

《孝经》在唐代被尊为经书，南宋以后被列为《十三经》之一。在中国自汉代至清代的漫长社会历史进程中，它被看作是“孔子述作，垂范将来”的经典，对传播和维护社会纲常、社会太平起了很大作用。

《孝经》古文经多出第十九章。《古文孝经·闺门章第十九》：“子曰：闺门之内，具礼矣乎！严亲严兄。妻子臣妾，犹百姓徒役也。”

孝经原文

开宗明义章第一

仲尼居，曾子侍。子曰：“先王有至德要道，以训天下，民用和睦，上下无怨。汝知之乎？”

曾子避席曰：“参不敏，何足以知之？”

子曰：“夫孝，德之本也，教之所由生也。复坐，吾语汝。”

“身体发肤，受之父母，不敢毁伤，孝之始也。立身行道，扬名于后世，以显父母，孝之终也。夫孝，始于事亲，忠于事君，终于立身。《大雅》云：‘无念尔祖，聿修厥德。’”

天子章第二

子曰：“爱亲者，不敢恶于人；敬亲者，不敢慢于人。爱敬尽于事亲，而德教加于百姓，刑于四海。盖天子之孝也。《甫刑》云：‘一人有庆，兆民赖之。’”

诸侯章第三

在上不骄，高而不危；制节谨度，满而不溢。高而不危，所以长守贵也。满而不溢，所以长守富也。富贵不离其身，然后能保其社稷，而和其民人。盖诸侯之孝也。《诗》云："战战兢兢，如临深渊，如履薄冰。"

卿大夫章第四

非先王之法服不敢服，非先王之法言不敢道，非先王之德行不敢行。是故非法不言，非道不行；口无择言，身无择行；言满天下无口过，行满天下无怨恶。三者备矣，然后能守其宗庙。盖卿大夫之孝也。《诗》云："夙夜匪懈，以事一人。"

士章第五

资于事父以事母，而爱同；资于事父以事君，而敬同。故母取其爱，而君取其敬，兼之者父也。故以孝事君则忠，以敬事长则顺。忠顺不失，以事其上，然后能保其禄位，而守其祭祀。盖士之孝也。《诗》云："夙兴夜寐，无忝尔所生。"

庶人章第六

用天之道，分地之利，谨身节用，以养父母，此庶人之孝也。故自天子至于庶人，孝无终始，而患不及者，未之有也。

三才章第七

曾子曰："甚哉，孝之大也!"

子曰："夫孝，天之经也，地之义也，民之行也。天地之经，而民是则之。则天之明，因地之利，以顺天下。是以其教不肃而成，其政不严而治。先王见教之可以化民也，是故先之以博爱，而民莫遗其亲，陈之于德义，而民兴行。先之以敬让，而民不争；导之以礼乐，而民和睦；示之以好恶，而民知禁。《诗》云：‘赫赫师尹，民具尔瞻。’”

孝治章第八

子曰：“昔者明王之以孝治天下也，不敢遗小国之臣，而况于公、侯、伯、子、男乎？故得万国之欢心，以事其先王。治国者，不敢侮于鳏寡，而况于士民乎？故得百姓之欢心，以事其先君。治家者，不敢失于臣妾，而况于妻子乎？故得人之欢心，以事其亲。夫然，故生则亲安之，祭则鬼享之。是以天下和平，灾害不生，祸乱不作。故明王之以孝治天下也如此。《诗》云：‘有觉德行，四国顺之。’”

圣治章第九

曾子曰：“敢问圣人之德无以加于孝乎？”

子曰：“天地之性，人为贵。人之行，莫大于孝。孝莫大于严父。严父莫大于配天，则周公其人也。昔者周公郊祀后稷以配天，宗祀文王于明堂，以配上帝。是以四海之内，各以其职来祭。夫圣人之德，又何以加于孝乎？故亲生之膝下，以养父母日严。圣人因严以教敬，因亲以教爱。圣人之教不肃而成，其政不严而治，其所因者本也。父子之道，天性也，君臣之义也。父母生之，续莫大焉。君亲临之，厚莫重焉。故不爱其亲而爱他人者，谓之悖德；不敬其亲而敬他人者，谓之悖礼。以顺则逆，民无则焉。不在于善，而皆在于凶德，虽得之，君子不贵也。君子则不然，言思可道，行思可乐，德义可尊，作事可法，容止可观，进退可度，以临其民。是以其民畏而爱之，则而象之。故能成其德教，而行其政令。《诗》云：‘淑人君子，其仪不忒。’”

纪孝行章第十

子曰：“孝子之事亲也，居则致其敬，养则致其乐，病则致其忧，丧则致其哀，祭则致其严。五者备矣，然后能事亲。事亲者，居上不骄，为下不乱，在丑不争。居上而骄则亡，为下而乱则刑，在丑而争则兵。三者不除，虽日用三牲之养，犹为不孝也。”

五刑章第十一

子曰：“五刑之属三千，而罪莫大于不孝。要君者无上，非圣人者无法，非孝者无亲。此大乱之道也。”

广要道章第十二

子曰：“教民亲爱，莫善于孝。教民礼顺，莫善于悌。移风易俗，莫善于乐。安上治民，莫善于礼。礼者，敬而已矣。故敬其父，则子悦；敬其兄，则弟悦；敬其君，则臣悦；敬一人，而千万人悦。所敬者寡，而悦者众，此之谓要道也。”

广至德章第十三

子曰：“君子之教以孝也，非家至而日见之也。教以孝，所以敬天下之为人父者也。教以悌，所以敬天下之为人兄者也。教以臣，所以敬天下之为人君者也。《诗》云：‘恺悌君子，民之父母。’非至德，其孰能顺民如此其大者乎！”

广扬名章第十四

子曰：“君子之事亲孝，故忠可移于君。事兄悌，故顺可移于长。居家理，故治可移于官。是以行成于内，而名立于后世矣。”

谏诤章第十五

曾子曰：“若夫慈爱恭敬，安亲扬名，则闻命矣。敢问子从父之令，可谓孝乎？”

子曰：“是何言与，是何言与！昔者天子有争臣七人，虽无道，不失其天下；诸侯有争臣五人，虽无道，不失其国；大夫有争臣三人，虽无道，不失其家；士有争友，则身不离于令名；父有争子，则身不陷于不义。故当不义，则子不可以不争于父，臣不可以不争于君；故当不义，则争之。从父之令，又焉得为孝乎！”

感应章第十六

子曰：“昔者明王事父孝，故事天明；事母孝，故事地察；长幼顺，故上下治。天地明察，神明彰矣。故虽天子，必有尊也，言有父也；必有先也，言有兄也。宗庙致敬，不忘亲也；修身慎行，恐辱先也。宗庙致敬，鬼神着矣。孝悌之至，通于神明，光于四海，无所不通。《诗》云：‘自西自东，自南自北，无思不服。’”

事君章第十七

子曰：“君子之事上也，进思尽忠，退思补过，将顺其美，匡救其恶，故上下能相亲也。《诗》云：‘心乎爱矣，遐不谓矣。中心藏之，何日忘之。’”

丧亲章第十八

子曰：“孝子之丧亲也，哭不偯，礼无容，言不文，服美不安，闻乐不乐，食旨不甘，此哀戚之情也。三日而食，教民无以死伤生。毁不灭性，此圣人之政也。丧不过三年，示民有终也。为之棺椁衣衾而举之，陈其簠簋而哀戚之；擗踊哭泣，哀以送之；卜其宅兆，而安措之；为之宗庙，以鬼享之；春秋祭祀，以时思之。生事爱敬，死事哀戚，生民之本尽矣，死生之义备矣，孝子之事亲终矣。”

《弟子规》

《弟子规》原名《训蒙文》，为清朝康熙年间秀才李毓秀所作，其内容采用《论语》“学而篇”第六条的文义，列述弟子在家、出外、待人、接物与学习上应该恪守的守则规范。《弟子规》共有360句、1080个字，三字一句，两句或四句连意，合辙押韵，朗朗上口；全篇先为“总叙”，然后分为“入则孝、出则悌、谨、信、泛爱众、亲仁、余力学文”七个部分。《弟子规》根据《论语》等经典编写而成，它集孔孟、老子等圣贤的道德教育之大成，提传统道德教育著作之纲领，是接受伦理道德教育、养成有德有才之人的最佳读物。

弟子规原文（清朝贾存仁修订改编）

◎总叙

弟子规　圣人训　首孝弟　次谨信
泛爱众　而亲仁　有余力　则学文

◎入则孝

父母呼　应勿缓　父母命　行勿懒
父母教　须敬听　父母责　须顺承
冬则温　夏则清　晨则省　昏则定
出必告　反必面　居有常　业无变

事虽小　　勿擅为　　苟擅为　　子道亏
物虽小　　勿私藏　　苟私藏　　亲心伤
亲所好　　力为具　　亲所恶　　谨为去
身有伤　　贻亲忧　　德有伤　　贻亲羞
亲爱我　　孝何难　　亲憎我　　孝方贤
亲有过　　谏使更　　怡吾色　　柔吾声
谏不入　　悦复谏　　号泣随　　挞无怨
亲有疾　　药先尝　　昼夜侍　　不离床
丧三年　　常悲咽　　居处变　　酒肉绝
丧尽礼　　祭尽诚　　事死者　　如事生

◎出则悌

兄道友　　弟道恭　　兄弟睦　　孝在中
财物轻　　怨何生　　言语忍　　忿自泯
或饮食　　或坐走　　长者先　　幼者后
长呼人　　即代叫　　人不在　　己即到
称尊长　　勿呼名　　对尊长　　勿见能
路遇长　　疾趋揖　　长无言　　退恭立
骑下马　　乘下车　　过犹待　　百步余
长者立　　幼勿坐　　长者坐　　命乃坐
尊长前　　声要低　　低不闻　　却非宜
进必趋　　退必迟　　问起对　　视勿移
事诸父　　如事父　　事诸兄　　如事兄

◎谨

朝起早　　夜眠迟　　老易至　　惜此时
晨必盥　　兼漱口　　便溺回　　辄净手
冠必正　　纽必结　　袜与履　　俱紧切
置冠服　　有定位　　勿乱顿　　致污秽
衣贵洁　　不贵华　　上循分　　下称家

对饮食　勿拣择　食适可　勿过则
年方少　勿饮酒　饮酒醉　最为丑
步从容　立端正　揖深圆　拜恭敬
勿践阈　勿跛倚　勿箕踞　勿摇髀
缓揭帘　勿有声　宽转弯　勿触棱
执虚器　如执盈　入虚室　如有人
事勿忙　忙多错　勿畏难　勿轻略
斗闹场　绝勿近　邪僻事　绝勿问
将入门　问孰存　将上堂　声必扬
人问谁　对以名　吾与我　不分明
用人物　须明求　倘不问　即为偷
借人物　及时还　后有急　借不难

◎信

凡出言　信为先　诈与妄　奚可焉
话说多　不如少　唯其是　勿佞巧
奸巧语　秽污词　市井气　切戒之
见未真　勿轻言　知未的　勿轻传
事非宜　勿轻诺　苟轻诺　进退错
凡道字　重且舒　勿急疾　勿模糊
彼说长　此说短　不关己　莫闲管
见人善　即思齐　纵去远　以渐跻
见人恶　即内省　有则改　无加警
唯德学　唯才艺　不如人　当自砺
若衣服　若饮食　不如人　勿生戚
闻过怒　闻誉乐　损友来　益友却
闻誉恐　闻过欣　直谅士　渐相亲
无心非　名为错　有心非　名为恶
过能改　归于无　倘揜饰　增一辜

◎泛爱众

凡是人	皆须爱	天同覆	地同载
行高者	名自高	人所重	非貌高
才大者	望自大	人所服	非言大
己有能	勿自私	人所能	勿轻訾
勿谄富	勿骄贫	勿厌故	勿喜新
人不闲	勿事搅	人不安	勿话扰
人有短	切莫揭	人有私	切莫说
道人善	即是善	人知之	愈思勉
扬人恶	即是恶	疾之甚	祸且作
善相劝	德皆建	过不规	道两亏
凡取与	贵分晓	与宜多	取宜少
将加人	先问己	己不欲	即速已
恩欲报	怨欲忘	报怨短	报恩长
待婢仆	身贵端	虽贵端	慈而宽
势服人	心不然	理服人	方无言

◎亲仁

同是人	类不齐	流俗众	仁者希
果仁者	人多畏	言不讳	色不媚
能亲仁	无限好	德日进	过日少
不亲仁	无限害	小人进	百事坏

◎余力学文

不力行	但学文	长浮华	成何人
但力行	不学文	任己见	昧理真
读书法	有三到	心眼口	信皆要

方读此　勿慕彼　此未终　彼勿起
宽为限　紧用功　工夫到　滞塞通
心有疑　随札记　就人问　求确义
房室清　墙壁净　几案洁　笔砚正
墨磨偏　心不端　字不敬　心先病
列典籍　有定处　读看毕　还原处
虽有急　卷束齐　有缺坏　就补之
非圣书　屏勿视　蔽聪明　坏心志
勿自暴　勿自弃　圣与贤　可驯致

《忠经》

《忠经》为后汉马融所著，马融因为有孔子《孝经》，缺《忠经》，所以做这篇《忠经》来补缺。全篇共十八章。

忠经原文

天地神明章第一

昔在至理，上下一德，以徵天休，忠之道也。天之所覆，地之所载，人之所覆，莫大乎忠。忠者，中也，至公无私。天无私，四时行；地无私，万物生；人无私，大亨贞。忠也者，一其心之谓矣。为国之本，何莫由忠。忠能固君臣，安社稷，感天地，动神明，而况于人乎？夫忠，兴于身，著于家，成于国，其行一焉。是故一于其身，忠之始也；一于其家，忠之中也；一于其国，忠之终也。身一，则百禄至；家一，则六亲各；国一，则万人理。《书》云："唯精唯一，允执厥中。"

圣君章第二

唯君以圣德，监于万邦。自下至上，各有尊也。故王者，上事于天，下事于地，中事于宗庙，以临于人。则人化之，天下尽忠，以奉上也。是以兢兢戒慎，日增其明，禄贤官能，式敷大化，惠泽长久，万民咸怀。故得皇猷丕丕，行于四方，扬于后代，以保社稷，以光祖考，尽圣君之忠也。《诗》云："昭事上帝，聿怀多福。"

家臣章第三

为臣事君，忠之本也，本立而化成。家臣于君，可谓一体，下行而上信，故能成其忠。夫忠者，岂唯奉君忘身，徇国忘家，正色直辞，临难死节而已矣！在乎沉谋潜运，正己安人，任贤以为理，端委而自化。尊其君，有天地之大，日月之明，阴阳之和，四时之信，圣德洋溢，颂声作焉。《书》云："元首明哉，股肱良哉，庶事康哉。"

百工章第四

有国之建，百工唯才，守位谨常，非忠之道。故君子之事上也，人则献其谋，出则行其政，居则思其道，动则有仪。秉职不回，言事无惮，苟利社稷，则不顾其身。上下用成，故昭君德，盖百工之忠也。《诗》云："靖共尔位，好事正直。"

守宰章第五

在官唯明，莅事唯平，立身唯清。清则无欲，平则不曲，明能正俗，三者备矣，然后可以理人。君子尽其忠能，以行其政令，而不理者，未之闻也。夫人莫不欲安，君子顺而安之，莫不欲富，君子教以富之。笃之以仁义，以固其心，道之以礼乐，以和其气。宣君德，以弘其大化，明国法，以至于无刑。视君之人，如观乎子，则人爱之，如爱其亲，盖守宰之忠也。《诗》云："恺悌君子，民之父母。"

兆人章第六

天地泰宁，君之德也，君德昭明，则阴阳风雨以和，人赖之而生也。是故只承君之法度，行孝悌于其家，服勤稼穑，以供王职，此兆人之忠也。《书》云："一人无良，万邦以贞。"

政理章第七

夫化之以德，理之上也，则人日迁善而不知；施之以政，理之中也，则人不得不为善；惩之以刑，理之下也，则人畏而不敢为非也。刑则在省于中，政则在简而能，德则在博而久。德者，为理之本也；任政，非德则薄；任刑，非德则残。故君子务于德，修于政，谨于刑，固其忠，以明其信，行之匪懈，何不理之人乎？《诗》云：“敷政优优，百禄是遒。”

武备章第八

王者立武，以威四方，安万人也。淳德布洽，戎夷秉命。统军之帅，仁以怀之，义以厉之，礼以训之，信以行之，赏以劝之，刑以严之，行此六者，谓之有利。故得帅，尽其心，竭其力，致其命，是以攻之则克，守之则固，武备之道也。《诗》云：“赳赳武夫，公侯干城。”

观风章第九

唯臣，以天子之命，出于四方，以观风。听不可以不聪，视不可以不明。聪则审于事，明则辨于理，理辨则忠，事审则分。君子去其私，正其色，不害理以伤物，不惮势以举任。唯善是与，唯恶是除。以之而陟则有成，以之而克则无怨，夫如是，则天下敬职，万邦以宁。《诗》云：“载驰载驱，周爰谘诹。”

保孝行章第十

夫唯孝者，必贵本于忠。忠苟不行，所率犹非其道。是以忠不及之，而失其守，匪唯危身，辱及亲也。故君子行其孝，必先以忠，竭其忠，则福禄至矣。故得尽爱敬之心，则养其亲，施及于人，此之谓保孝行也。《诗》云：“孝子不匮，永锡尔类。”

广为国章第十一

明主之为国也，任于正，去于邪。邪则不忠，忠则必正，有正然后用其能。是故师保道德，股肱贤良。内睦以文，外威以武，被服礼乐，提防政刑。故得大化兴行，蛮夷率服，人臣和悦，邦国平康。此君能任臣，下忠上信之所致也。《诗》云："济济多士，文王以宁。"

广至理章第十二

古者圣人以天下之耳目为视聪，天下之心为心，端旒而自化，居成而不有，斯可谓至理也已矣。王者思于至理，其远乎哉？无为，而天下自清；不疑，而天下自信；不私，而天下自公。贱珍，则人去贪；彻侈，则人从俭；用实，则人不伪；崇让，则人不争。故得人心和平，天下淳质，乐其生，保其寿，优游圣德，以为自然之至也。《诗》云："不识不知，顺帝之则。"

扬圣章第十三

君德圣明，忠臣以荣，君德不足，忠臣以辱。不足则补之，圣明则扬之，古之道也。是以虞有德，皋陶歌之，文王之道，周公颂之，宣王中兴，吉甫诵之。故君子，臣于盛明之时，必扬之，盛德流满天下，传于后代，其忠矣夫。

辨忠章十四

大哉？忠之为道也，施之于迩，则可以保家邦，施之于远，则可以极天地。故明王为国，必先辨忠。君子之言，忠而不佞；小人之言，佞而似忠，而非闻之者，鲜不惑矣。忠而能仁，则国德彰；忠而能智，则国政举；忠而能勇，则国难清，故虽有其能，必曰忠而成也。仁而不忠，则私其恩；智而不忠，则文其诈；勇而不忠，则易其乱，是虽有其能，以不忠而败也。此三者，不可不辨也，《书》云："旌别淑忒，其是谓乎。"

忠谏章第十五

忠臣之事君也，莫先于谏，下能言之，上能听之，则王道光矣。谏于未形者，上也；谏于已彰者，次也；谏于既行者，下也。违而不谏，则非忠臣。夫谏，始于顺辞，中于抗义，终于死节，以成君休，以宁社稷。《书》云："木从绳则正，后从谏则圣。"

证应章第十六

唯天鉴人，善恶必应。善莫大于作忠，恶莫大于不忠。忠则福禄至焉，不忠则刑罚加焉。君子守道，所以长守其休，小人不常，所以自陷其咎。休咎之徵也，不亦明哉？《书》云："作善降之百祥，作不善降之百殃。"

报国章第十七

为人臣者，官于君，先后光庆，皆君之德，不思报国，岂忠也哉？君子有无禄，而益君，无有禄，而已者也。报国之道有四：一曰贡贤，二曰献猷，三曰立功，四曰兴利。贤者国之干，猷者国之规，功者国之将，利者四之用，是皆报国之道，唯其能而行之。《诗》云："无言不酬，无德不报，况忠臣之于国乎。"

尽忠章第十八

天下尽忠，淳化而行也。君子尽忠，则尽其心，小人尽忠，则尽其力。尽力者，则止其身，尽心者，则洪于远。故明王之理也，务在任贤，贤臣尽忠，则君德广矣。政教以之而美，礼乐以之而兴，刑罚以之而清，仁惠以之而布。四海之内，有太平音，嘉祥既成，告于上下，是故播于《雅》、《颂》，传于后世。